# 完美嫌疑人

陈研一 著

THE PERFECT SUSPECT

天津出版传媒集团
天津人民出版社

图书在版编目（CIP）数据

完美嫌疑人 / 陈研一著 . -- 天津：天津人民出版社，2020.10（2021.4 重印）
（不可能犯罪系列）
ISBN 978-7-201-16341-3

Ⅰ . ①完… Ⅱ . ①陈… Ⅲ . ①犯罪小说 – 中国 – 现代
Ⅳ . ① I246.5

中国版本图书馆CIP数据核字（2020）第151716号

**完美嫌疑人**
**WANMEI XIANYIREN**

出　　版　天津人民出版社
出 版 人　刘　庆
地　　址　天津市和平区西康路 35 号康岳大厦
邮政编码　300051
邮购电话　（022）23332469
电子信箱　reader@tjrmcbs.com

责任编辑　陈　烨
装帧设计　八牛 · 设计 34508448@QQ.com

印　　刷　北京博艺印刷包装有限公司
经　　销　新华书店
开　　本　880 毫米 ×1230 毫米　1/32
印　　张　10
字　　数　196 千字
版次印刷　2020 年 10 月第 1 版　2021 年 4 月第 2 次印刷
定　　价　42.00 元

# 目录
contents

# 楔子



2019 年 4 月 6 日，下午 5 点 30 分。

淅淅沥沥下了一天的小雨终于停歇下来，清明刚过，依旧有时而凛冽的冷空气，不怀好意地侵袭着星港这座地处南方的城市。

从医院出来以后，廖伯岩刚把那辆有些破旧的索纳塔停在星港国际社区对面街道的停车位上，突如其来的一阵冷风，引起他一阵剧烈的咳嗽。

好不容易平复，熄火拉上手刹，他把车窗摇了上来，借以抵挡有些阴冷的天气。

不知道是因为车的胎压不足，还是因为常年上手术台导致的骨质增生有些发作，廖伯岩觉得自己坐得微微有些倾斜，不过他并不在意这个。擦了擦有些起雾的黑框眼镜的镜片，他把目光转向了斜对面星港国际社区的大门。

和有些昏暗的街道不同，这个均价已经超过每平方米四万的小区，大门口灯光熠熠，把那些用来装饰这个豪华小区大门的四五米高的铜质奔马雕像照耀得通透。

奔马铜像两旁是四车道的进出口和两条人行道，不时有来往车辆和行人路过，当中便是一个二十来平方米的保安亭，根据廖伯岩这些天的观察，每次同时至少有四个保安当班，检查着来往的人车。

再往上看，道路上方横着的，是一排海康产的枪式摄像头，带夜视旋转功能，分辨率 1080P，像素应该超过了一千万，夸张点说，如果从正门出入，别说是人，哪怕是只苍蝇，都能分出公母来。

“呵呵，谁说人人生而平等？”

苦笑了一声，廖伯岩有些哑然，且不说自己这么些年在医院所见的人间百态，就单从这两年他观察到的，贫穷的安置小区和昂贵的高端社区内的摄像头数量和质量做个对比就知道，人命的差价何止百倍？

不过话又说回来，杀人，或是让一个人消失，对于这位在省内乃至全国都首屈一指的脑神经外科专家来说，并不算难事。

毕竟，临床这么多年，廖伯岩这双看上去有些苍老的双手，已经决定过成百上千人的生死。

当然，要让一个人完美地消失，且不给自己留下任何后患，像切除一个肿瘤而不出现任何术后并发症一样，那就需要足够精密的安排了——最重要的是，任何一个环节，都不能影响自己那个最重要的大计划。

还好，就像对于病人几乎从来没有失手过一样，廖伯岩对于这次的计划也有足够的信心。

收回思绪，廖伯岩重新把目光看向了星港国际社区的大门口。

就在此时，大门的右侧，出现了一个穿着红色外套的小女孩——八九岁的模样，扎着两根小辫子，看上去跟洋娃娃一般可爱，正被一个四十来岁的中年妇女领着，往小区内走去。

廖伯岩浑身一个激灵，几乎目不转睛地盯着小女孩的一举一动，像是想把这个画面定格在脑海中。

可惜，小女孩很快就跟着大人拐弯进入了小区，消失在他的视线范围外。

“就是她……”

低喝了一声，廖伯岩心中忽然涌出一股难以压抑的愤怒，右手居然在不自觉地微微颤抖。

稍微停了几分钟，廖伯岩看了看表——刚好 5 点 40 分。

他掏出一个老式手机，找了一个号码拨了过去，响了两声，那边传来一个女人的声音：“廖主任，有事情吗？”

“小李，你通知一下麻醉科那边，晚上那台手术，帮我提前两个小时。”

“好的。”电话那边传来笔在纸上唰唰写字的声音，“跟您确认一下，您是想 6 点 40 分开始手术是吗？”

“嗯，6 点 40 分。”

确认了时间，廖伯岩挂断了电话，拧了拧车钥匙，把车往星港国际社区的大门驶去。

在这一个小时里，他要让这个红衣小女孩从此在这个世界消失……

# 第一章 ▲ 失踪儿童

# 01

现场已经乱成了一锅粥。

这里是星港市有名的高端小区，位于星港市岳山区最为宜居的星辰路段，紧挨着号称星港之肺的岳山湿地公园，依山傍水而建。

已经是将近晚上 9 点，整个小区依旧灯火通明，穿过小区大门那一排排高悬的摄像头，别墅区内，一字排开，停了五六辆警车。

别墅区西南侧的小型儿童游乐场，被警戒线围起了一片四五百平方米的区域，在巨大的探照灯照耀下，刑警、法医、警犬和技术员们在各自忙碌着。

警戒线外围，除了一群看热闹的大爷大妈，还有好几个本地电视台的记者和自媒体从业者，扛着“长枪短炮”严阵以待。若不是有七八个专门维持秩序的警察，防止他们乱拍，明天怕是全国人民都能通过各种途径，看到各种耸人听闻的新闻标题了。

“这在搞什么?!”吱的一声急刹，一辆市局牌照的警车将将停稳，面前这混乱的场面，让副驾驶上的张一明才靠吃药缓解了疼痛的胃，不由得又感觉到一阵抽搐。



接到局里通知时，张一明正躺在医院里准备做胃镜，作为市局副局长兼刑侦队长，今天是他半年来唯一的一天休假，结果，喉咙里麻药还没退，就被几个电话催到了现场——又一起儿童失踪案。

“这是要拍电视剧吗?”摇了摇头，张一明嘴里狠狠骂了一句，从口袋里摸出来两颗奥美拉唑扔到了嘴里，一仰头，咕噜喝了一口水，才打开了车门。

果然，看到张一明下车，一堆记者就跟看到火苗的飞蛾一样扑了过来。

“张队，据说这次失踪的是刘仁凯的独生女，请问这个情况属实吗?”

“张队，已经是第四起失踪案了，这是不是说明我们星港市治安存在很大隐患?”

“张队，据说刘仁凯因为上次竞标得罪了星航集团，这有没有可能是一起报复事件?”

一众记者七嘴八舌，吵得他有些头大。

一句话也没回答，张一明冲边上的警察使了个眼色，几人会意地筑起了一道小人墙，才让张一明勉强挤了出去。

警戒线内，几个脸色黑得跟锅底一样的警察，快步走到了张一明跟前。

“张队……”为首的市局刑侦支队副队长郑钢刚打算汇报工

作，张一明就指了指警戒线外，脸色铁青地说道：“封锁消息还要我教？”

“已经尽量封锁消息了……”郑钢很是委屈，现在人人有手机，小区里随便一个人得到了消息，往网上一发，这些记者就跟苍蝇一样嗡嗡地过来了，消息都不知道应该怎么封锁。

“看他们哪个单位的，给他们领导打电话，都给我领回去！干自媒体的，全部给我删帖，有任何消息泄露，我拿你是问！”张一明气不打一处来，“你告诉他们，现在还不到吃人血馒头的时候！”

“是！”啪地一个警礼，郑钢苦哈哈地往警戒线外跑去了。

看人跑远，张一明摇头叹了口气，颇有些怒其不争的意思。

再往前几步，张一明很快就到了小区游乐场内一架空荡荡的秋千旁。

“张队。”正俯身检查着什么的技侦科科长李珂冉，赶紧起身敬了个警礼。

在场的警察里，最让张一明放心的，就是李珂冉了，这姑娘长得美，学历高，本事也不差，特别是身上没什么女孩子的娇气，张一明用起来很顺手。

张一明点头示意了一下，道：“说说情况。”

“这一起怕是比前面几起都要麻烦。”李珂冉秀眉紧锁，“身份我们已经核实了，失踪的小孩叫刘子璇，今年十岁……确实是刘仁凯的女儿。”

“哦……”张一明掏出一支烟点上，重重吸了一口，什么话也没接，只感觉肩膀上压力剧增。

难怪市局领导得知案情后，第一时间就通知自己这个局里主管刑侦工作的一把手尽快赶到现场——且不说这已经是星港市发生的第四起儿童失踪案件了，更重要的原因是，这次案件还牵扯到了市委高层。

“张队……”看张一明半天没说话，李珂冉忍不住问道，“刘仁凯的父亲，真是前任星港市副市长刘广平吗？”

张一明点了点头，苦笑道：“胆子很大啊，都敢在太岁头上动土了。”

虽然被调到星港市工作还不到一年时间，但是这位刘仁凯的大名，张一明还是听过的。

早年间，此人从承包高速路段起家，一路摸爬滚打，进入了国内最赚钱的房地产行业，经过这么些年的发展，他的仁德集团，在星港本地开发商里已经是数一数二的企业，刘仁凯本人在民间也有“星港首富”之称。

像刘仁凯这样的生意人，有着错综复杂的背景，平日里估计没少得罪人，现在他的独生女失踪，张一明不由得多问了一句：“能确定和‘6 · 30’案件为同一个人所为吗？”

“刚接到报案时，我们怀疑过这是不是绑架勒索。”说话间，李珂冉指了指秋千边一个倒立的儿童单人小木马，“但……你看看这个……”

一低头，张一明只觉得全身的血直往头顶上冲——绿色的木马上，用血红色的喷漆喷着一个歪歪扭扭的阿拉伯数字“4”。

“真是这个畜生！”

## 02

三年前，也就是 2016 年 6 月 30 号，星港市河西区青年公馆小区，下午 4 点，八岁半的小女孩邓向柔穿着自己最喜欢的红裙子，正要跟着父亲去看望住在乡下的外婆。两人下了电梯，父亲去取车，小女孩就在单元门口等着。

不到5分钟，父亲从停车场开车出来的时候，小女孩已经不见踪影，小区单元门上留下了一个用红色喷漆喷成的阿拉伯数字“1”。

根据事发当时的记录，发现小女孩失踪后，警察不到一个小时便抵达现场，当时的专案组是由区公安分局领导的，他们一帧一帧查看了小区电梯、单元门口以及周边马路所有的监控录像，排查了所有的可疑车辆和行人，但没有发现一丝有用的线索。

小女孩就在摄像头的层层监控下凭空消失了，活不见人，死不见尸。

而这只是开始。从那以后，星港市又陆续发生了两起红衣儿童失踪案件，每一次的案发地点几乎都有层层监控，但是除了留下一个喷漆的阿拉伯数字，再也找不到其他任何线索。

眼见失踪儿童的数量再增，专案组的人员规格也一路升级，一直到新任的市局刑侦支队队长张一明这里，但是案情进展依旧毫无头绪。根据内部消息，上一任市局刑侦支队队长，就是因为一直没侦破这案子，才被提前退休，扔进了二线。

抬头观察着这个不到五百平方米的小区儿童游乐场，张一明摸了一把自己头顶钢刺一样的短发，忧心忡忡道：“问了家长吗？小孩失踪的时候穿的什么颜色的衣服？”

“还是一样。”李珂冉点了点头道，“跟保姆确认过了，小女孩穿的是红色连帽外套；另外，物证科也已经对喷漆进行了采集，比对结果很快就会出来。”

这句话，让张一明的眉头皱得可以夹死苍蝇了——红色衣服、数字喷漆，从这两点来判断，这起案子的凶手和之前的三起十有八九是同一人了。他叹口气：“说说过程……”

“根据保姆的供述，三个多小时以前，也就是今天下午6点左右，她接完小孩放学回家以后开始做饭，小孩说想去游乐场玩一会儿，可能是因为想着小区安保很严，而且据说平日小孩也都是这样，喜欢放学了来游乐场玩会儿，从来没有出过意外，保姆就同意了，并且交代小孩玩半个小时左右就回来吃饭，结果……”



李珂冉看了一眼问询笔录：“半个小时以后，也就是6点35分左右，保姆做完了饭，还没看到小孩回家，出来找也看不到人，就赶紧报警了。”

“当时小孩的母亲呢？”

“失踪的时候在小区门口的美容院做美容。”李珂冉指了指远处停着的一辆警用依维柯，叹气道，“现在已经哭得快不行了。”

“小区当时封锁了么？”

“封锁了。”李珂冉点头道，“案发后，保安第一时间就开始核对所有出入的人员和车辆，并且组织人员在小区内进行了地毯式搜查，但是一无所获。”

张一明一边观察着四周，一边问道：“小孩的父亲当时不在家里？”

“刘仁凯当时在外地开会，这会儿正往回赶。”说到这里，李珂冉叹气道，“刘仁凯一回，估计我们的压力会增加不少。”

“增不增都已经是这样了。”张一明把已经空荡荡的烟盒狠狠捏了一把，胸口像是被压了一块巨石，胃又跟着一阵抽搐。这个支队长不好当啊！半年都瘦了好几斤了！

“警犬方面呢？”提了提精神，张一明看着远处已经准备收工的警犬支队同事，问道，“没什么收获？”

李珂冉同样失望地摇了摇头：“没有什么收获，被带到现场以后一直在游乐场内部打转，怀疑嗅源已经遭到人为破坏。”

“行，知道了。”

警犬是依靠嗅源，也就是人给提供的气味来进行追踪，野外还好，嗅源单一，但在这种闹市区，追踪犬用处本来就不算大，只要有心，一点儿硫磺粉，汽油，或是动物尿液之类，人鼻子没法闻到的微量的刺激性气味，或者是把小孩绑架以后用车载走，都能极大干扰嗅源，更不用说还有这么一堆破坏现场的围观群众了。

“这是会变戏法吗？”

就刚才一会儿工夫，张一明已经把这个游乐场细细观察了一个遍——将近五百平方米的区域，里面都是一些很普通的小区游乐设施，包含一个滑梯，两个秋千，一个小型积木城堡，两个儿童蹦床，以及一些散落各处的儿童木马和健身器材。

可能是为了防止器材丢失或者小孩走丢，除了进出口有一个两米高、一米五宽的门以外，另两面墙全部围上了彩色钢丝软管包着的钢丝围栏，高度都接近四米了。还有一面墙，是小区最西南侧的外墙，高度也接近四米，紧邻着外面的马路，墙体是刷了白漆的圆柱形铁艺雕花围栏，每根圆柱之间，间距最多十公分，别说钻个人进去，稍微胖一点的人手臂都能给夹住。下面横隔栏离地最多也就十来公分，一条迷你型贵宾犬爬过去还可以，一个成年人类根本不可能钻进来作案。

换句话说，假如疑犯是通过这几面墙进出，除非他是孙悟空转世。如果他的进出路线不是这几面墙，剩下的可能就是游乐场的出入口。可出入口的上方装着一个摄像头，所有进出的人事物都不可能逃过它的监控，更不用说小区大门口那一排十多个高清摄像头了，怎么可能躲得过？

“这个监控已经查过了？”张一明指了指摄像头，不死心地问道。



李珂冉苦笑了一声道：“派出所接到报案后，第一时间就查看了。根据保安室的监控显示，小女孩是 6 点 5 分进入游乐场的，然后就没有看到出来了。”

“这个时间段有几个人进入游乐场？”

“最近天气不太好，所以没有很多小孩来玩，除了小女孩以外，这个时间段一共就进去了两个人……”李珂冉看了看手里的资料，接着说，“6 点 12 分，有个老太太带着孙子去玩了一会儿秋千，走的时候是 6 点 23 分，根据他们的口供，就在走之前，他们都看到了小女孩一个人在荡秋千。”

“保姆什么时候出门找她的？”

“6 点 35 分从别墅区出门，6 点 45 分出现在游乐场的监控中，找了一圈以后，一个人出来的，时间是 6 点 52 分。”

“那也就是说……”整理了一下思路，张一明分析道，“最后一个目击证人看到小女孩在游乐场是 6 点 23 分，而保姆发现小女孩在游乐场失踪的时间是 6 点 45 分……一共 22 分钟？”

“嗯。”李珂冉点了点头。

“22 分钟，把一个十岁的小女孩从一个几乎封闭的游乐场变没了？”

“从现在掌握的证据来看……”顿了顿，李珂冉无奈道，“可以这么理解。”

“特异功能吗？！”张一明心里一阵翻江倒海，这人不但胆子越来越大，而且比起前几起，技术还越来越高超了啊！

张一明瞄了一眼远处有些刺眼的探照灯，语气中已经颇有些死马当作活马医的意味："脚印和指纹方面呢？也没有收获？"

"相关的现场痕迹已经采集，我们的技术员已经在排查当中了……"李珂冉有些为难道，"但是因为天气的原因，能获取的信息并不算太多。"

"尽力吧。"张一明点了点头，没有多说话。

他其实对脚印指纹也没有抱什么信心，毕竟前面三起案子，除了喷漆数字和红色衣服这两个共同点可以证实是连环作案以外，疑犯每次都能带着孩子凭空消失，不留下任何线索，他不觉得这次疑犯会忽然变蠢。

"把案发当天……"想了想，张一明改口道，"把最近半个月，小区所有监控的视频都给我调取出来，特别是案发时间段的，一定要给我仔仔细细地核实，任何可疑人员都不放过！还有……通知郑钢，叫他排查一下小孩父母的社会关系，安排好监控监听，还是要以防是有人绑架勒索。另外，在小区再进行一次地毯式搜索，并且通知周边派出所民警，让他们务必全力配合！"

李珂冉点头道："行。我马上去通知郑队。"

看着李珂冉走远的背影，张一明一阵心焦，他有点后悔去年自告奋勇地下来"锻炼锻炼"了。以这次案件中失踪孩子父母的背景，很可能自己这个刑侦队长的位子都还没坐热，就要被人轰下台了。

"呵，还不如混混日子……"张一明自嘲地笑了声，脑袋里忽然浮现出一个人的身影——或许，那位以前在省厅里首屈一指的破案专家，能帮自己解开这个迷局？

不过，想起那位离职以后，从来都没有主动联系过队里任何一个兄弟，张一明又很快打消了这个念头。

“张队！”

正打算去问询失踪孩子的家属，边上一辆依维柯上，一个负责笔录的侦查员跑了过来，喘着粗气道：“张队，保……保姆晕了。”



“晕了？”张一明一愣，“怎么晕的？”

“吓……吓晕的。”

“吓晕了？”张一明眼睛一瞪，不耐烦地一挥手，“送医院去！”

## 03

星港市第一人民医院六楼，晚上9点整。

此时，脑神经外科的手术室在无影灯的照射下宛如白日，手术台上躺着的是一个六七岁的小女孩——颅内囊肿，好在切片化验的结果为良性，而且发现得早，肿瘤也不算大，所以开颅手术的难度并不算高。

“擦汗。”廖伯岩用血管钳小心地夹住了一条颅内血管，向身边的助手发出了清晰的指令。

话音刚落，巡回护士很快握着一块无菌毛巾轻轻在廖伯岩额头上拍了几下。

“血管钳……”

“啪！”另外一个助手重重地把血管钳拍到了廖伯岩的掌心。

“嘶……”常年站在手术台边，廖伯岩患有骨质增生的职业病，此刻这种疼痛有些发作，他只感觉自己的身体似乎微微一抖，嘴角不由得咧了咧。

不过这并没有影响到他的下一步动作，毕竟有三十多年的从医经验，廖伯岩能轻松应付手术台上发生的一切突发状况，这简直已形成了一种肌肉记忆。更何况，今天不算一台大手术。

“脑压板……”

“脑膜拉钩……”

“脑吸引器……”

“注意观察患者生理数据……”

一条一条指令不断地从廖伯岩的口中发出。

整个手术室四五个医生护士忙碌但有序，一切有条不紊，像是在上演一场已经彩排过无数次的精密话剧。

两个多小时了，手术已经进入了最后的缝合阶段。

“小陈，你来接手……”把手中的皮肤拉钩交给了一旁一个戴着眼镜的医生，廖伯岩长吁了一口气，缓缓走出了手术室。

门口，两个已经哭红了眼睛的亲属，像是看到救命稻草一样扑了过来。

“医生！医生！我们家孩子怎么样了?！我们家孩子怎么样了?！”

“你们先别激动！”一起跟出来的护士赶紧帮着廖伯岩挡开了病人家属，嘴里宽慰道，“放心吧，廖主任的手术很成功！肿瘤基本切除，你们的孩子情况稳定！”

“谢谢！谢谢！廖主任……太感谢您了！”小孩父亲抓着廖伯岩的胳膊一阵摇晃。

“廖主任！您就是孩子的再生父母！”小孩母亲哆哆嗦嗦感激了一句，忽然扑通一声跪了下来，“您就是孩子的再生父母啊！”

"起来起来，你们这是干什么！"见惯了各式家属们的感恩戴德，廖伯岩并不太领情，微微有些怒气道，"赶紧起来！这是医院，不要喧哗！"

说罢，示意护士长安抚家属，自己头也不回地往办公室去了。

关了门，廖伯岩摘下口罩，一屁股瘫坐在了办公椅上，这才发现，后背不知什么时候已经湿透了。

"真是老了啊……"廖伯岩有些伤感，可不是么？十年前，自己是能在手术台上连续站十一个小时不需要休息的人，现如今，两个小时就汗流浃背了。

刚想起身倒杯水，办公室的门忽然被人敲了几下，一个秃了半边的脑袋伸了进来，一脸谄笑，露出一口黄牙："哟，廖主任，忙完了？"

"嗯。"廖伯岩点了点头，并没有多话。这人是管医院后勤的副院长肖爱国，不学无术，靠着老婆家里在卫生厅的关系，当了个副院长，廖伯岩和他向来不对付。

"呵呵，我听刘护士长说了，手术很成功啊。"肖爱国倒是也不见外，依旧一副乐呵呵的表情，自顾自进了门，嘴上开始抱歉道，"今天您休息，还请您过来手术，真是辛苦您了，我这主要也是推脱不开，您也知道，这是卫生厅王副厅长的远房亲戚……"

"没事，任何病人在我看来都是一样的，不管患者是不是谁的亲戚。"廖伯岩有些厌恶地打断他，连头都没有抬，认真整理着办公桌上的文件，接着又把散乱的几本书都沿着桌面的直角放整齐——多年来的医学生涯，让他对于整洁有些强迫症。

"那是那是。"肖爱国赶紧点头，讨好道，"您看您今天有没有时间？要不请您吃个饭，也算是聊表心意？”

“不用。我没空。”

“哦……这样啊。”肖爱国脸上微微有些尴尬，“那要不明天？”



“明天要给研究生上课。”廖伯岩摆了摆手，直接道，“吃饭就不用了，你跟患者家属说下，他们今晚可以回去了，患者今晚会转ICU，不能探望。”

“那行那行，那我就不打扰廖主任忙了。”连续讨了两个没趣，肖爱国也不好再勉强，客气了两句，退出了办公室。

顿时，整个办公室里，就剩下墙上的一个挂钟在发出滴滴答答的声响。

已经晚上9点半了，也就是说，离案发时间已经过去了将近三个小时——很好，计划已经完成了一大半，从目前来看，手法和不在场证明都接近完美。

廖伯岩喝了口水，从口袋里掏出了钱包，打开来看，内页上夹着一张照片——那是一家人最后一次去迪士尼的时候拍下的照片，照片中，廖伯岩右手搂着妻子的肩膀，女儿亲昵地靠在他胸口，他像是巨人一般护卫着家中的两个女人，一家三口，温馨得让人羡慕。

廖伯岩用有些苍白的手指细细抚摸着照片上的两张笑脸，一阵揪心的疼痛，像是没打麻药就被人掏出了心脏一般。

“嗡……”就在此时，口袋里的手机猛然震动了起来，屏幕上弹出了一条信息：

全城搜救——星港国际社区再次发生红衣儿童失踪案件。

廖伯岩瞄了一眼，很快点下了删除键，起身脱掉了白大褂，站到了窗户边。他唰地一下拉开窗帘，重重地呼了一口气，此时，在他眼前，整个星港已经被黑漆漆的夜幕笼罩……



## 04

天亮得早，才 6 点多，东方就出现了鱼肚白。

星港市公安局四楼，整整一层，十来间办公室，已是一副热火朝天的景象。

四十多台电脑，四十多块屏幕，能调配的警力大部分都扑在了这个案子上。

通宵没睡，张一明看着摊开在会议室办公桌前的一堆问询记录，嫌疑人口供，搜查登记，现场照片，眼睛红得跟发怒的公牛一般。

四起案件——

最早一起发生于 2016 年 6 月 30 日，地点是星港市河西区鑫源小区，失踪女童八岁半；

第二起已是十三个月后，2017 年 8 月 16 日，地点是星港师范大学教师新村，失踪女童十岁，她当时甚至已经进入了单元楼道；

第三起只相差了四个月，2017 年 12 月 18 日，地点是星港市岳山区的小吃街，失踪男童八岁半；

然后就是今天星港国际社区这一起了。

除了失踪儿童都穿着红色衣服这一点，这四起案件的案发时间间隔没有共性，案发地点没有共性，失踪儿童的年龄从七岁多到十岁多，年龄相差较大，生活背景没有共性，甚至连性别都没有共性……

张一明摸了支烟出来叼在嘴上，都忘了点着。

昨天，刘子璇的父亲刘仁凯已经赶回星港，市局也连夜召开了紧急会议，上头的意思已经相当明显，如果这起案子还破不了，张一明在星港市的仕途怕是就此完结了。要是这样回到省厅，张一明的这张脸往哪儿搁。当初可是他自己要求下来历练的，临走前还请那帮家伙胡吃海喝了一顿，牛皮都吹到天上去了，现在灰溜溜地滚回去，还不被人笑掉大牙。

“张队！”会议室的门被人推开，刑侦副队长郑钢和技侦科科长李珂冉，领着一群刑警鱼贯而入。

“喷漆检验结果出来没有？”一句客套没讲，张一明赶紧问道。

李珂冉把手中的资料一放，道：“出来了。根据物证科的比对，和前三起一样，都是‘好彩头’牌喷漆。”

不出意外，果然还是这个“好彩头”。

张一明只感觉一阵头大——彩头一点儿也不好，这是全国市场占有率第一的喷漆品牌，随便一个五金杂货店都可以买到，根本没办法追踪来源。

“指纹、脚印呢？”

“因为天气加上水泥地的缘故，本来就采集得不多，已经做了大概比对。”李珂冉摇头道，“也没什么收获，基本都是小区内部人员留下的。”

张一明摆了摆手，把目光看向了副队长郑钢：“小区排查情况进行得如何？”

“昨天在小区保安队的协调下，我们已经连夜对小区进行了两次地毯式入户排查，但没有发现孩子的踪迹，也暂时没有发现可疑人员。”郑钢面露难色，“物证科调取了小区游乐场案发时间段四个进出口大门，以及小区内部总共九十二个摄像头的视频资料，通过对视频资料的分析，案发时间段一共经过了四十六辆四门轿车和七辆电动车，我们对这些车辆也进行了初步排查，但是……”

“但是什么？”

“那个……那个……”郑钢犹豫了一下，尴尬道，“基本都是小区内部人员和车辆，暂时没有发现什么可疑的地方。我们现在已经扩大了排查监控的时间范围，只是这样的话车子和人员的数量就比较多了，排查时间会稍久一点儿。”

“嗯，继续扩大！”

张一明深吸了一口烟，觉得自己不能把负面情绪写在脸上，以免打击大家的积极性。他稍稍坐正了一些，拍了拍桌子，示意大家都坐下，才道：“刘仁凯家中的监控情况怎样？社会关系排查得怎么样了？”

郑钢摇了摇头：“没接到任何可疑电话。”他指指边上两个侦查员，“至于社会关系，小马和老邓也做了初步排查，社会上谣传刘仁凯是因为竞标土地得罪了星航集团，这个事实也不成立。”

“怎么说？”

“根据我们查到的资料，这两家公司属于合伙竞标，共同开发，根本不存在矛盾。”

小马接话道：“而且刘仁凯也很肯定，他没有得罪过什么人。”

“那就奇了怪了！”

一，没有仇家；二，监控画面没拍到半根疑犯的毛；三，查来查去连个可疑人员都没有。难道是天外飞仙啊?!

张一明把烟头狠狠一按，决定改换一下思路，集思广益。他拍了拍手:“各位都谈谈对案子的看法吧，大家畅所欲言。”

负责调查刘仁凯社会关系的小马率先发言:“我觉得，现在已经可以排除人贩子和绑架勒索的可能性了。案子过了这么久，一个电话都没有，这不符合儿童拐卖案件和勒索绑架案的规律。”

“张队，你觉得有没有可能和‘6·30’的疑犯并不是一个人，而是模仿作案?”一旁的郑钢道。

张一明摇了摇头:“不太可能。就星港国际社区的安保情况而言，一般人想模仿很难。从现在掌握的线索来看，疑犯似乎是一个喜欢挑衅警方，而且对穿着红衣服的小孩特别敏感的高智商变态。”

郑钢一脸无奈道:“这样一个变态有案底的可能性应该很大才对。可前几次案发时，我们已经排查过星港市区所有有前科的刑满释放人员，没有发现任何线索啊……”

众人陷入了沉默，李珂冉忽然打开了一张星港市区地图，摊开来道:“大家有没有考虑过一个问题，疑犯为什么要在这些地方犯案?”

“什么意思?”

李珂冉把几处案发地点在地图上标上了红圈，分析道:“四起案子，有高端小区，有教师新村，有小吃街……但是每一处都密布着监控摄像头，而且安保情况也并不差，这一点大家同意么?”

一众警察点了点头。

“那么，大家想想……”李珂冉环顾了众人一眼，接着道，

“假设疑犯真的是个心理变态，可穿红衣服的小孩不是非常常见吗？为什么他要挑有这么多摄像头的地方动手？为什么不选在更隐秘的地方，最多换一个目标不就行了吗？”

“嗯，小李分析得有道理。”张一明点了点头，这也是他心中最大的疑惑，“也就是说，红色衣服这个点，有可能只是一个诱因，但不是主因。”

边上一个老刑警琢磨着道：“也对，一个人的变态欲望再强烈，也不会故意让自己暴露在危险之下。”

李珂冉同意道：“对。在这起案件上来说，从表面来看，失踪儿童都身穿红色外套，而且每一个失踪地点都留下了喷漆数字，这确实很像是一个自大的虐童癖变态的作案手法。但是，一般的虐童癖会对孩子的性别有偏好，比较少出现有男有女的情况。而且像这种连环作案，变态寻找的就是一种心理上的满足，就像普通人肚子饿了需要吃饭一样，一日三餐，一般在间隔时间上会有规律，但是这四起案件，间隔短的三个月，长的相隔一年多，明显也不太符合特点。”

郑钢也跟着点头道：“变态连环作案往往还有一个特点，在地点的选择上会有一些共性，比如湖边、小巷，又或者大学周围。但是这几起案子的案发地点没有共性，唯一的共同点恐怕是监控摄像头都不少。”

张一明倒了杯水喝了一口，总结道：“对，大家分析得都有道理。所以，除了穿红色衣服以外，这四个小孩一定还有其他共性，让疑犯宁愿冒着被抓捕的风险，也要在安保这么严密的地方犯案，并且还故意留下线索挑衅警方。所以，大家想想，这些孩子还有什么共性呢？”

这个问题又把大家给难住了。一个参与了前三起案件的专案组成员率先摇头道："这几个小孩，除了都是在星港市失踪的，家庭背景、父母职业、年龄、性别、成长环境，好像找不出来什么共性了。"

一个年轻警察接口道："对啊，即便这是一起针对四个家庭的报复，这四个家庭也很难同时得罪同一个人吧……第四起和第三起，一个是星港首富的孩子，一个家里是开小卖部的，这两家的社会人际网能有什么交集？最有嫌疑的保安和老师等职业，我们也交叉排除过，根本没有人能同时接触两个小孩。"

郑钢颇为郁闷地摇了摇头："而且，我昨天还专门找出了以前的视频看了看，这四起案件的现场都没有出现过重复的嫌疑人。"

案情又由晴转阴，张一明对这个问题同样没有答案。

确实是这样，四个家庭，有大商人，有做小买卖的，有大学老师，还有普通白领，不管从哪个角度来看，都找不出来四个小孩身上的交集。那么，疑犯的动机究竟是什么？

众人再次陷入了沉默。

老这样干坐着想也不是个办法，张一明捋了一遍案情，起身拍了拍手，安排道："今天的会议先这样吧。物证科那边，接着排查小区入口的视频，把时间范围逐步扩大；侦查科那边安排人员走访小区周边，看看有没有可能找到目击证人；郑钢，你还是再带人去小区核实一下情况，重点调查有没有目击证人，有任何疑点第一时间联系……"

"嘭！"

话音还没落，会议室的门猛地被人撞开了，一个披头散发的女人疯了一样冲了进来，跟在她身后的一个五六十岁的老太太想拖都没拖住。

“你们……你们谁是负责人?！快说，你们谁是负责的?！”

即便披头散发也能看得出来，这是一个面容姣好的女人，不过此时，应该是一直没有休息再加上精神高度紧绷，女人已经歇斯底里了。

“子璇妈妈，你先别激动。”身后跟进来的一个女警赶紧扶着女人坐到了边上的椅子上，嘴里安慰道，“我们已经在全方位跟进了，很快就能查到子璇的下落。”

“孩子呀，你别这样，妈看着难受。”老太太估计是失踪小女孩的外婆，这会儿也跟着女儿一起抹着眼泪。

“你是不是这起案子的负责人?！”可能发现张一明是刚才唯一一个站起来的，女人像找到救命稻草一样抓着他的胳膊，“你一定要救救我的孩子，一定要救救我的孩子！”

“我们会尽力的。”此情此景，让张一明心里堵得慌，是啊，一个孩子对于一个家庭，特别是一位母亲来说，往往意味着一切。

“光尽力不行！”女人疯狂地吼着，“一定要找到！一定要找到！”

老太太看不下去了，“扑通”一声跪在了张一明跟前，泪眼婆娑地哭道：“求求你们了！我给你们跪下了！我闺女生娃娃的时候产后大出血，差点儿连命都丢了，她以后也生不了了，就这么一个寄托，我求求你们帮她找到孩子吧。”

“您先起来，您先起来。”李珂冉赶紧扶起了老太太，不断安慰着，“我们一定会找到子璇的，放心好了。”

这场面让在场的警察们心里跟压了块千斤巨石一样，气氛很是压抑。

张一明赶紧挥手，从门外又叫进来两个女警，好不容易把两人劝走。他接着把下属的工作安排妥当，便瘫坐在办公椅上，有些失神。

干警察这么些年，不是没有遇到过大案要案，但是这么诡异的案子，他还真是头一次遇见。不能怪家属着急，现在已经过去了十多个小时了，每过去一个小时，找回孩子的几率就要低上好几个百分点，如果超过四十八小时，再想把人找回来……

“哎……”张一明叹了口气，正打算从口袋里掏支烟出来解闷，“啪”的一声，一个不小心，一个已经掉漆的钥匙扣落在了地上——这还是当年张一明在省厅刑侦总队的时候，因为破获了轰动一时的“望城坡灭门案”，集体荣立二等功，省厅给他们颁发的纪念品，有些年月了，漆掉得差不多了，不过张一明一直舍不得扔。

“张队，想什么呢?”安慰好家属的李珂冉折回办公室，正打算拿上自己的文件袋离开，却见到张一明正盯着手里的钥匙扣发呆。

“看来只能死皮赖脸一次了。”张一明从办公室的抽屉中抽出了一张请帖，问道，“小李，会开车么?”

李珂冉一愣，随即点了点头：“会啊。”

“那行，去趟省城。”张一明重重拍了拍李珂冉的肩膀，“我通宵没睡，不敢上高速，麻烦你跟我走一趟。”

# 第二章▲离婚律师

## 01

早上 9 点，阴沉了很久的省城难得放晴。

钟宁把车停在地下停车场，没有坐电梯，专门又步行绕回了海天大楼的正门，只为了能多晒上一两分钟的太阳。

几年前，从省厅出来后不久，钟宁就在海天大楼租下了一间办公室，开了这家律师事务所。规模不大，主要业务是离婚官司。因为这种官司风险低，利润大，最主要的是，国内目前的离婚率高达百分之三十，不愁没有生意。

果然，上了六楼，电梯门一开，前台那个扎着马尾的姑娘赶紧迎了上来："钟律师，那位赵女士在办公室等您好久了。"

钟宁微微一愣，他不记得今天早上约了客户："哪位赵女士？"

"她说前两天和你微信聊过的。"

"哦……" 钟宁记起来了，前几天晚上，有个女人加了他微信，说是朋友介绍过来的，准备离婚，要找他打官司。他皱了皱眉：“我不是早就给推了吗？”

“她非要等您，我也没办法。”前台姑娘一边接过了钟宁的公文包，一边小声嘀咕道，“我听周律师说，那位赵女士的老公是开连锁超市的老总，这财产分割少不了……嘿嘿，您不是老强调，一切为人民币服务么？”

这话让钟宁有些哭笑不得，怨谁呢？都是自己给带坏的，只是……要更好地为人民币服务，也得把官司打赢才行啊。

推开办公室的门，钟宁就看到助手周思妍正陪着一个坐在沙发上的少妇讨论着什么，少妇三十出头的样子，一席碎花长裙，搭配着一件收腰小皮衣，打扮入时，不过脸上倒是素颜，连眉毛都没画，显得和这身精致的打扮有些格格不入。

“钟律师，您终于来了。”看到钟宁，少妇赶紧起身伸出了手。

“赵女士是吧？”钟宁笑着握了握，冲小周道，“先忙你的去吧。”

“好的，那这边交给您了。”周思妍点了点头，还冲钟宁眨巴了一下眼睛，那意思应该是不要放过这条大鱼。

“钟律师，我也是听朋友说，您这边处理这种案子靠谱，我才专门找过来的。”少妇似乎很担心钟宁不接她的官司，解释道，“我那天在微信上可能是没和您说清楚，所以今天想和您见面谈谈。”

“大概情况我了解了。”钟宁示意少妇坐下，回忆了一下道，“您是说，您的老公有外遇，导致您的婚姻生活毫无质量可言，所以您决定离婚是吧？”

“对对……他包养小三！”仿佛是被人戳到了痛处，赵女士梨花带雨地哭上了，“那个没良心的，现在和公司的秘书打得火热，家都已经不怎么回了。”

“您先别激动。”钟宁扯了张抽纸递过去，“那么您的意思……”

“我的意思是，你们能帮我调查这个事情吗？”赵女士抹了一把眼泪，一副我见犹怜的样子，“我虽然没学过法律，但是也知道，像我这种情况，那个没良心的是不是要给我赔偿？”

“这个嘛……”钟宁有些无奈，以前吧，还有句古话叫大难临头各自飞，现在倒好了，有事没事都各自飞了，飞就飞吧，飞之前都想多捞点儿好处。

他解释道：“根据我国新出台的《婚姻法》，一方有婚外情，确实是法定的感情破裂情形，法院判决离婚的可能性很大，而且有婚外情行为一方为过错方，根据过错情形，肯定要对非过错方给予一定赔偿，但是到了法庭，需要确凿的证据证明您的丈夫出轨了。”

“确凿的证据，你们帮我调查啊！”赵女士瞪着通红的眼睛道，“他经常和那个秘书约会，照片很容易拍到的。”

“呵呵，这个恐怕不行。”钟宁尴尬地笑了笑，“偷拍取证，法庭上是不承认的。”

赵女士脸一红，赶紧道：“我也是朋友介绍过来的，我听我朋友说，您以前当过刑警，办法多得很。您放心，只要我成功离婚并且拿到赔偿了，酬劳方面，我绝对不会亏待您。”

呵，还挺知根知底的，看来私下做了不少功课。钟宁笑了笑，还是不打算浪费太多时间，起身道：“那行，我考虑一下。哦，对了，赵女士有名片吗？”

“有的，有的。”少妇赶紧打开随身的小包，从名片夹里掏出一张印着“大通连锁超市副总经理”名头的名片，递给了钟宁。

“那行，今天先这样。”钟宁收好名片，伸出手道，“您这案子我研究一下，要是有消息，我第一时间通知您。”

“谢谢，谢谢了。”少妇再三感谢，才有些依依不舍地退出了办公室。



人一走，助手周思妍就走了进来，乐呵呵地看着钟宁道：“钟律师，大案子吧？接么？”

“不接。”钟宁想也没想，直截了当地回答。

“不接？”周思妍吃了一惊，“这不符合你的风格啊。”

“我什么风格？”

“唯利……”话到一半，周思妍发现自己用错词了，改口道，“就是……那个，妇女之友的风格啊。”

“呵呵，唯利是图就唯利是图吧。”钟宁也不生气，一摊手道，“唯利是图也要有利可图啊。”

“什么意思？”周思妍没听明白，“她老公可是大通连锁超市老板，油水足得很啊。”

“那也看你有没有本事啃下来。”钟宁掏出手机扒拉了几下，“她和一个叫宋君的健身教练出轨了，孩子都怀上了，这官司占不到什么便宜。”

“啊？”周思妍张了张嘴，“你认识她？”

“不认识。”

“那你认识宋君？”

“更不认识。”钟宁把手机放在了办公桌上，点了点屏幕，“你看看，这是她的微信，前天加的我……这是她朋友圈，你看第二条……”

朋友圈晒的是一张普普通通的照片，照片中是一个普普通通的两人位的桌子，桌面上随意摆放着两副碗筷，还残留着一些老板没来得及收拾的残羹冷炙。照片下的文字写着：“和闺蜜出来聚餐……开心！”后面还有几颗红色的心。

“这有什么？”周思妍摊手道，“我也经常晒吃饭的照片啊。”

“晒照片是没什么，但是说谎就不好了。”钟宁笑了笑，指了指朋友圈的照片道，“她根本不是和闺蜜吃饭，而是和一个鲁省籍，身高一米八，叫宋君的左撇子健身教练在吃饭。”

“哈？”周思妍呆了，又低头仔细看了一眼照片，上面除了桌椅板凳，剩菜剩饭，一个人都没有啊。

“注意观察……”钟宁把图片放大了一点，分析道，“看地上的地板砖和桌子的间距……根据方桌的大小比例推算，这个饭店地上的瓷砖规格应该是四十乘以六十，而两张靠背的凳子，一张离桌面大概三十公分，一张离桌子五十公分左右，从这个距离，可以大概推断出……”

说到一半，见周思妍似乎有些茫然，钟宁解释道：“……其实这个和开车的时候调座椅一样，矮个子的，座椅一般离方向盘近，高个子，自然就离得远一点，所以根据桌子和凳子间的距离，推算出来，一个人身高是一米八左右，另外一个一米六左右，一米六的自然就是这位赵女士了，那剩下的一米八……我相信她应该不会有这么高大威猛的闺蜜吧……”

“哇……”周思妍吃惊地张大了嘴巴，根据方桌推算地板砖大小，再根据地板砖大小推算出座椅离人的距离，然后再根据这个间距推算出人的大概身高，这本事，她还真只在电影里面看过，“那……那男的是健身教练，还是个左撇子，你咋看出来的？”

“左撇子就更容易了。”钟宁点了点照片上的一副碗筷，“你看，这男的坐在这一边，桌上的水杯和筷子都放在碗的左边。至于健身教练嘛……”他又把照片稍微放大了一点，“看看这个上面的水杯……”

“安利纽崔莱？”周思妍恍然大悟，“这是泡蛋白粉的水杯？”

“嗯。”钟宁点了点头，呵呵笑道，“除了把健身当职业的教练，谁没事聚餐的时候还特意泡蛋白粉增肌？”

“那鲁省人呢？”

钟宁依旧只是点了点照片：“看看桌子上面的倒影……”

周思妍低头看了看，果然在餐桌的玻璃上，看到了反光照进来的几个霓虹字：“爵士湘菜馆？”

“对，爵士湘菜馆……”钟宁点了点头，指指照片当中的水杯旁边，“再看看这个……”

“大葱？”

“在湘菜馆吃饭都不忘叫老板配两根大葱，鲁省人，应该八九不离十了。”

周思妍觉得脑子有些不够用了：“那名字呢？这照片上总看不出名字吧，你怎么知道他叫宋君？”

“很简单。”钟宁拿起手机，输入了几行字，很快又递到了周思妍眼前，“我百度了一下，这家爵士湘菜馆的楼上就有一家叫倍力健身的俱乐部，我就顺便看了一下他们的官网……”

屏幕上正是倍力健身的官网，下面第一张照片的描述内容，就是一位叫宋君的教练的个人简介，身高一米八，体重一百六，鲁省人，从事健身行业七年，照片应该是一个什么健美比赛拿了名次时拍的，这人用左手拿着奖杯……

“我的天……”周思妍瞪着眼睛看着钟宁，“钟律师，我算是知道为什么你现在还没女朋友了，这谁敢跟你谈恋爱啊！”话到一半，她又想起了什么，“不对……你刚才说赵女士怀孕了？这从照片上也能看出来？！”

钟宁摇了摇头，道：“怀孕当然不能从照片上看出来，是从她本人身上看出来的。”

“本人怎么了？”周思妍回忆了一下，“我也见到她了，并没有发现她怀孕啊。”

“看到赵女士今天的打扮了吗？”

“嗯。”这一点，同为女人的周思妍倒是印象深刻，“很时髦，也很漂亮，但是……她今天好像忘记化妆了。”

“不是忘记的，是特意没有化妆。还有，她今天虽然穿得很时髦，却搭配了一双平底鞋，就连我这么土的直男也知道，她身上那条裙子应该搭配高跟鞋才更好看。除了这些之外，她已经有一段时间没有做过指甲了，你没注意到吗，她的美甲已经脱落了不少，斑驳一片很难看，不像是她这样时髦的女性会忽视的细节。”

“穿平底鞋……不做指甲了……还没有化妆……”周思妍有些不服气，“就这几点，只能说有可能吧，你怎么就能断定她已经怀孕了？”

“确实不能断定，于是我又专门找她要了名片。”钟宁弹了弹桌上那张名片，“很巧，她拿名片的时候，我看她包里有一个小瓶子，上面标着维生素 B9。”

“维生素 B9？”

“这种维生素还有个另外的名字……”钟宁一摊手道，“叶酸。”

“哈！”周思妍明白了，“是防止胎儿畸形的药。”

“综上所述……”钟宁把手机放回了口袋，“一个怀孕的女人，隔三岔五地跟一个叫宋君的左撇子健身教练约会，还这么着急离婚，我想孩子应该不是她老公的吧，所以，这官司我们接了会很被动。”

周思妍给钟宁倒了杯水：“佩服佩服。以后我还是得多跟钟律师学学，看事情不能只看表面。不然掉坑里了都不知道。”



“千万别跟我学。”钟宁摆了摆手，笑道，“唯利是图可不是什么好品行。”

“也不光学唯利是图嘛，还有慧眼如炬不是？”

正闲聊着，办公室的电话忽然响了起来，钟宁按下免提，里面传来前台的声音：“钟律师，有人找。”

“有预约的吗？”

“没有……是一男一女，两个警察。”

## 02

“啧啧啧！钟队，您这儿生意不错啊，租这么大的办公室。”张一明来来回回把钟宁这间三十来平方米的办公室看了个遍，脸上挂着浓浓的羡慕，“这地方租金很贵吧？”

“别叫我钟队了，你又不是不知道，我离开省厅很久了。”钟宁打开一个小小的冰箱，扭头问道，“那个……李科长？你喝什么？”

“水就可以了……谢谢。”李珂冉坐在沙发上，到现在还有一些迷茫，那边案子还在火烧眉毛呢，张队居然让自己开了快一个小时的车，到省城来找这个叫钟宁的律师。看上去还是个打离婚官司的律师，难道张队还顾得上先处理自己的婚姻关系？

“你永远是我心中的钟队。”转了半天，张一明终于老实地坐了下来，呵呵笑道，“叫别的，我还真不习惯。”

钟宁给两人拿了水，坐回了办公椅上：“你可以啊，当了副局长，这官话也是一套一套的了。”

“可别挖苦我。早知道这样，我还不如留在省厅跑腿呢，这一年不到，我估计又得从星港回来了。”张一明砸吧一下嘴，“钟队，透露一下，你这儿一个月赚多少？要不我干脆不当警察了，和以前一样，还是跟您混吧？”

“当律师你不够格。”钟宁啪地一下把张一明想跷起来腿给拍了下来，“别拐弯抹角了，有事说事。”

“这个……”

“你还不好意思了？”钟宁瞄了一眼李珂冉手上的文件袋，问道，“是不是儿童失踪案？”

张一明苦笑道：“你猜到了？”

钟宁掏出支烟在两指间捏了捏，又把它塞回了烟盒里：“呵呵，不知道你这个星港市主管刑侦的头头是怎么管控舆论的。今日消息，企鹅新闻，几大媒体平台都在显著位置发布了相关新闻，下面的留言都好几千条了。”

被批评了一通，张一明苦着脸道：“哎，科技日新月异，我们也很被动，这不专门来找您了么？”

“别来这一套。”钟宁不为所动，“你知道的，对于刑事案件，我一点儿兴趣都没有。”

“别啊。”张一明赶紧摆了摆手，冲李珂冉道，“小李，把资料先给钟队看看。”

李珂冉点头，把手中早就准备好的案卷摊开，搁到了办公桌上。

“钟队，你说这案子奇不奇怪。四个小孩全都是在摄像头密布的公共场所失踪的，他们的家庭环境完全不一样，除了失踪时都穿着红色的衣服，任何共性都找不到，家庭的社会关系也没有发现交集……你说，要是光因为他们穿着红色的衣服，那多少小孩都穿红色？这疑犯犯得着这么费力在监控严密的地方下手么？”

张一明絮叨了半天，一抬头，有些尴尬地发现，钟宁根本就没往案卷上看。

“我说了我没兴趣。”钟宁打开抽屉，拿出两条和天下香烟，递给了张一明，“我戒了，你拿着抽，跑这么远不容易。中午一起吃个饭？”

“钟队，案子确实……”

“我离开一线很久了，而且你们这么多人都查不出来，我更加不可能。”钟宁打断了张一明的话，起身道，“来找我吃饭我欢迎，但是案子的事情，我爱莫能助。”

“可是毕竟你……”

“要是没时间吃饭的话，我也不强留。”钟宁把两条烟推到张一明跟前，点了点手指道，“我刚好也要出门办点儿事情，要不……下次再聚？”

“好吧……”到了这个份儿上，张一明也不好再强求，使了个眼色，叫李珂冉把案卷收好。他从口袋里掏出请帖，递给钟宁：“下个月五号，月华大酒店！燕子可跟我说了，你要不去，叫我派刑侦队集体过来请你。”

“那先恭喜你们了。”钟宁终于露出了笑容。张一明和燕子，一个刑侦，一个户籍，当初是同时进到厅里的，也是钟宁一路看着他们走到一起的。想不到当初看着不靠谱的一对，如今居然要结婚了。

“我也想多自由两年啊。”张一明呵呵一乐，摸了摸肚子道，“怀上了，必须得负责了。”

“你小子也该稳重点儿了。”钟宁扬了扬请帖，“喜帖我收下了，肯定会去的，你放心。”

“那就好，也算是完成了老婆交代的任务。”张一明呵呵一笑，拍了拍李珂冉的肩膀，“走吧，不打扰钟队了，只是不知道下个月结婚，我这个心情哟，还有没有这么好了。唉，说不定被开除了……”边说边往门口走。

“你小子……站住！”钟宁把两人叫住，“激将我？”

“哪儿敢激将您呀！”张一明一脸无赖的笑容，“就是想您帮着出个主意，这案子，实在是走进死胡同了。”

钟宁稍微犹豫了一下，捏了捏手中的喜帖，还是开口问道：“你刚才说……四个小孩，不是单纯因为穿红色衣服刺激了疑犯才被绑走的？”

张一明站住，点头道：“根据现在的分析，红色衣服应该不是单纯的原因，不然没办法解释为什么作案时间和地点这么没有规律，也没办法解释他为什么会挑星港国际社区这样高难度的地方作案。”

“这一点是对的。”钟宁想了想，接着道，“没找到四个小孩身上的其他共性？”

“没有……”张一明为难道，“这也是最奇怪的地方，四个小孩，成长环境，家庭背景全部不一样，保安和教师之类职业的相关人员我们也都查过了，没有人同时与两个家庭有过交集。”

“教师……保安……”钟宁琢磨了一下，笑道，“你有些本末倒置了。”

“什么意思？”张一明一愣。

“你的大方向没有错，但不应该从职业入手去找人，而是应该从人入手去排除职业。”钟宁认真道，“还记不记得那句话？你可以在一段时间骗过所有人，也可以在所有时间骗过一部分人……”

“……但是你没办法在所有时间，骗过所有人。”张一明接完下半句，点头道，“当然记得啊，你以前老说嘛，但是这个案子……”

“这个案子也是一样……”钟宁又掏出一支烟夹在两指间捏了捏，“根据洛卡尔物质交换定律，犯罪行为人只要实施犯罪行为，必然会在犯罪现场直接或间接地作用于被侵害客体及其周围环境，也会自觉或不自觉地遗留下痕迹。”

张一明无奈地摊手道：“但是这案子，除了疑犯主动留下的喷漆数字，我们没发现其他任何可疑的痕迹，甚至小区九十几个摄像头，在案发时间段，都没有拍到疑犯一根汗毛。”

“案发时间段没有拍到……”钟宁低头思考片刻，接着道，“如果疑犯没有在空间上……也就是案发现场，留下一根汗毛，那么除了空间，还存在另外一种可能……”

“时间？！”一旁一直没说话的李珂冉接口道。

“对。”钟宁赞许地看了李珂冉一眼，“无论多么复杂，看起来多么不可思议的案子，疑犯只可能在时间和空间上做文章，你们既然在物理空间上找不到漏洞，为什么不从时间上入手？你们从职业入手排查的思路也并没有错，只是弄反了而已。”

“那我懂了！”张一明心头一亮，眼里放着精光，“你的意思是，我可以扩大排查时间范围，不要拘泥于案发时间段，然后根据出现在案发现场周边的人员，再去核对职业，从而发现线索，而不是凭空去猜可能有关联的职业然后再去找人。”

“差不多是这个意思吧……”钟宁一摆手，做出送客状，“我还有事，其他的只能靠你们自己查了。”



## 03

“立刻通知郑队，让他扩大排查范围，把当天出现在星港国际社区的所有人的职业全部核实一遍，但凡有任何发现，让他马上通知我们。”

车子过了回星港市的高速收费站，李珂冉很快就按照张一明的意思，通知了星港市局。

收好电话，她回忆着刚才那个貌不惊人的律师，好奇道：“张队，您那个律师朋友挺大牌啊，感觉不好相处。”

“大牌？”张一明呵呵笑了笑，“‘望城坡灭门案’听说过吗？”

“当然啊。”李珂冉上学的时候，这案子就被刑侦老师当经典案例讲过，她还记得当时警校内刊介绍，破案的警察依据现场收集的蚊子，通过血液检验出了疑犯的DNA，当天就抓获了嫌疑人，一时间在警队内部被传得神乎其神。

“就是他破的。”

“啊？”李珂冉愕然，虽然刚才她也隐约觉得这人不是一个普通的离婚律师，但她还真没看出来，这么一个看上去不近人情的律师，居然还破过这种大案要案。

“啊什么啊？”张一明悠悠道，“‘海归杀妻案’，听说过吗？”

“也是他破的？！”李珂冉更讶异了，那案子在湘南省的警察队伍里无人不知，是一起典型的高智商犯罪，疑犯的不在场证明几乎无懈可击，甚至难倒了高层委派下来的专家。

张一明点了点头，微微有些得意："到现在也没人破他省厅最年轻的刑侦队长的纪录，而我……呵呵，当时就是他的副手！"

"啊？！"李珂冉张大了嘴巴，还真是真人不露相，一个离婚律师居然有这本事。不过旋即她又纳闷了，"那这个钟队怎么不当警察了呢？"

"呵呵，只能说成也萧何败也萧何。"张一明苦笑了一声，将车驶入了超车道，良久，才缓缓道，"五年前，省城桃源小区，一名在魅力四射酒吧当'公主'的女性被害人，在出租房内被入室抢劫的疑犯非礼并失手推下六楼摔死了。"

"公主？"李珂冉一愣，她没听明白，怎么公主会跑酒吧上班。

张一明脸上一窘："就是在酒吧陪酒的，行业内称为'公主'。"

"哦……这样。"李珂冉点了点头，好奇道，"然后呢？"

张一明长叹了一声："然后啊，人死了，留下一个当时还不到五岁的孩子。"

"这案子也是钟队破的么？"

"没破。"张一明摇了摇头，从口袋里摸出一根芙蓉王点上，"因为是安置小区，没有监控，所以我们当时进行了大规模排查，走访了上千住户，可一无所获。"

李珂冉纳闷了："安置小区一般入住率很高，不可能找不到目击证人吧？"

"对啊，到处都住满了人，但是为什么没有目击证人呢？"张一明笑了笑，"我们也觉得不可思议，还对周边所有有前科的疑犯进行排查，依旧一无所获。"

李珂冉叹了口气，有些无言。虽然进入警队不久，但她也知道，不是每个案子都能被侦破的。她扭头问道："因为觉得对不起被害人家属，钟队就不当警察了？"

张一明没回答这个问题，转而提到了另一个情况："好巧不巧的是，那女的还是钟队的线人。"

李珂冉还是很纳闷："死者是钟队的线人，案子没破，确实会觉得歉疚，但也不至于辞职吧……"

"呵，那你就太小看他了。"张一明撇了撇嘴角，"钟队是故意的。"

"故意的？"这话李珂冉就没听懂了，还有警察故意不破案的？怎么个故意法？

"或者这么说吧……"张一明换了个车道，"是他故意把这案子做成了一桩悬案。"

"啊？"李珂冉更加茫然，"理由呢？"

"理由……"张一明若有所思地沉默片刻，刚想说话，"嗡"的一声，口袋里的手机响了起来，低头看了一眼，正是郑钢打过来的。接起来一听，郑钢在那边焦急道："张队，有发现。"

"说结果。"张一明心头一喜。

"我们发现案发前有一个市一医院的医生经过了星港国际社区，您觉得医生有没有可能符合您说的特点？"

"医生……医生？！"张一明猛地一拍脑袋，可不是么？不管你亿万家产还是平头百姓，又有谁不生病呢？生病了还不得去医院？

医生这职业可比保安、教师的覆盖人群广多了！

"不过……"还没等张一明乐完，郑钢接着道，"这个医生是5点40分进入星港国际社区的，6点12分就出去了……"

张一明清楚记得，小女孩是在6点23分到6点45分之间失踪的，换句话说，这个医生根本就没有作案时间。

“你确定时间没有偏差?”

郑钢很肯定地说:“肯定没有，监视器我们是一帧一帧看的，我等下可以发给你看看。而且今天早上侦查员做排查的时候，也找保安和病人家属核实过，这人确实是去给病人看病的，所以我们当时并没有把他列入嫌疑对象。”

一盆凉水一下又把刚燃起来的希望火苗浇得透灭，想了想钟宁的那个时间空间的理论，张一明道:“这样吧，你再亲自跑一趟医院，去做个问询，有任何疑点，第一时间向我汇报。还有，去医保中心查一查，看看四个孩子最近三年有没有就诊记录，门诊的医生分别是谁。”

从理论上看，医生确实是最有可能同时和这几个孩子有交集的职业，所以，不论这个医生有没有嫌疑，这都是一条值得跟进的线索。

“行，我马上安排。”郑钢挂了电话。

“张队，是不是有什么线索了?”李珂冉在一旁问道。

“还不确定。”张一明的手机很快就收到了郑钢发过来的两张监控拍下的照片，照片上是一辆黑色索拉塔，驾驶位上坐着一个戴黑框眼镜的男人，看上去四五十岁的样子。照片右下角的时间显示，车辆确实是5点40分进入大门，6点12分就已经离开了。

“呵，又是一场空欢喜……”张一明苦笑了一声，摸了一把脸，再次拨通了老上司的电话。

# 04

已是中午，阳光耀眼，照在前挡风玻璃上，在座椅上留下了几抹斑驳的光线。

钟宁从口袋里掏了支烟捏了捏，又塞了回去，把目光看向了前面那所红砖绿瓦的小学。

此时正临近放学，校门口围着一群大爷大妈们，正翘首等待自己的孙子孙女出现。这也成了钟宁这几年来每个周末的固定活动。

几年前，作为省厅刑侦总队最年轻的队长，他被开除的事情，在内部引起过不少议论。

有人说他监守自盗，也有人说他乱搞男女关系，更有甚者，说他利用漏洞，知法犯法，以期获得经济上的利益。

钟宁没有为自己辩解过，错了就是错了，虽然不那么光彩，但是他扪心自问，再选一次，可能还是会那么做，甚至，可能会做得更加漂亮……

正胡思乱想着，小学校园里传出一串清澈的下课铃声。很快，一大群穿着校服的小学生涌了出来，校门口一时间吵吵闹闹得跟菜市场一样。

下了车，钟宁挤在了人群内，希望能尽快见到那个小小的熟悉身影。

“钟爸！”一个十岁左右的小姑娘，背着书包，朝钟宁跑了过来。

小姑娘扎着马尾辫，可爱地冲钟宁扬起了脸：“钟爸，你今天来得可真早，我还以为你没空呢。”

“再没空，今天是妈妈过生日，接曦曦也得准时不是？”钟宁呵呵一笑，接过了任曦的书包，“先去看妈妈，然后去吃午饭，怎么样？”

“嗯。”任曦认真地点了点头，乖巧地牵上了钟宁的手。

车从学校门口出发，过了五一大道以后往郊区方向走了不到二十分钟，在一大片公墓前停了下来。

一大一小两人一路无言，很快走到了一个藏青色的墓碑前。

墓碑上贴着一张黑白照片，上面是个二十七八岁的女人，白色衬衣，齐耳短发，恬静端庄，和钟宁印象当中那个浓妆艳抹风尘味十足的形象迥然不同。

钟宁把在路上买好的花整齐地放在了墓碑前，摸了摸任曦的脑袋：“去跟妈妈说说话，跟妈妈汇报一下，考了第几名。”说完，钟宁自觉地退开，让任曦一个人留在了墓碑前。

“妈妈，这次期中考试，我又考了第一，你放心，钟爸把我照顾得很好，而且他还听我的话戒烟了，我会好好学习的，你不要为我操心。还有我那个同桌呀，老是惹我，钟爸还说他是喜欢我，我觉得才不是，喜欢哪里会惹我，妈妈你说对吧……”

远远地看着任曦事无巨细地跟妈妈汇报着近况，这阴阳两隔的场景让钟宁心里有些发酸。他忍不住掏出了一支烟，放在两指间捏了捏。

以前，他拼命想当一个好警察，觉得多抓一个坏人，就能让那些本本分分的老实人的生活中多一分公平。但是这个女人的出现让钟宁明白，无论自己多努力，人与人之间的鸿沟也永远无法拉近哪怕那么一点点。

这或许也是自己对当警察破案没了任何兴趣的原因之一吧。

呵，这个又可怜又可气，为了钱连命都不要的女人，不管是活着还是已经死去，都经常让他产生一些莫名的伤感。

钟宁不确定自己要是从来没有认识这女人，现在是不是依旧在刑侦支队当他的队长，又或者已经高升了。他唯一能确定的是，自己并没有因为为她丢了警职而产生过一丝懊悔。

“钟爸，我和妈妈说完话了。”任曦汇报完了，走到了钟宁身边。

钟宁摸了摸任曦的脑袋，笑道：“那我们去吃东西，曦曦想吃什么？”

任曦想了想，说：“我们……去吃麦当劳吧？”

“行，那就吃麦当劳。”

上了车，钟宁刚点开地图，导航到距离最近的麦当劳，电话忽然“嗡嗡”地响了起来。

“钟队……”电话是张一明打过来的，听上去很是兴奋，“有个医生，案发时间段之前进入了星港国际社区，但是……”

没等他说完，钟宁就不咸不淡地打断他：“那恭喜你了。没其他事的话，我先挂电话了，要开车。”

上午因为抹不开面子，又或者是一时心软，钟宁多嘴给了点儿建议，但是他确实没有心思跟进下去。

“那个……我们已经派人去核实了，要不我把案发前后时间段的监控都发给……”

“不用了，我不是神仙，看监控照片也不能帮你抓到疑犯。”钟宁果断地挂了电话，把手机扔给了任曦道，“帮钟爸导航，我们去吃麦当劳。”

“好！”任曦嘿嘿笑着，可才点开地图，手机又“嗡嗡”震动了几下。

“钟爸，有个叫张一明的人给您发了个文件，您要看吗？”

“不用管，你按掉就是。”

“嗯。”任曦点了点头，正打算退出界面，忽然停下了手中的动作，“钟爸……”

“怎么了？”

任曦举起了手机，屏幕上显示的是一张照片：“这人我认识。”

“你认识？”钟宁一乐，“我看你是认错了吧？”

“没有，我真认识，这是廖伯伯……”

“什么？”

“廖伯伯，这是廖伯伯！”

“哪个廖伯伯？”

# 第三章 ▲ 嫌疑职业

## 01

锋利的手术刀，在头层表皮上，根据描线留下一道暗红的切口，没有渗出一丝血迹。

廖伯岩擦了擦额头上的汗珠，小心地把肌皮瓣拨开，好让整个硬脑膜都暴露在自己的视线范围，接着，他取下手术台边上的转孔机，对准了一早瞄好的几个点。

“嗡……”随着几声像是白蚁咬木屑的声音，三个手指粗细，圆润得就像是用玻璃刀切割玻璃一样没有丝毫瑕疵的圆形孔状很快被钻了出来。

然后再用钻刀轻轻划了几下，三个颅骨钻孔很快就被切开，再一伸手，硬脑膜便从骨板上分离开来。

“哗……”周围一群年轻的白大褂几乎同时发出了惊呼——作为在职的外科研究生，他们不是没有见过开颅，只是廖主任的手法精妙到分毫不差，开颅手术的操作过程就如艺术家在创作艺术品一样，这般潇洒自如可不是一般的医生能有的技术。

“廖主任可真牛！”不知道哪个胆大的研究生小声喊了一句，引得周围一阵窃笑声。

“手法演示先到这里，但是你们记住，病人的脑袋开不得玩笑，对于你们，我也只提三个要求……”廖伯岩放下手中的器具，摘了口罩，扭头对着围观的二十来个年轻面孔道，“精准，精准，精准！”

“我们一定努力！”新进研究生们同时回答。

“行了，都先各自坐好吧！”廖伯岩挥了挥手，示意大家在梯形教室内坐下，才慢慢道，“解剖手法可以慢慢学，慢慢练，但是有些东西，我必须先跟你们讲清楚，免得你们将来后悔，说上了我廖伯岩的当！上了学医的当！”

研究生们又发出了一阵善意的笑声。

今天是廖伯岩给新进研究生讲解剖公开课的日子，其实，以他现在的职称和地位，除了每年他自己坚持的临床手术和部分门诊以外，完全没有必要来讲课，但是每次只要有新学生进来，他都要亲自带几节公开课。毕竟，这也算是一种薪火相传。

“我们当中有神经外科专业的，也有神经内科专业的，更有研究心理学的，所以对于人类的大脑，医学界的两个基本认知，相信大家都知道，但是我在这里要再强调一遍……”随着幻灯片内容的更迭，廖伯岩一边把讲课台上的书籍和文件沿着直角叠放整齐，一边侃侃而谈，“一个属于坏消息，一个属于好消息……你们想先听好消息还是坏消息？”

“好消息！”台下一众年轻的医生们笑着喊起来。

廖伯岩也跟着笑道：“你们想听好消息，那我就先说坏消息。坏消息是，人类的大脑由一百四十亿个细胞组成，但是脑细胞不像骨骼、肝脏、肌肉等其他器官或组织，损伤后可因细胞分裂增殖很快恢复，而是一旦发育完成后就再也不会增殖。目前科学界尚没有更好的办法改变脑细胞不可再生这一特性。也就是说，人的脑细胞永远处在一种连续不断地死亡且永不复生增殖的过程。死一个就少一个，直至消亡殆尽。”

“不过，还有一个好消息——”话锋一转，廖伯岩低头看向讲台下一张张年轻的面孔，“人只有在用脑，也就是思考问题的时候，才会加速它的正常死亡，所以……”

说到这里，廖伯岩指了指自己：“包括我在内，这一百四十亿个细胞，终其一生用不到十分之一，换句话说，剩下的一百二十多亿细胞连加速死亡的机会都不会有。对于大脑的认识也一样，我们这代人研究了一辈子，对大脑的奥秘也只了解不到十分之一。听上去是不是一门很绝望的科学？”

没人回答这个问题，台下又是一阵哄笑。

“还有更可怕的消息，我也一并告诉你们吧。”虽然这些基础领域的专业知识，在座的研究生可能都清楚，但廖伯岩每次都会再三强调这门学科的深不可测，他实在不希望有人是因为觉得轻松好就业才选择了这门专业。

“不但这个凋亡过程不可逆，而且大脑极其复杂，人的大脑平均每秒钟会发生十万个不同的化学反应；每天能记录人的生活中大约八千六百万条信息；估计人一生能储存一千万亿条信息。所以我们从事的基本上算是世界上最复杂的研究。但是，我想问大家……”顿了顿，廖伯岩提高了声调，“有没有信心攻克我们学科上的各种难题？”

“有！”一群年轻医生顿时跟打了鸡血一样嗷嗷地发出了高喊。

不怪学生们人来疯，要知道，讲台上这位，可是整个湘南省，不，应该是放眼全国都首屈一指的神经外科大拿，能听他亲自授课，绝对受益匪浅，是能拿出去吹牛炫耀的事迹，是上天掉下来的好运气。

“有信心就好啊！”廖伯岩满意地点了点头，他就喜欢看到年轻人朝气蓬勃的样子，“既然大家这么有信心，那么我再带几个好消息给大家……”

刚说到这里，廖伯岩忽然看到台下一个年轻医生正低着头，似乎被手机上的什么东西吸引住了。廖伯岩指了指那学生，道：“那位同学，手机有那么好看吗？”

顿时，一教室的目光全部向那个医生看了过去。

“那个……”他有些拘谨地抬起了头，赶紧把手机放到了口袋里，“对……对不起。”

廖伯岩把手一摊：“你不用对不起我。第一，你不是花我的钱来上学；第二，你浪费的不是我的时间。但是——”重重地停顿了一下，他才接着道，“相信在座的都是来自普普通通的家庭，咱们要是官二代、富二代，也不会选择学医了。说个大白话的道理，父母挣钱都不容易，我希望大家好好……”

“嗡！”话音未落，那医生口袋里的手机忽然震动了起来，在空旷的教室里格外刺耳。

这一下，廖伯岩还真有点儿脾气了，干脆把幻灯机一关道：“行了。既然把上课要关机的要求当耳边风，来，在聊什么，跟大家分享分享。”

“廖主任……那个……”年轻医生涨红了脸，拘谨道，“我马上就关手机。”

“不用关嘛，既然是上课都在关心的事情，肯定小不了。”廖伯岩冷冷道，“说出来，跟大家一起交流一下，说不定能有什么心得。”

年轻医生小声道：“我……我没在聊天……是手机自动推送的一个新闻。”

廖伯岩冷笑了一声：“呵呵，上课时间都关心起国家大事了？那更要说出来，跟大家一起讨论了。”

“廖老师，我……”

廖伯岩依旧不肯放过他：“很为难吗？我强调过多少次？我们是医生，我们手里掌握的是什么？是人命！如果连上课时间关手机都做不到，请问你还能做到什么？哪个患者会把性命放心交到你手中？说吧，什么新闻，跟大家说说……”

没办法，年轻医生只好硬着头皮怯生生地说：“是……是星港国际那个儿童失踪案……”

话音一落，台下的年轻医生们顿时窃窃私语了起来。

“啊……我也看了，据说第四次了。”

“嗨，现在的人真变态。”

“我就支持对拐卖儿童罪用重刑……”

廖伯岩微微愣了愣，拍了拍手道：“行，既然有现行的案例在这里，你们说说，为什么会有人绑架小孩？这是出于一种什么心理？”

“是……是虐童癖吧？”有个胆大的医生说道，“据说失踪小孩穿的都是红色衣服。”

廖伯岩接着问：“那我再问问大家，虐童癖是怎么形成的？来，就你说……”

“我吗？”胆大的医生站了起来。

廖伯岩点了点头：“对，就是你。你叫什么？”

“廖主任，我叫陈向泽，神经外科专业的。”胆大的学生自我介绍完，又有些不好意思地补充，“您一直都是我的偶像。”

“不说这个。”廖伯岩指了指他，“你来说说，从神经科学来看，虐童癖的成因是什么？”

“好的。”陈向泽点了点头，认真道，“成因主要有三点，第一是心理因素，自卑、挫折感、社会家庭事件促成压力等等，会使人感到疲劳、紧张、焦虑，将这种不良情绪在儿童身上发泄转移。第二是性格缺陷，有的人性格胆怯、懦弱，缺乏应付危机的能力，当遇到重大精神打击时，不能勇敢地面对现实，希望退回到童年。第三是病理因素，有的人本身存在心理、精神疾病，如精神分裂症、智力低下等，还有其他一些可干扰脑功能的因素，比如吸毒、酗酒等等。”

“说得很对。”廖伯岩满意地点了点头，“那么虐童癖的大脑和一般人的大脑有什么区别呢？”

“区别是……”稍微停了停，陈向泽接着道，“德国科学家曾经采用磁共振技术进行实验，结果发现，虐童癖的大脑对儿童面部照片的反应比对成年人面部照片的反应更为强烈。”

“很好！”廖伯岩比了个大拇指，“那么你觉得，从大脑白质和精神方面双重分析，虐童癖又分为哪些种类？”

“分为固定型、回归型和攻击型三种……”

话到一半，梯形教室的后门忽然被人推开了，一个戴着眼镜的白大褂匆匆走了进来，低声道：“廖老师，有人在办公室等您，好……好像是警察。”

“知道了。”廖伯岩点了点头，淡然道，“上完课我就过去。”

# 02

“啧啧啧，高知啊……”市一脑外科主任办公室内，郑钢看着墙壁上介绍廖伯岩职业简历的相框，啧啧称赞着。

可不是么？廖伯岩，籍贯星港，上海医科大客座教授，湘雅附一主任医师，全国脑神经外科协会副会长，曾担任多起国际科研项目中方专家组组长，现为星港市一医院的脑外科主任，并担任副院长等职。

“这人确实不像个罪犯啊。”一边的侦查员也点点头。不光职业介绍的内容光鲜，照片中的廖伯岩戴着黑框眼镜，看上去温文尔雅，就连办公桌上的书都摆放得整整齐齐，一看就是一丝不苟的人，哪里像什么作奸犯科之辈。

侦查员有些费解：“郑队，我一开始就找保安和小区业主都核实过了，这人确实是去小区里面给人看病的，而且在案发之前他就已经离开了，怎么张队又叫我们来核实一次？”

“我也不知道，可能张队觉得他嫌疑比较大吧……”郑钢也有些不解，以现有的证据来看，这人的确没有作案时间，也没有任何嫌疑啊。

想了想，郑钢扭头道：“不过，像他这么一个专家教授，病人想挂他的号都得通宵排队，他还亲自上门给患者看病，是不是不太合常理？”

“呵呵，郑队，星港国际社区住的都非富即贵啊。”侦查员不以为意。

“也对。”

正说着，办公室的门被推开了，来人正是廖伯岩。

郑钢赶紧伸出手，介绍道：“廖主任，你好，我叫郑钢，隶属星港市公安局，这位是我同事。我们有个事情想找您了解一下。”

廖伯岩同郑钢握了握手，请他坐下，顺手把书桌上的文件整理了一下，颇有些疑惑道：“两位找我是……”

“哦……是这样的……”郑钢摊开了手中的笔记本，问道，“我们想问一下，4 月 6 号，也就是昨天晚上 5 点到 7 点左右，您在哪里，您还记得么？”

“昨天晚上？”廖伯岩想了想，道，“5 点多的时候，我在星港国际社区，怎么？”

“就是一个简单的调查，您别多想。”郑钢道，“能不能说说，您去那里是去做什么？”

廖伯岩呵呵一笑：“我是医生，当然是去看病啊，不然能去干什么？”

郑钢感叹道：“像您这种专家还上门问诊，真是挺少见了。”

“呵呵，没办法，是我亲自动的手术，我自己去看看术后状态比较放心。”廖伯岩不以为意，起身从抽屉里找了找，递了一张名片过去，“这就是那位家属的名片，你们可以自己去问问病人家属，看看我是不是去看病了。”

郑钢低头看了一眼，确实是已经去核实过的岳山区刘书记的名片，他只能硬着头皮道：“您还记得您大概去了多久吗？”

廖伯岩思考了一下，摇了摇头道：“具体我不太记得了，应该也就二十来分钟吧，患者术后恢复得不错，我只是交代了一些物理治疗的注意事项，而且刚好我这边还有一台手术要做，所以待得并不算久。具体你们可以去星港小区那边查一下，保安那里进出都有登记的。”

“嗯，这个我们会去查的。”郑钢唰唰记录了两笔，道，“您从星港国际社区出来以后，是回了家，还是回医院呢？”

“我刚才不是说过了吗？我在医院有台手术，我当然是赶着回来。”廖伯岩脸上微微有点儿不耐烦的神色。

“廖主任，我们也是按规章办事，希望您理解。”郑钢满含歉意地接着问，“能问一下手术是几点开始的吗？”

“6点40分还是7点40分来着……不好意思，手术太多，具体我不太记得，我先问问……”廖伯岩起身拉开了门，朝外面招呼了一声。很快，护士长小跑着过来，看到廖伯岩办公室两个穿警服的警察，微微一愣，问道：“廖主任，有什么事情吗？”

“昨天下午，肖院长亲戚那台手术，我是几点开始的？你帮我看看备注。”

护士长赶紧道：“不用查备注，是6点40分开始的。是我亲自通知麻醉师和巡床护士时间的。怎么？”护士长指了指两个警察，低声道，“有医闹？”

“没事，不是医闹。”廖伯岩挥了挥手，“忙你的去吧。”

护士长一走，该了解的都了解了，郑钢起身伸出了手：“麻烦了。谢谢您的配合。以后要是还有叨扰的，希望廖主任不要介意。”

“没事，警民一家亲嘛。”廖伯岩再次与郑钢握了握手，好奇道，“能问问具体是因为什么案子来找我么？”

郑钢道：“还在侦破阶段，到时候我们会统一发布消息。”

“那好吧。”廖伯岩点头表示理解，“那我就只能祝你们早日破案了。”

把人送走，廖伯岩关好门，坐在办公椅上，脑袋飞快地运转着。按道理，自己在保安那边留了进出小区的时间和签名，又有视频监控和小区业主可以证明自己根本没有作案时间，警察完全没必要来亲自登门问询，可为什么还会专门派两个人来医院呢？

只有两种可能：其一，这个女孩家庭背景确实不一般，警察丝毫不敢马虎大意；其二，有人已经怀疑上自己了。

“不可能……”廖伯岩一边强迫症一般把办公桌上的书沿着直角摆放整齐，一边思索着，他不相信有人会怀疑一个没有作案时间的路人，更没有人会怀疑一个在案发后上了手术台的医生。

不过，即便怀疑了又能怎样呢？等他们查出作案手法，怕是自己的嫌疑更小了吧。

正思索着，办公室的门被敲响了，护士长又推门进来，歉意道：“廖主任，又有人找您。”

“哦？”廖伯岩心中一阵嘀咕，不是才走么，又派人来了？“让他进来吧。”

门一开，廖伯岩愣了：“你是……任曦？”

## 03

“人来就来嘛，还买这么多东西……我这儿只有碧螺春了，钟警官喝得习惯吧？”

把钟宁带过来的礼物放到书桌上，廖伯岩从抽屉里拿出一罐茶叶，给钟宁泡上了满满一杯茶，扭头看着任曦，笑道：“曦曦，想不到你都长这么高了，伯伯都快不认识你了。我这里也没别的，喏，就剩下这一小包大白兔了，给你吃。”

“谢谢廖伯伯。”任曦乖巧地接过大白兔，老实地坐到了一旁。

钟宁起身把杯子放到茶几上，道："没影响廖主任上班吧？要是您有事的话先去忙，不用顾及我们。"

"没有没有，今天本来就没什么事情，就是医院安排我给研究生们上课，不讲什么实质性的内容，就是给他们打打气。"廖伯岩看着任曦笑道，"想不到也就几年没见，小曦现在长这么大了。"

"对了……"廖伯岩冲任曦挥了挥手，"小曦，你过来一下，让廖伯伯看看你。"

"去吧，给廖伯伯看看。"钟宁挥了挥手，任曦懂事地点了点头，走到廖伯岩面前。

廖伯岩细细地扒开任曦的头发，小女孩的头顶上赫然出现了两道蜈蚣大小的疤痕。他轻轻地按了按疤痕周围，轻声问道："最近两年，还有抽搐或癫痫之类的症状发生吗？"

"没有了。"钟宁摇头道，"已经几年没有犯过病了。"

"嗯，恢复得很不错。"廖伯岩又拿出听诊器和小电筒，对任曦做了一些常规性的检查，才满意道，"如果几年没有发病，那么小曦现在和正常孩子应该没有两样了。"

不知道是不是想起了什么，听了廖伯岩的话，任曦眼眶微微发红了，懂事地感激道："廖伯伯，谢谢您，要不是您，我现在还不能上学呢。"

"哈哈，不用谢谢我。"廖伯岩摆着手，指着钟宁道，"应该谢谢你钟爸爸才是。"

"我都谢。"任曦嘿嘿笑着，抹了一把通红的眼睛，"你们放心，我一定会好好学习，将来报答你们。"

"哈哈，有你这话，廖伯伯就足够了。"

一句人小鬼大的话把廖伯岩逗乐了，他摸了摸任曦的脑袋，扭头问道："对了，钟警官，那事情后来怎么解决的？"

"被撤职了。"钟宁尴尬一笑，喝了口茶道，"我现在开了个律师事务所，是个个体户了，您也别叫我警官了。"

廖伯岩微微一愣，并没有多说什么，一边叠着办公桌上的书，一边宽慰着道："那也行啊，现在干这个赚钱，又不受体制的束缚，自由。"

钟宁歉意道："我早就应该来拜访您了，但因为当时身份敏感，受着处分，我也不好去。后来事情过去，我再去湘雅时，您已经没在那边上班，您的同事也说不知道您调去了哪里，所以就一直耽搁了。哦，对了，您怎么来星港了？是来交流教学还是……"

"不是不是，我老家就是星港嘛，回来三四年了。"廖伯岩给自己也满上一杯茶，抿了一口，"人老了嘛，不适应省城那种大城市的节奏了，湘雅的工作压力又大，我本来是打算退休的，刚好市一这边开的条件不错，就想回老家来混混日子，当是半养老了。"

钟宁赶紧摆手道："哈哈，您这话说的，现在联合国规定不到六十岁还算中年人呢。"

"哈哈哈，托你吉言了。"廖伯岩爽朗一笑，问道，"你呢？在星港这边接了官司？"

钟宁窘迫道："那个……一个朋友有个案子请我过来帮忙，我在一份……一份记录上看到您了，所以就顺路来看看您。"

说完钟宁就有些后悔，虽然这是实情，但是这么一说，好像是因为他有案子怀疑廖伯岩才来找廖伯岩证实一样。天地良心，当他在手机里看到照片的时候，心中除了欣喜，想见见这位医生，还真没有其他想法。

廖伯岩倒是丝毫没有在意，很快道："你是说那个儿童失踪案？"

钟宁点了点头："您听说了？"

"唉……整个星港谁不知道啊。"廖伯岩叹了口气，道，"现在整个市区人心惶惶啊。我听说好多父母都不敢让孩子穿红色衣服了，社会影响很坏啊！哦，对了，刚才已经有警察来问过我了。我去过星港国际社区给一个患者做术后回访，这一点我相信患者家属已经做过说明了。"

"这个……我肯定相信您。"这么一解释，钟宁脸上更加尴尬了。

"哈哈，你别紧张，我没说你是来查我的。"廖伯岩摆了摆手，坦然道，"刚才我上课的时候还和几个研究生在讨论这案子呢，警察那边现在有什么进展吗？"

"进展……暂时还没有。"钟宁有些心虚，张一明给他的案卷，他连看都没看一眼，哪里能知道什么进展。

"这个案子带来的社会影响很坏啊。"廖伯岩给钟宁把茶水满上，忽然想起一个事情来，犹豫了一下，才低声道，"我听说，这是第四起了？"

这消息早就已经在网上传得沸沸扬扬，也并没有什么好隐瞒的，钟宁点了点头，道："嗯，是第四起了。"

"唉……"廖伯岩重重地叹了口气，似乎也有些忧心忡忡，老半天才道，"孩子不见了，最心急难过的应该就是父母了吧。"

钟宁没说话，这个沉重的话题让气氛有些压抑，办公室里出现了短暂的安静。

"算了，不说这些了。"可能是意识到今天不是说这事情的时候，廖伯岩起身摆手道，"德国那边出了种新药，对于抑制和预防任曦这种经历过开颅手术的孩子的肿瘤再生，有很好的效果，还能促进儿童脑部发育，我托人去拿几瓶，改天给你。”

“那太感谢了。”钟宁赶紧起身道谢，刚想问问价格，好在下次来取药时把钱给廖伯岩，办公室的门就被人推开了，一个穿着白大褂的医生焦急道：“廖主任，吴医生那边有个片子拿不准，想请您过去看一下。”

廖伯岩点头道：“我马上就去。”

钟宁也只能跟着起身道：“那我今天先不打扰您了。等您有空，我再来请您吃饭。”

“那行。”廖伯岩呵呵一笑，从办公桌上抽出了一张名片递给了钟宁，“我的名片你拿着，药这两天应该就可以给你。”

“价格方面……”

“要不了多少钱。”廖伯岩一挥手，“就当是我送给任曦的礼物，或者当是我给你被撤职的补偿也行。”

“那怎么好意思，这事情和您又没有关系。”钟宁赶紧摆手，“该算的还是要算，不然下次有事情，我都不好意思来找您了不是？”

“哈哈，别跟我客气，你要真觉得不好意思，就帮我跟警察说说，配合调查我很愿意，但是下次来问我事情，希望能穿个便服……”廖伯岩指了指门口来来往往的病人和家属们，尴尬地笑道，“这么多患者看着，我怕影响不好。”

“这个一定。”钟宁赶紧点头，算起来，这还是自己给廖主任招惹上的麻烦，怎么也得去和张一明打个招呼，让他们注意一下影响。

“哦……还有……”已经走到门口的廖伯岩忽然站住了，回过头认真地看了看钟宁，说道，“有个事情，我还真想请你帮个忙。”

“您说，能帮的我一定帮。”钟宁立刻点头答应。

“不知道我说这话合适不合适……”廖伯岩顿了顿，抬头看了一眼钟宁，忽然重重地拍了拍他的肩膀，“虽然你现在不是警察了，但是我相信你的能力，希望你能帮他们早点儿破案，毕竟，这社会够乱了，能变好一点儿就尽一份力……你说呢？”

“嗯。”钟宁这次没有推脱，“我尽力而为。”

## 04

出了市一医院的大门，原本晴朗的天空，忽然下起了一点儿小雨，让钟宁产生了一丝物是人非的感慨。

五年前，任静意外身亡，任曦当时的病情是胶质瘤二期，如果不马上手术，这孩子活不过六岁。可偏偏那时候因为自己的失误，钟宁需要接受各种调查，分身乏术，眼看着任曦一天一天迈向死亡。幸好，在最后时刻，当时还是湘雅医院神经外科主任的廖伯岩出手相助，不但自掏腰包负担了任曦的手术费和术后护理费，还亲自主刀为任曦做了手术，这才让这孩子顺顺当当活到了今天。因此，廖伯岩当之无愧是任曦的救命恩人。

按道理，钟宁早就应该亲自去拜访廖伯岩，感谢他的救命之恩。可当年那事情闹得实在太大，为了避嫌，他想等风头过了再去。这一等，就经历了被队里开除、开律师事务所等等一堆焦头烂额的事情，等处理好这些事情再去湘雅，廖医生却已经辞职，不知去向了。

不过，命运这东西还真是神奇，想不到今天居然会因为这么个案子重遇廖伯岩。

“钟爸……”廖伯岩给的大白兔，任曦没舍得吃，她小心地把奶糖放到了书包里，牵上钟宁的手，下了楼梯，“廖伯伯变老了……”

这人小鬼大的话，逗得钟宁一乐：“哈哈，这都被你看出来了。人总会变老啊，小曦都几年没看到廖伯伯了。”

“我不想你们变老。”钟宁的这句回答，似乎伤害了孩子的心思，任曦忽然又红了眼眶，“你们都是好人，好人不应该变老。”

“那，钟爸多锻炼身体，等你长大了再变老？”钟宁安慰着任曦。

“嗯，那可说好了。”任曦认真地点了点头，坐上副驾位，给自己系上了安全带，“哦，还有，钟爸，我今天没有看到凡姐姐，她应该是去上学了吧，我们下次再来看她吧？”

“哪个凡姐姐？”

任曦仰着头道：“就是廖伯伯的女儿呀，她比我大两岁。我动手术那时候，凡姐姐和廖伯母还来看过我，给我送了好多吃的呢！”

任曦做手术的时候，钟宁连人身自由都没有，所以这些事情他自然也就不知道。他呵呵笑道：“那下次我们来看看凡姐姐，也给她买好多礼物。”

“嗯！”任曦重重地点了点头，可下一秒又忽然忧郁起来，“钟爸，真的有坏人绑架了几个小孩吗？”

钟宁没想到自己和廖伯岩的谈话，都被这个才十岁的孩子听到了心里。他一时不知该如何回答。

“你能帮他们吗？”没等钟宁回答，任曦自己又点了点头，像是在自问自答一般道，“钟爸肯定可以的，你刚才都已经答应廖伯伯了。”

钟宁哑然，谁说小孩幼稚的？她这不跟张一明一样，连激将法都用上了么？

钟宁摸了摸任曦的脑袋，笑道：“小脑袋别想那么多，这是大人的事情。我先送你回学校。”

任曦仰头看了看钟宁：“钟爸最厉害了，肯定能抓住坏人的。”

“希望钟爸不让你们失望。”钟宁一脚油门驶出了停车场，很快戴上了蓝牙耳机，准备打个电话。既然决定帮忙了，就得先通知张一明，并尽早去现场看看。

市局刑侦大队办公室内，张一明正盯着几张星港国际社区大门口监控拍下的照片愣神。

“所有问询记录都在这里了。”郑钢把在市一对廖伯岩的问询记录摆在办公桌上，摊手道，“生病的是区委刘书记的孙子，刘书记证明，是他亲自请廖医生过去的，廖医生只待了不到半个小时就走了。以现有证据看，他确实没有作案时间。”

张一明扭头问道：“没有折回去？”

“没有。小区其他入口我们也都查了，再没发现廖医生的车和人了。”郑钢指了指问询记录，“而且，我们跟护士长确认过，6 点 40 分的时候，他就已经回市一医院给别人动手术了。星港国际距离市一医院有十五千米，他 6 点 12 分出发，6 点 40 分上手术台，肯定没时间折回去，更加不可能有犯案时间。”

“知道了。”一共也就二十几分钟时间，无论如何都不可能有犯案时间。张一明掏出一支烟来，摸了摸下巴，不死心地问一旁的侦查员道，“这人在医院口碑怎么样？”

“很好。”侦查员赶紧点头道，“下午我去住院部问询了几个病人和医生，他们都说廖伯岩对所有患者都认真负责一视同仁，只要是他做手术的患者，不管家庭背景如何，他都会亲自上门看诊，还曾经为一些家里条件特别困难的患者向医院申请减免部分费用，简直是尊活菩萨。”

“行了行了。”人品好，医术好，没有作案时间，看来这位“活菩萨”没有嫌疑了，“医保中心那边呢？什么时候有消息？”

侦查员摊开医保中心查到的记录，为难道：“所有失踪孩子的就诊记录我们都查了。最近三年，就只有一个叫吴小虎的孩子，两年前因为手臂骨折，在市一看过骨科，其他的孩子最近一次进医院也都是四五年前了，而且都是入学体检之类的，去的也是不同的社区医院。”

“我看看……”张一明不死心地接过就诊记录的复印件。这个叫吴小虎的孩子，是因为在学校和同学玩耍时，不小心弄得胳膊脱臼，去市一骨科就诊过，就诊时间跟他的失踪时间相差整整七个月。

“唉……医生这职业看来又是一条死路啊……”张一明狠狠骂了一句，口袋里的手机忽然响了起来，他拿出来一看，心头一乐，居然是钟宁打过来的。

张一明刚想说话，钟宁在电话那边就已经怒气冲冲地兴师问罪了：“你搞什么？去医院做问询，不知道穿便服吗？你是已经确定人家是罪犯了？一点儿不顾忌影响。”

“那个……”张一明哑然，瞄了一眼边上的郑钢，想骂又不好骂，只能尴尬道，“时间比较紧，所以就……嗯？钟队，你是怎么知道的？”

“你别管我怎么知道的。”钟宁打断了张一明的话，稍微顿了顿，道，“下午4点半，去星港国际社区，我在案发现场等你。”

张一明脸上顿时笑开了花：“你愿意帮我了？”

“不是帮你。”钟宁没好气道，“帮我自己。”



此时，市一医院，住院部六楼的神经外科办公室内，廖伯岩正在仔细看着一张CT照片。

“从CT来看，没有显示颅内肿瘤，也没有颅内出血的情况……”他边上一个三十来岁的医生解释道，“但患者母亲反映的临床症状，又很像是星形细胞瘤的临床表现，我有些拿不准，所以请您来看看。”

廖伯岩点了点头，看向坐在办公桌另外一头的一对母女。

女人叫田爱花，四十左右的年纪，皮肤黝黑，穿着一件不大得体的短袖，一张饱经风霜的脸一看就知道她是来自某个偏远农村。小女孩叫伍萍萍，看上去有些营养不良，脚上的鞋子破了个洞，露出半个大脚趾。小女孩一脸不安地把小脚往后缩着，像是怕人看到了。

“小朋友。”廖伯岩蹲下了身体，摸了摸小姑娘脑袋，“多大了？”

小姑娘用方言怯生生地回答：“我七岁，快八岁了。”

“不用害怕，伯伯是医生，医生是帮小朋友治病的。”廖伯岩笑着安抚孩子，接着问道，“你上学了吗？”

“上了……上大班咧。”田爱花也是一口乡音，帮孩子答了一句，焦急地问道，“医生，我家娃娃是得了什么病？”

“暂时还不清楚。”廖伯岩摇了摇头，他没有从CT上看出什么毛病来。想了想，他问道，“最近孩子有磕碰到吗？”

“莫得啊……”听到这个答案，田爱花的眼眶一下就红了，“萍萍都是跟着我在工地里头做工，莫看到我家萍萍说摔了呀。”

“那孩子平时有些什么症状？”

田爱花回答：“这娃娃身子打小就弱，胆子也小，最近老是跟我说头痛，还说不想吃饭，有时候吃多少吐多少，开始我也不懂，以为小娃娃感冒了，休息两天就好了呢，哪晓得，娃说头越来越痛了，有时候还痛得哭呢，她以前不哭的。晚上也说冷，不睡觉，就一直哭。有时候呢，脾气又变得好差，以前她不顶撞我，现在经常顶撞我了呢。”

“哦，这样。”廖伯岩点了点头，接着问道，“有抽搐吗？”

田爱花没听明白：“啥是抽搐？”

“就是跟发抖差不多。”

“会，会。”田爱花赶紧点头，“经常发抖。”

“大概多久一次？”

田爱花想了想，眼泪都快下来了：“有时候一个星期好几次，有时候……有时候半个月。”

廖伯岩点了点头，又蹲了下来，用听诊器在小女孩的心脏部位听了听。

“廖主任……”等廖伯岩起身，边上的医生小声道，“孩子抽搐，畏寒，呕吐，这些临床表现很像脑部胶质瘤，但是CT照又没反映出来，您看这怎么处理？”

“验血了吗？”

“验了。”医生点头道，“化验单明天上午应该可以出来。”

“行，那就等明天看了化验单再说。”想了想，廖伯岩补充道，“你注意观察一下临床表现，如果有类似的症状发生，及时通知我。”

“好的。”医生点了点头，转身去电脑上开单去了。

“没事的，小朋友。”廖伯岩亲昵地摸了摸孩子的脑袋，去走廊叫来一个护士，又对小女孩说道，“和妈妈一起，跟这个姐姐走，姐姐会帮你们办理手续。”

田爱花担心地问：“医生，娃娃真要住院吗？”

“现在病情还不明朗，没办法，只能先住院观察。”廖伯岩听出女人的担忧，问道，“你买了农村医保吗？”

“买了，买了。”田爱花连连点头。

“买了就好。”廖伯岩交代道，“到时候把发票都留着，现在国家政策好，可以报销一半。”

“那感谢您，那感谢您。”有了这话，田爱花心里一块石头落了地。

送走这对母女，廖伯岩回了自己办公室，关好门，坐了下来，这才有工夫思考之前发生的事情，不禁觉得有些可笑。

没想到居然因为这起案子碰到了钟宁这个省公安厅的前任刑侦队长。

更可笑的是，他居然还在某种程度上把自己当成了恩人。

难道，这就是所谓的命运？

可廖伯岩从来不信命运，他甚至特意请求钟宁参与到这个案件的侦破中来。毕竟，钟宁有足够的资格成为自己整个大计划中的一枚棋子了。自己现在需要做的，无非就是熬制几碗迷魂汤，把握好时机，给钟宁灌下去，好让这个计划更加顺利、更加完美……

收回思绪，廖伯岩看了一眼时间，起身脱下白色大褂，走出了办公室，往地下停车场走去。

现在，正是转移目标的最好时机。

# 第四章 ▲ 模拟作案

## 01

下午 4 点半，星港国际社区游乐场。

钟宁就这么站在游乐场中间低着头发呆。

把任曦送回学校以后，钟宁按照张一明发的地址来到案发现场，已经来来回回转了好几圈了。

此时，几百平方米的游乐场内，所有的游乐设施已经被移到了一边，就差掘地三尺了，除了两个张一明安排的警员还在值班，警戒线的周围也没了看热闹的人群，显得颇有些凄凉。

和张一明给他的案卷中的照片一样，除了一个安装了摄像头的入口，其他三面都被围得严严实实，除非有穿墙术，不然不可能有人可以躲过监控自由出入。

至于小区的四个进出口，钟宁刚才就已经查看过了，摄像头的监控角度没有死角。

这还真是一个不可理喻的人……这是钟宁看过现场后的第

一感觉——毕竟，正常人谁会挑这么个地方下手呢？

就在此时，一辆警车冲了过来，车门一开，张一明领着几人快步走了过来。

“钟队，这位是市局刑侦队副队长郑钢，这位是侦查员小吴，这位你见过的，技侦科李珂冉……”



跟几人握了握手，钟宁看向张一明道：“案子我帮你查，但是希望你能注意一下影响，如果只是单纯的问询，就不要穿警服去影响别人的正常工作。”

张一明也是有苦难言，明明医生这条线索是你提出来的，怎么一查还查出脾气了呢？不就是穿了警服么？也没违反规定啊！犹豫了一下，张一明问道：“钟队，您跟那位廖医生很熟？”

“任曦的主治医生。”

“啊？”这一下，张一明总算明白为什么钟宁会有脾气了，这算是大水冲了龙王庙啊……

摆了摆手，钟宁也不想为这个事情再啰唆：“他的嫌疑你们已经排除了吧？”

张一明赶紧解释道：“已经排除了，已经排除了。他在小女孩失踪前就已经离开了星港国际社区，回医院做手术去了，确实没有作案时间，也没有跟几个小孩接触过。还有……”张一明尴尬地看着钟宁，“不但廖医生没嫌疑，而且以我们从医保中心得到的消息来看，四个孩子在医院就医这一点上也没有交集。”

“知道了。”钟宁明白了张一明的意思，除了教师、保安以外，似乎医生这个职业也和案子没有关联。

那么，依照现在的情况来看，既然找不到四个孩子的共同点，就只能换个路子，从现场作案手法来判断疑犯的特征，从而缩小目标范围了——也就是说，又得从时间换到空间上来了。

钟宁盯着游乐场入口摄像头瞄了一会儿，走到了一旁散落的几个木马前，指了指，问道："疑犯的记号，就喷在木马上？"

李珂冉赶紧快步向前，点头道："对。喷漆成分和前三起一致，同属于'好彩头'牌。"

钟宁要了一双手套，抹了一把木马上还未干的水珠放到鼻边闻了闻，接着，看了看外围连着马路的围栏，忽然从地上捡起了一根木棍。

钟宁顺着围栏一路敲过去，响声震天。可惜，整整一排围栏，每一根都牢固无比，没有一点点松动的迹象。

接着，钟宁伸脚，一脚蹬在了围栏上。

"嘣"的一声闷响，围栏只是稍微"嗡"了一声，很快就纹丝不动了，没有任何被人动过手脚，产生松动的痕迹。倒是把一只野猫惊得从栏杆侧面钻了出去，很快消失在外边的马路上。

这一连串的动作，把边上的几个警察看得一愣，这钟队怎么这么异于常人？这是想把围墙给拆了？

"张一明……"还没等众人回过神来，钟宁又指了指张一明，"你爬爬看。"

"啊？"张一明抬头瞄了一眼将近四米高的围栏，满脸为难。

"爬爬看。"钟宁扔了手里的木棍，脸上丝毫没有开玩笑的神情道，"爬不上没关系。"

"行吧。"自己好不容易请来的菩萨，张一明也不好多说，一脸委屈地摸了摸栏杆，双手一趴，刚想搭脚上去，"哧溜"一下，双脚又滑了下来。

"下雨，打滑，真爬不上。"

"行了。"钟宁低头看了一眼栅栏下部连着地面的空隙道，

"钻一下?"

"这……"张一明更加尴尬了,"钟队,这才十来公分吧,我脑袋都过不去,没必要了吧?"

"不想试试?"钟宁蹲下来用手比画了一下,道:"说不定可以呢?"

"这真不行。"张一明赶紧摇头,弯腰把脑袋往空隙处试着放了放,"你看,差太远了。"

"那行,不勉强你了。"钟宁又站了起来,往栅栏外的马路看去——隔壁是一条叫星辰三路的单行道,过了马路,就是一片波光粼粼的人工湖,夜晚的灯光打在湖面上,煞是好看。

看着两人唱双簧一样折腾了半天,钟宁又许久不说话,李珂冉的心头微微有些不悦。围栏的情况,他们技侦科早就检查过了,不可能漏掉这么重要的线索,这也太看不起她的专业性了。

她想了想,决定还是要为自己的工作解释清楚:"护栏我们早就检查过,根本没有动过手脚的痕迹,而且张队刚才实验过了,靠钻和爬是不可能过去的。疑犯不可能凭空穿过护栏。"

"分析得很有道理。"钟宁回头看了一眼李珂冉,居然满意地点了点头,"那么就只剩下一种可能了。"

"什么?"

钟宁瞄了一眼栏杆外的马路道:"疑犯根本没有进来过案发现场。"

"什么?!"几人惊讶得同时脱口而出。

一个人不进入案发现场,怎么可能把原本在游乐场玩耍的小孩绑走呢?!

张一明纳闷道:"钟队,你的意思是……疑犯凭空躲过摄像头把小女孩掳走了？”

“不。”钟宁指了指摄像头道，“在来的路上，我已经看过你给的案情汇报，现在可以确认的是，疑犯没有经过摄像头对吧？”

“确认。”李珂冉和张一明同时点了点头。

“可这个游乐场，正门有监控，其他三面墙，一面连着马路，另外两面就算爬得过去，还是得出小区，而小区门口是没有监控死角的。”钟宁指了指隔开外面马路的栅栏道，“所以，我要是疑犯，肯定是从这面连着马路的墙把人绑走的，那么，只要穿过这面围墙，小区内所有的监控就形同虚设，这毫无疑问是最理想的作案路线。”

“道理是这个道理，但刚才你也叫张队试过了，正常人根本就不可能穿过这面墙。”李珂冉更加不解了。

“问题就出在‘正常人’上了。”

“什么意思？”几人大眼瞪小眼，脑袋上全是问号了。

“疑犯是正常人，但是被绑架的小女孩不是。”

这话让一众警察更是丈二和尚摸不着头脑了，被绑架的小女孩怎么就不是正常人了？难道还能是外星人？

“这个等下再说……”钟宁看了看边上好几个散落的小木马，道，“你们再想想，疑犯为什么会把喷漆喷在木马上了？”

几人的脑袋都快成糨糊了，郑钢撇嘴道：“这……疑犯犯案的时候，肯定是着急把小孩绑走啊，边上有个木马不就喷木马上了？挺随机啊。”

钟宁不置可否，瞄了张一明一眼：“既然疑犯要急着把小孩绑走，为什么还有空喷个数字？”

“也对……”张一明脑子转了过来，可马上又不解道，“钟队你的意思是，疑犯把喷漆喷在木马上是有特别原因的？”

“刚才我大概测算了一下，栅栏的宽度间隔是 11 厘米左右，下面离地的距离是 12 厘米左右，一个正常人当然不可能钻进来，更加不要说还得绑走一个孩子了。”说到这里，钟宁走到一个小木马边上，看了看，说道，“等下你帮我把这玩意儿抬到边上来，哦……对了，外面有五金店吗？”

“五金店？”钟宁的问题跳跃性太大，让众人的脑袋都开始结绳了，这案子和五金店又有什么关系？

“算了，我自己去找找吧。”钟宁也没顾得上几人的异样，大踏步往小区门口走去，很快就消失在了转角。

怎么说到一半人就跑了？李珂冉和郑钢同时看着张一明道：“钟队这是要去干吗？”

“别问我，我也不知道。”张一明同样一头雾水，扭头看着两人，尴尬道，“习惯就好。”



## 02

这条挨着星港国际社区游乐场的单行道，叫星辰三路，长度两千米左右，加上绿化带和两边的人行道，宽度不到二十米，右边是星港国际，左边就是人工湖了，也就是说，整个星辰三路，只有两头可以出入，中间并无其他出入口。

十分钟后，钟宁出现在这条路的人行道上，一手搭着游乐场外围的栅栏，一手冲游乐场里面的张一明打招呼，一副慈眉善目的表情：“小朋友……过来，到叔叔这里来！”

“又是我？”张一明一脸苦瓜相，搭档这么些年，他知道，八成又没什么好事。

“叫你来你就来，哪儿这么多废话！”钟宁呵斥了一句，马上又换上了一副笑脸，柔声道，“小朋友，叔叔这儿有巧克力，有小猪佩奇，还有芭比娃娃哦，你喜欢吗？哎呀……”

钟宁无视几人脸上不可思议的表情，说话间，居然从口袋里掏出手机，“啪”的一下扔到了游乐场内：“小朋友，你看，叔叔的东西掉进去了，能不能帮叔叔捡一下？”

“好吧。”张一明硬着头皮走了过去。

“喏，就在这里。”看着张一明走近，钟宁指了指地上的手机，“帮叔叔捡一下，麻烦小朋友了。”

“好的，给……”

“你”字还没说完，猛然间，钟宁另外一只手臂“唰”地一下伸进栏杆，把正弯腰的张一明的衣领一扯。“砰”的一声闷响，张一明的后脑勺重重地磕在了柱子上，还没来得及反应，只感觉脖子被钟宁重重勒住，顿时喘不上气来。

“晕过去。”

“哦！”张一明得令，夸张地叫了一句，闭着眼睛，假装晕了过去。

钟宁居然立刻从围栏后扯出了两条长绳，其中一条上居然还绑着一个不小的编织袋。他抓着长绳的两头，手伸进栅栏内用力一甩，两根长绳很快穿过了不到四米的栅栏顶部，又落到了栅栏外他的手中。

“把木马给我。”

李珂冉微微一愣，旋即明白了过来，赶紧把本来立着的木马放到了钟宁手中。

很快，钟宁抓着木马往编织袋里一塞，用另外一根绳子绑好，又是“唰”地一下，用力一扯，编织袋应声升到了栅栏顶端，却因为角度的问题，刚好被卡住，拖不动了。

不过钟宁似乎并不着急，他左手的绳子沿着栅栏挽了两个圈，然后把右手那根早就绑在编织袋尾部的绳子往外微微调整了一下角度，然后猛地一扯，编织袋居然翻了个身，一跃到了外面。

接着，钟宁缓缓地松着左手的长绳，编织袋便慢慢地滑落了下来。

“5 分 13 秒……”一气呵成，钟宁拿出手机，伸进栅栏里比画了一下，冲几人道，“足够来回绑架四趟了。”

“这……”一众警察已经看得呆了。敢情钟宁刚才说的那句“疑犯根本没有进入案发现场”是这个意思。

“一个不到十岁的小孩，一般来说，体重比这个木马重不了太多。”钟宁拍了拍身上的灰土，解释道，“我刚才说失踪的孩子‘不正常’，是指小孩才有被引诱的可能，也只有体重很轻的小孩，才能以这种方式逃过监控，被运出小区。”

“对对对！是这个道理！”张一明乐开了花——拨开云雾见太阳！看来这尊菩萨没白请啊！疑犯根本没有进过小区，监控摄像头当然没有拍到他了！是自己一开始的侦破方向就错了。

“不对……”郑钢忽然摇头道，“如果疑犯根本没有进来过，那这个喷漆记号怎么解释？喷漆是喷在木马上的，不可能人站在栅栏外，隔空还能喷个数字出来吧？”

“我明白了！”李珂冉兴奋地看了看钟宁，拿起地上的一个小木马，手脚并用，猛地往上一拉，“嘎吱”一声，木马被分裂成了两部分，“这些木头卡口是固定的。”

张一明顿时了然：“疑犯事先把木马扶手和身体拆了带走，喷好漆以后，在案发当天再分别从栅栏底部塞进来，隔着护栏拼装好后，用力往秋千的方向一推？”

“对。”钟宁点头，指了指秋千旁边原本发现被喷漆的木马的位置，道，“我看你给我的现场照片，那个木马是倒的，应该是推进来的时候，不小心把木马推倒了。”

“难怪！”张一明激动地一拍脑袋，“难怪这么多地方不喷，非得喷木马上！”

可不是吗？第一，木马好拆装，可以轻轻松松从栅栏里塞进来；第二，游乐场里有十几个木马，如果有心，随时来拆一个打包带走都不会有人发现。

张一明向李珂冉交代：“叫痕迹检验科看看那个木马有没有拆装的痕迹。”而后兴奋地问，“外面这条路，人流情况怎么样？”

郑钢也是一脸高兴，赶紧道：“因为是小区侧面，又是单行道，人流不多。这条路一头一尾的路口都有摄像头，只要是路过的人，肯定可以拍到。”

张一明一握拳头：“那行！把排查重点放到星辰三路上来！案发时间段哪怕飞过一只蚊子，也要给我找出来！”

布置完任务，张一明想问钟宁还有没有什么指示，发现钟队的脸上依旧神色严峻，没有半点儿如释重负的感觉。

“钟队，是不是还有什么事情？”

“没了。”钟宁摇了摇头，没有多说什么。

刚才他观察过这条星辰三路，原本，他觉得，疑犯应该是找准了这个最薄弱的地方施行犯罪行为，且自己模拟的作案方式，几乎是唯一可能躲过小区内部摄像头监控的方法。可在此之后呢？要躲过星辰三路两头的摄像头，似乎也没那么容易。如果疑犯有如此缜密的头脑，不可能忽略这个问题。如此看来，自己的模拟作案似乎就有些笨拙了。

多年的刑侦一线生涯，让钟宁练就出一身说不清道不明的破案直觉，他隐约觉得，这案子并没有这么简单。

更让人费解的是，疑犯喷漆的目的，到底是什么呢？挑衅警方，自命不凡的罪犯，钟宁不是没见过，但是这种罪犯一般都会留下自己的诉求，比如“来抓我”“罪有应得”之类的，可像这种只留下一个数字让警方去猜的，他还真没见过。

看了看时间，已经是下午 5 点多了，天色渐晚。钟宁抬头看了一眼阴沉沉的天空，暴雨似乎即将来临，钟宁不打算久留，今天他还有事情要去做。

“今天你们先排查监控吧。要是没什么收获，明天再找人带我去另外几起案子的现场看看。”

“那行。”张一明点了点头，“我先帮你安排个地方休息？”

“不用了。有个朋友过生日，我还得回省城。”

## 03

兵分两路，钟宁往南，张一明一行往北，几辆车分开错行，很快离开了星港国际社区，在夜色中，分别往省城和市局驶去。

“张队。”从后视镜里看着钟宁的车逐渐消失，李珂冉也把车打了个转向，驶入了主干道，扭头看了一眼副驾驶上依旧一脸兴奋的张一明道，“可以问你个问题么？”

张一明心情大好，问道：“是想问钟队为什么开始不同意，后来又主动帮我们来查案了？”

“嗯。”被张一明猜中，李珂冉脸上微微一红，干脆点头承认道，“还有……上次你说钟队他故意不破那个‘公主’被杀的案子，这又是什么意思？”

李珂冉在亲眼见识到钟宁轻而易举就将一团迷雾的案子理出了崭新的思路后，心中最大的疑问就是这个了。钟宁甚至比她上学时在教材上见过的案例中讲的还要神乎其技。既然这么有本事，为什么会故意不破案子，还辞了职，成了一个专打离婚官司的律师呢？

“呵呵，他这人吧，就这样……”张一明摸了一把自己的刺猬头，呵呵道：“典型的有恩报恩，有仇报仇。”

“什么意思？”

“意思就是……”想了想，张一明道，“他答应帮我们破这个案子，应该是因为我们误会了一个医生，估计是想帮那医生洗脱冤屈吧。”

李珂冉想了起来：“你是说……就是我们上午去调查过的廖伯岩医生？”

“对头。”张一明打了个响指，“这算是因祸得福了，我估计廖医生请钟队帮忙了，不然钟队也不会这么积极。”

“钟队和廖医生又是什么关系？”李珂冉越听越迷糊，“你说钟队有恩报恩，难道廖医生是他的恩人？”

张一明叹了口气，道：“不算他的恩人，但是两个都是好人。我上次跟你说过，钟队故意不破那个凶杀案，那是因为，死者自己就是故意的。”

“什么？”李珂冉以为自己听错了，忽然又明白了过来，“你是说……她不是被人推下楼，而是自杀？”

“嗯。”张一明从口袋里掏出支烟点上，深吸了一口，点头道，“自杀。”

李珂冉愕然：“那……又是什么理由？”

“保险金。”悠悠地吐出三个字，张一明打开车窗，弹了弹烟灰，“为了凑她女儿的四十多万的医药费，她盯上了自己的人身意外保险金。”

“这……”李珂冉嗓子塞了一下，一时无言。

“呵呵，要说她也是个硬角色啊！”回想着自己当初到达现场时看到的场景，张一明道，“为了弄得逼真一点，她不但把自己家里砸得一团乱，还用刀在自己脸上、手上、脖子上划了好几刀，刀口都相当深！”

张一明捏着两只手指比画了一下。时隔多年，如今想起，他依旧觉得震撼。这到底是一种什么样的力量，能让那个三十不到的女人对自己下那种狠手。“不光这样，她还把自己的衣服扯了个稀烂……最后才跳楼。”

良久无言。虽然还没有成为一个母亲，但同为女人，李珂冉能够想象，那个女人在跳楼时，一定是期待着自己的死能给女儿换来一个健康美好的未来吧……她似乎也有些理解了，那个案子，钟宁为什么不去破了。

“你是干物证的，应该知道，这样做，其实漏洞很多。不要说她身上那些刀口的划向了，就单从坠楼这一点，被人推下楼和自己跳楼，因为受力点和受力程度不一样，尸体与楼房之间的距离也会不一样……”张一明无奈地摇着头，“那案子刚好是钟队接手的，于是他修改了案卷上的数据……保险公司得知死者有一个生病的女儿后起了疑心，派了一个二十多人的团队调查了整整半个月，最后把锅子给揭开了……”

不知是对这个可怜女人的不幸感到同情，还是对钟宁明知故犯的勇气感到叹惋，李珂冉的心中产生一种凄凉和悲壮交织的情绪。作为一个物证专家，她再清楚不过，一个人坠楼身亡，地上的血迹是冲洗不掉的，楼间距离很容易被测量出来，所以，自杀还是他杀并不难判断。这些，钟宁不可能不知道，当时他选择这么做，也肯定知道后果，却依旧赌上自己的前途，也赌上了身为一个警察该有的公正。

“那她女儿后来……”

张一明又抽了一口烟，回神道：“多亏了这位廖医生嘛。当时钟队的处罚结果还没出来，人身自由都没有。廖医生是那小姑娘的主治医生，得知了这事儿以后，就主动掏腰包垫付了所有费用，还亲自主刀做了手术，小姑娘也算是捡回了一条命。”

李珂冉心里微微震动着，她突然明白为什么钟宁会对警方去问询廖医生时没有穿便服这么一件小事而发脾气了，也明白他为什么开始不同意帮忙，后来却又主动加入了。这个钟宁还真的是一个有恩报恩的人啊。

警车拐了个弯，很快驶入了市公安局的地下停车场。

“你要是真有兴趣，等案子破了，你自己去问问钟队，关于这个传奇女子的事情。”张一明开了车门，一挥手道，“现在抓紧破案，争取多跟他学点儿东西！”

“嗯。”李珂冉点了点头，脑海中浮现出钟宁那张清瘦的面孔，她没有再多话，快步跟着张一明上了电梯。

## 04

今天并没有什么朋友过生日，准确地说，是没有什么活着的朋友过生日。

从星港归来的路上，钟宁打了个电话，把律师事务所的事情跟周思妍交代了一下，然后直接折回了这个上午和任曦一起去过的公共墓地。

钟宁把刚才在路上买的一束花摆到那个藏青色的墓碑前，半蹲着身体，擦了擦墓碑上女人的照片，半开着玩笑道：“上午你女儿在，有些话也不好跟你说，我还是来把她最近的情况跟你说说吧，免得你托梦来问我。”

没有人回话，墓碑上的女人浅笑着看着钟宁。

“孤儿院那边的领养手续我还是没办下来，说我独身一人，没有组建家庭，条件不符合。单身男性想收养小女孩儿，得年长三十岁以上才行，我差了那么一点点。”

嘴里说着，钟宁从烟盒里掏出了一支烟，放在两指间捏了捏。自从答应了任曦要戒烟，他就养成了这个习惯，一思考就要捏支烟。

“你也别怪我。我走了点儿关系，让小曦上了个还不错的学校，住校，周末和寒暑假才需要回孤儿院。她现在的学习情况，白天她自己跟你说了，我就不重复了。不过这孩子好强，上个月有同学笑她没妈妈，她还跟人打架了……”

说到这里，钟宁哑然一笑：“反正呢，我现在努力赚钱，希望在她需要的时候能帮帮她……哦，对了，你今天生日，算是保佑我了，你猜我遇到了谁？廖医生……就是给小曦动手术的那个医生，他还让我帮着查个案子，我答应了。你也知道的，我这辈子谁都不佩服，就佩服好人，我觉得廖医生就是好人……”

他把手指间的烟又塞回了烟盒里：“……呵，你倒是潇洒啊，走了就走了，当初那烂摊子我没给你收拾下来，要不是有廖医生帮忙，小曦的医药费还是没着落……我应该说你聪明，还是说你蠢呢？”

依旧没有人回话，钟宁伸手抹了抹墓碑上的名字，只感觉喉咙里一阵苦涩。他产生了一种错乱的感觉，思绪一下飞回了才认识这个女人的那天……

那天也下着小雨，钟宁那时还只是省厅行政支队的一个普通侦查员。那时，一宗针对失足妇女的连环凶杀案正闹得省城人心惶惶。

"老板你好，我叫花花。"

这是那女人第一次见到被派到魅力四射酒吧调查的钟宁时，说的第一句话。

"花花……"钟宁被这个不上心的假名字给逗乐了，"你多大？"

"我二十二了。"女人第二句话依旧是一句谎言，她谄笑着给钟宁开了瓶酒，嘴里说着不知道从哪里学来的话术，"老板做什么行业的？"

"建筑行业。"钟宁的心思并不在女人身上，他警觉地观察着四周的男客们，希望能获得一丝有用的线索。

"老板，怎么心不在焉的？玩骰子吗？"女人自顾自开了瓶酒，递到钟宁跟前，"游戏也可以，'两只小蜜蜂'会玩吗？"

"不会……"钟宁摆了摆手，推开酒瓶。

"来酒吧怎么能不喝酒呢？"女人自己拿起一瓶喝了一口，"看你心事重重的，是不是有什么不开心的事情？"

"没不开心的。"钟宁笑了笑，扭头看向女人，"你做这行多久了？"

"两年多了。"女人又开了一瓶酒，呵呵笑道，"你脸生，看着是头一次来哦。"

"嗯。"钟宁点了点头，再次环顾四周，并没有什么发现，扭头问道，"那个……你出台吗？"

“啊？”女人估计是没见过这么单刀直入的顾客，吃惊道，“我……我不出台的，我可以帮你介绍一下，不过我们那些姐妹最近估计都不会出台了。”

“为什么？”

“这边发生了好几起凶杀案你不知道么？”女人瞪着眼睛道，“都是针对我们……不对……”话到一半，女人忽然盯住了钟宁的腰部，张了张嘴，惊讶道，“你……你是警察？”

钟宁顺着女人的目光一低头，脸上不由得一窘，自己居然忘记换一条皮带了，扣头上一个警徽在魅惑灯光的折射下闪着光。

“你放心，我只是为了你刚才说的这个凶杀案来的。”既然已经被人看穿，钟宁也不好再装，尴尬地解释了一句，才小心问道，“最近你还有你那些姐妹，有没有发现什么可疑人员？”

“可疑人员嘛……”女人想了想，忽然道，“我要是能提供线索，你们给钱么？”

“给钱？”

“对呀，香港电影里的线人，不都有线人费么？你可不要以为我不懂。”

这回答让钟宁有些哭笑不得：“你就这么缺钱？”

“嗯。不缺钱谁干这一行啊？”女人嘿嘿笑着，似乎一点也不惧怕眼前这个刑警，“只要给钱，我能帮你去打听呀，钱给够了，别说打听，我都能给你去当诱饵。”

“诱饵？”钟宁再一次觉得自己有些跟不上这个女人的节奏了。

“对啊，电影里不都这么演么？抓不到人，搞一个人假扮诱饵引诱罪犯上钩。”

“你的想象力太丰富了。”钟宁一阵无语。

“你说嘛，有没有钱？有钱我肯定帮你留意。”

“这个……”这还是头一次被人问到这个问题，钟宁只能窘迫道，“我需要先去申请。”

“行，那你去申请吧，申请下来了通知我。”

“嗡！”口袋里的电话猛然间震动起来，把钟宁的思绪从回忆里拉了回来。

是张一明打过来的。电话里，张一明显得很是兴奋：“钟队！那个喷漆的木马，物证科已经做过检测了，确实发现了被人拆装过的痕迹。”

这一点早在钟宁的意料当中了。

“还有……”顿了顿，张一明接着道，“星辰三路那边的视频，我们也发现了一个疑点。”

“直接说。”

“案发时间段，有辆外地牌照的黑色大众，进入星辰三路以后，停了大概五分钟才从另外一头出来，而且，那司机还戴了个帽子，看不清长相，我已经安排人去排查了。”

“五分钟？”星辰三路只有两千米不到，按照正常七十千米左右的时速，穿行而过应该不会超过两分钟。这辆车耗时五分钟，确实值得怀疑，莫非疑犯真的是以自己模拟的手法作案的？是自己高估了疑犯，他就真的这么大咧咧地在星辰三路的监控下逃走了？

“我把视频传给你了。你有空看一下。”

“嗯。”挂了电话，手机里很快收到了两段视频，快进着看了一下，视频里的那个可疑人员开着一辆黑色大众，戴着一顶黑色的帽子，而且，确实在路中的监控盲区停了五分钟左右。

“嗯？”

又倒着看了一遍，钟宁的眉头微微皱了起来。

车开到离星港国际社区西边二十多千米外的郊区坟场，廖伯岩摘掉了头上的黑色帽子，拉上手刹，停下了车。



他从口袋里掏出那个有些老旧的手机，抠出了电池板——这是唯一可以躲 GPS 和基站追踪的方法，谨慎起见，他可不希望自己栽在这种不起眼的细节上。

他把拆掉电池的手机扔到了车上的中控台里，掏出了另外一把钥匙，重新开动汽车，往右打了方向盘，那辆黑色大众下了国道，很快往一条岔路开去。

计划完成得很顺利，在转移目标的时候，廖伯岩甚至连行人和车辆都没有遇上，这比预想中的还要顺利，连自己准备的这顶黑色帽子都是多余的。

“不知道钟宁查到了哪里……希望他不要让我太失望。”

廖伯岩把车辆远光切换成近光，加快了车速，车上的收音机里传出一个他叫不上名字的男歌星的声音：

你的眼睛 像颗水晶通透
里面有一个无穷无尽的宇宙
小小的你 在你小小的梦里
把我所有大大的事情都吹进风里
……

这似乎是一首父亲送给孩子的歌，简单的钢琴伴奏下温柔的歌声，听得廖伯岩一阵揪心。

有多少次，他们夫妻两人就像歌里唱的一样，想象着女儿长大以后会实现一个什么样的梦想，成为一个什么样的人呀……廖伯岩希望女儿能继承自己的事业，成为一名救死扶伤的医生，而妻子觉得这个职业太辛苦，舍不得女儿受罪，她希望女儿成为一名老师，工作稳定，还有寒暑假，可以多陪陪家人。直到女儿六岁时，说自己想成为一个舞蹈家，夫妻两人的争执这才结束。

可惜，三年前那场意外，让他妻离子散，所有的美好都戛然而止……

事情刚发生的时候，他总以为自己会撑不过去，但是人这种生物啊，忍受苦难的能力，似乎比自己想象中要强大许多。

这三年，廖伯岩似乎已经慢慢习惯了忍受这种无法言说的剧痛和孤独，只是偶尔会在夜深人静独自一人时，被这种再也看不到希望的生活所折磨，陷入无边的黑暗中，产生阵阵窒息般的恐慌。

他知道自己这辈子都没法原谅自己的无能，也无法再面对承受着丧女之痛的妻子。

一路胡思乱想着，车往西郊的方向开了二十多分钟，此时已经没什么车辆了，依稀能听到一片蛙鸣声，再往前开，一片空旷的厂房区出现在眼前。

这里以前是一个钢材市场，后来星港市在汽车南站附近重新规划了一个新的工业区，这里就逐渐荒废，只有几个连锁超市的仓库还在使用着，平时很难见到一个活人。

这么荒凉的地方，正合了廖伯岩的心意。

调入星港市一医院后不久，他就用假身份证在这里租了一栋两层小楼。好在这种破败的地方，对于租客的身份审核并不严格。

拐进了一条有些坑洼的水泥路，再往右拐，开了几百米，廖伯岩就把车停到了钢材市场后面一栋两层小楼后的小院内。

此时，郊区天空的乌云就像盖了二十年没洗过的棉被一样，黑压压一片，笼罩在上空。

进了屋，开了灯，廖伯岩站在门口往四周看了看——一片死寂，只有远处的蛙鸣声隐隐传来。

他拉下卷闸门，这才绕到了车尾，打开了后备厢。

“吱呀”一声，破旧的大众车后备厢中，赫然出现了一个已经被拖烂了两个滚轮的行李箱——肮脏无比，不算很大，也并不小，刚好能放进去一个七八岁的小孩。

就在这时候，屋外一声炸雷，忽然噼里啪啦地下起了暴雨……

# 第五章▲隐身之术

## 01

暴雨下了整整一夜，到第二天早上还没有停。

钟宁起得很早，不到9点，他就已经到了星港市局的地下停车场。既然答应了廖伯岩和任曦会尽力而为，他就不想再浪费时间。

他打开了张一明昨晚发的视频又细细看了一遍——头尾两个摄像头，正是小女孩失踪时间段的星辰三路上的监控画面，每个视频长达二十二分钟。

星辰三路是单行道，而且位于小区侧面，比较偏僻，二十二分钟的时间，路过的车辆并不多，一共就四辆四门轿车和一辆后八轮货车。那辆可疑的黑色大众出现在第七分钟，停留了五分二十秒，再从另一头离开。

从时间上来判断，这些车辆当中，也确实只有这辆大众有嫌疑，只不过，钟宁判断，这很可能是一场误会。

“钟队，不好意思，队里有点儿事情，来晚了。”

正愣神，车门被人打开，李珂冉坐了上来。从昨天听张队说了钟宁的事情以后，李珂冉对眼前清瘦的男人莫名多了一丝好感。她把手中一个的证件递给钟宁，笑了笑：“这是张队给您配的，方便您做调查。”



“谢了。”钟宁接过来看了一眼，那是一个专案组专家顾问证明。他看了车窗外一眼，问道，“张一明呢？”

“他和郑队都带人去宁乡县那边找那辆大众的车主去了。昨天晚上两点多出发的，现在应该快有消息了。”

钟宁点了点头。虽然这条线索在钟宁看来不靠谱，但这也是现下唯一的线索了，他不想打击大家的士气。

李珂冉没察觉钟宁的异样，从包里掏出了两瓶罐装咖啡，问道：“我们是在这边等张队他们的消息，还是接着去现场看看？”

“去现场。”

昨晚，钟宁已经把案卷全部看了一遍，既然找不到和四个孩子都有联系的职业和可疑人员，那么只能从作案手法上找找共性，或者再去做做家属调查了。他指了指案卷上的一个目录，道：“先去这家吧。”

2017 年 8 月 16 日，家住星港市教师新村的十岁小女孩杨妍，放学以后，在教师新村小区门口下了校车，由母亲接到以后，两人一起进入小区，途中，母亲遇到熟人，攀谈了几句，杨妍独自先行回家。小区单元门上的监控显示，孩子在三分钟后进入了小区单元楼内，但是没有进入电梯，从此消失无踪。

当天，杨妍穿的正是红色上衣，专案组在单元楼的消防通道内发现了一个用"好彩头"牌喷漆喷的红色阿拉伯数字"2"。

"教师新村隶属于星港师范大学，住的大部分都是师范大学的教师或者家属。"

小区离市公安局不算太远，可遇上了早高峰，半个小时车程，被堵了将近一个半小时才到。



李珂冉带路，进了小区，把车停在了六栋三单元的门口，她指了指单元门道："小孩就是在这里失踪的。"

钟宁下了车，观察了一下四周——小区应该有些年月了，规模不大，一共也就三十多栋房子，一排一排十来层的小高层的墙壁上，能发现不少爬山虎的痕迹。

指了指三单元门头上的摄像头，钟宁问道："当时有这个摄像头么？"

李珂冉点了点头："有，摄像头当天运转正常，没有任何卡顿。"

"确认小孩当时已经进了单元门？"

李珂冉道："确认。监控显示，当时她一个人进了单元楼，但是电梯监控没有拍到她，也就是说，小女孩没有进入电梯。"

"就她一个人？"钟宁来回看了一圈，单元门一共也就不到两米的宽度，要是有人尾随，不可能不被拍到。

李珂冉很肯定道："监控录像中并没有发现任何人尾随，而且，进入单元楼是需要密码的。这里的密码是……"

"咔哒。"

话音未落，钟宁就已经把门打开了："0603。"他指了指门禁盒，"这四个数字已经被按成这样了，又是六栋三单元，很好猜。"

"厉害！"李珂冉比了比大拇指，跟了进去。

进了门，钟宁心里的疑惑更甚——眼前也就是一条长度不到二十米的狭窄走廊，右拐就进入电梯了，而且这个单元楼下根本没有停车场。换句话说，只要进了单元门，几乎就是一个全密闭的空间。

“喷漆数字是在哪里？”

“这边……”李珂冉把手机的手电筒打开，领着钟宁到了一楼的安全楼道，就在往上的第六格台阶上，喷着一个猩红的“2”，虽然经过了时间的冲刷，依旧清晰无比。

“放学回家，已经进了单元，但是没有进电梯……”钟宁想了想，道，“那也就是说，有人提前躲在安全通道，等着小孩进入，然后伺机下手？”

“因为只有安全楼道没有摄像头，所以理论上可以这么推测。”李珂冉苦笑道，“但我们确实没有发现任何人尾随进来，从小女孩进入小区单元，到她妈妈回家发现她不在家，然后出门找她，再到报警，一共也就 20 分钟，三单元就只进了三个人，只有一个人出去，就是他们楼上的邻居，没有任何嫌疑。”

回忆起当时的情形，李珂冉至今还觉得不可思议：“当时，我们迅速封锁了小区，对整栋楼都进行了入户排查，进出的车辆也全部进行了检查，但是小女孩就跟人间蒸发了一样。这个小区的监控覆盖周期是半个月，后来我们甚至还排查了相邻的两个单元半个月内监控中出现过的所有人，没有一个有嫌疑。”

“呵，有点儿意思。”钟宁来回看了一遍安全楼道，全部都是厚重的水泥墙，黑漆漆的，连个窗户都没有，更加不要说隔栏之类的。

“那就是说，理论上只有两种可能了……”钟宁拿了支烟放在鼻子边吸了吸，又塞回烟盒，道，“第一，疑犯就是这个单元的居民，又伪装得很好，在安全楼道绑架了孩子以后，藏到了自己家里，并且没有引起你们的怀疑；第二，疑犯在楼道里等了超过半个月，一直等到监控被覆盖才动手，然后一直躲在你们找不到的地方，等你们排查过后再转移。”

李珂冉摇了摇头：“两种都不可能。这个小区是师大的自建房，住的几乎都是师大的老师和学生，失踪孩子的父母在单位口碑不错，没和人结过什么大仇，邻里之间关系和睦。非本单元居民在楼道里藏半个月就更加不可能了，别说排泄物，我们连一点儿食物残渣都没找到，除非疑犯能不吃不喝不被人发现地躲上半个月，还能有力气作案，并且还要在作案以后找到地方带着一个孩子躲起来。”

钟宁忽然指了指头顶，道：“那有没有可能是通过顶楼转移到了另外的单元，然后再逃走？”

“也查了。”李珂冉再次摇头道：“为防止有人跳楼，顶楼是防盗门，焊死的，根本没办法打开。而且我们当时排查的也不止是这一个单元，而是整栋楼的各个单元的摄像头。”

“这样啊……”钟宁一面听着，一面来回走了两趟，愈发觉得这个案子不简单了，这个楼道，或者说，整栋居民楼，就等于一个密闭的盒子，从一个密闭的盒子里把一个十岁的小孩变走，还留下喷漆数字，不能不说，难度极高。

“先上楼吧，我刚才给杨妍的母亲打电话了，他们刚好都在家。”李珂冉领着钟宁走到了电梯边，交代道，“不过，你等下要迁就一下家属情绪……据说小孩失踪以后，她父亲还在社会上悬赏过，至于她的母亲，听说情绪一直不太稳定。”

“行。”点了点头，钟宁跟着进了电梯。

一路无言，电梯很快就在六楼停了下来。

敲了两下门，一个看上去三十来岁，长相端庄却脸色苍白，似乎生了一场大病的女人迎了出来。

“李……李科长！是不是妍妍有什么消息了？！”看到李珂冉，女人本来黯淡的眼中忽然放出了光亮，就像一个溺水的人忽然看到了一根救命稻草一般，抓着她的手就是不肯松。

“案子我们还在调查……”李珂冉尴尬地回答，“这位是我们这次请的专家顾问，姓钟，他想来问一下您相关的情况。”

“哦……还在调查……”女人眼中的光霎时间又暗了下去，看都没看钟宁一眼，无力地摆了摆手，“进屋来吧，有什么需要问的，你们问吧……”



## 02

不愧是师大美院老师的家，三室两厅的房子，到处堆满了书籍和画作。客厅的主墙后挂着一幅巨大的油画，画中的小女孩仰着头，天真无邪地望着钟宁，边上还有一行行书小字：吾女妍妍，六岁整。看来应该是父母在孩子六岁时画下的画像。

“两位请坐吧。”杨母招呼两人坐下，又给两人倒了水，“你们想了解什么情况？”

钟宁开门见山地问道：“我们想问，妍妍失踪当天，情绪有没有什么异常？”

“挺正常的，没什么异常啊，没有一点儿不高兴的样子。”杨母的眼眶又红了，“妍妍一直挺懂事，也挺乖的，从来不调皮，也不忤逆我，成绩也一直都很好。”

“那她失踪前一段时间，认识了什么新的朋友，或者参加过什么活动吗？比如旅游，或者课外活动什么的？”

“没有。”杨母摇了摇头，眼泪就快夺眶而出了，“我家妍妍是个文静的小女孩，平时就喜欢画画。”

李珂冉接着问道：“那她有没有生病去医院，或者请医生来家里看过？”

“没有，妍妍很少生病。”说着，杨母自顾自进了一间房间，搬出来一堆大大小小的画框，放在了两人面前，“你们看看，这些都是妍妍平时画的，这些小天使画得多好呀！”

这个失去了孩子的母亲眼中的痛苦，让钟宁心里像被压了一块石头一般，有些喘不过气来。李珂冉似乎也并不比钟宁好受，拉了拉他的衣角，示意他要不要缓一缓。

“我好后悔，我真的好后悔！”回忆起了女儿，杨母的伤心似乎怎么都止不住了，抽泣着道，“我为什么不好好看着她呢……我为什么不对她好点儿呢……我为什么不多疼疼她呀……”

“谁啊？”另外一间屋里忽然响起了一个男人的声音，“谁来了？”

杨母赶紧抹了把眼泪，起身道：“李科长他们来了。”

“哪个李科长？”

说话间，门开了，一个留着络腮胡，一副艺术家模样的人走了出来。

钟宁往里瞄了一眼，那间房应该是杨父的画室，很大，将近一百平方米，估计是把隔壁的一个单元买下来打通了做成的，里面堆满了各种各样的画布和颜料，右边一个书架下还放着一个半人高花坛一样的装饰品，清清绿绿的挺好看，书架上堆满了还没画完的半成品。

看到李珂冉，杨父很是生气，怒吼着道：“你们还来干吗？”

“杨老师，您别激动，我们……”

“别激动?！说得轻巧！不是你女儿丢了，你当然可以不激动！”杨父的脸涨得通红，越说越愤怒，“该问的，该说的，我们都配合了，这都快两年了，没有一点儿消息，不知道我们纳税人养你们这群废物干吗！”

“老杨，李科长也是好心……”

“没事，让他骂吧。”李珂冉打断了杨母的话，对杨父充满歉意地道，“关于妍妍的事情，真的对不起。”

“我不想听什么对不起。”杨父狠狠地挥了挥手，几乎咆哮着，“我只想知道我们的妍妍去了哪里！我想知道是哪个畜生绑架了我们的孩子！我想知道那个畜生到底要干吗！如果要钱，我愿意变卖一切家产！我只想知道我们家妍妍是不是还活着……”

杨父越骂声音越小，到最后几乎是呜咽着说了出来，杨母又呜呜地哭了起来。

“你看看，你们都看看啊……”杨父抹了一把脸上的泪，猛然从地上拿起一幅画，冲到两人面前，“这都是我女儿画的，你看看！多聪明的孩子啊！那个畜生为什么要针对她啊！”

画中是一个小女孩在一个小小的房间里看着窗外，窗外的天空星光点点，月亮上还坐着一个天使，这幅画充满了童真，看得李珂冉喉咙里像插了一根刺一般难受。

不能怪人家骂啊，孩子对于一个家庭来说，意味着一切。

“你们走吧，以后别来了！”杨父像是发泄完了怒气，茫然地摇了摇头，“找不到人，就不要给我们希望了，我们承受不起啊！”

“走吧。”李珂冉扯了扯钟宁，起身要走，发现钟宁还盯着画在看，不由小声道，“走吧，别看了。”

气氛有些凝重，钟宁点了点头，也没有再多说什么。

下了楼，出了小区，两人没有一句交流，钟宁照例让李珂冉开车。上了车，李珂冉才问道：“钟队，有什么收获吗？”

钟宁抬头看了看六楼的窗口，从口袋里掏了支烟出来捏在了手中，良久才道：“可以说有，也可以说没有……”

李珂冉一愣：“什么意思？”

“没什么意思。”钟宁问道，“你说，有什么生物，能进入你家里偷东西而不被你发现？”

“什么生物？”李珂冉没明白钟宁想问什么，“小偷？”

“不是小偷。”钟宁摇了摇头，又看向了单元门口，“小偷偷东西需要撬门或者翻窗，这种东西不需要，哪怕你把家里所有门窗都关上，它也不用开门就能进去。”

“那……”李珂冉苦笑道，“除非不是人，是老鼠。”

“对！就是老鼠！”钟宁冲李珂冉比了比大拇指，“龙生龙，凤生凤，老鼠的儿子会打洞！”

李珂冉越听越不明白了：“这……这和案子有什么关系？”

“马上就有关系了。”钟宁沉思片刻，理清了思路，才道，“你手上还有当时那栋楼的住户记录么？”

“有的，这种还没结案的案子，资料一般都还在局里的档案室里。”

“那行。”钟宁抬了抬下巴，“我们先回档案室吧。”

“嗯。”虽然还是没明白钟队为什么忽然要当时的住户记录，不过既然张队让自己一切听从钟宁的安排，李珂冉也不好再多问，点了点头。

刚发动汽车，李珂冉口袋里的电话忽然响了起来，她接起来听了几句，就看向了钟宁，欣喜道："钟队，张队把疑犯带回来了。"

## 03

"呵呵，你没犯法？！"

已经是中午，市公安局审讯室内，从抓捕行动开始便滴水未进的张一明脾气很差，他烦躁地把警服上的风纪扣解开，冷笑一声，"啪"地一下重重拍了拍桌子，对面前坐着的男人凶狠道："不是你，你跑什么跑？！"

男人戴着一顶黑色帽子，看上去四十来岁，又矮又胖，这会儿被吓得不轻，哆哆嗦嗦道："我……我以为你们抓黑车嘛……"

"你说谎！"张一明指了指自己的警衔，一副要吃人的样子，"抓黑车用得着老子出马？你看看老子什么级别！"

"我……我也不认识这个嘛……"男人小心翼翼地瞄了一眼，又把头埋下去，"我只晓得你们都是穿警服的警察嘛。"

"呵呵，那你说，你在车里戴个帽子干吗？"

"领……领导，戴帽子不违法吧……"男人尴尬地把帽子摘了下来，结巴道，"不戴……不戴太难看了。"

"这……"张一明顿时对眼前的场景无言以对——是挺难看的，这么大个地中海，在审讯灯的照射下油光锃亮。

"你说你昨天晚上接了从宁乡到星港市区的单？而且是因为导航导错了才会经过星辰三路？"边上一直没说话的审讯员，这会儿强压住笑意，帮着张一明拉回了正题。

"就是嘛，那个导航的地图一点儿也不准。"矮胖子又把帽子给戴上，发着牢骚道，“我本来是走五一路那边的，结果搞到星辰路去了。”

“那五分钟你干吗去了？”

“上厕所……我真的是上厕所。”矮胖子都要急哭了，“我前列腺炎，尿个尿要好久，老是尿不出来。”

“你在星辰三路上有没有看到什么可疑人物？”

矮胖子摇了摇头：“没有……我就尿尿了，没有看到啥可疑人物。”

“你再好好想想！”

“真没有嘛……”胖子都要哭了，“要是有，我肯定能注意到。”

“那你又怎么证明你是去尿尿，不是干别的去了！”“嘣”的一声，张一明又重重地敲了下桌子，“不要给我装可怜，试图蒙混过关！”

“我真去尿尿了嘛……尿尿咋个证明嘛。”胖子这下真哭了出来，“呜……领导啊，我总不可能尿尿还给自己录个视频嘛……”

“你！”张一明被弄得哭笑不得，还想问什么，就看见钟宁站在审讯室外。

钟宁已经在外面看了十多分钟了，他拍了拍郑钢，交代道：“叫张一明出来吧。”

郑钢点了点头，在对讲机里说了两句，张一明很快起身走了出来：“钟队，这人不老实……”

“不是他。”钟宁打断了张一明的话。

“怎么看出来的？”张一明一愣，这审讯还只到一半呢，怎么就说不是他了。

“他不合格。”钟宁看了看审讯室里那个老实巴交的胖子，“这起案子是一个心思缜密的高智商罪犯做的，这一点你认同么？”

“嗯。”张一明点头，这一点毋庸置疑，要不然也不会拖到现在还没破案。

钟宁指了指胖子：“既然心思缜密，他就不会戴那么一顶帽子。”

胖子戴的黑色帽子上刺绣着一个红色的“中国石化”标识，不仅十分打眼，出处也容易查出来，夸张一点儿说，戴这种帽子作案，跟戴着一个身份证没什么区别，这实在不像这个心思缜密的疑犯的作风。

分析得是有道理，但是好歹也是忙活了好久才把人逮到，张一明心有不甘道：“说不定这帽子不是他的，是从哪里捡来的，他故意戴上混淆视听呢？”

钟宁道：“这个概率很小，也没必要多此一举。而且，你有没有注意，这人进入星辰三路时和出来时有什么不同？”

“不同？”

钟宁拿出手机，把星辰三路上的监控视频点开，按了两下快进，递了过去：“你看，虽然戴了帽子看不见脸，但是他出来的时候，握方向盘的右手上多了点东西。”

“烟？”

“对。”钟宁分别把两个画面暂停并截屏，对比了两张图片，“我想，疑犯即便心理素质再好，烟瘾再大，也不会在那么争分夺秒的时刻，还记得要点一支烟吧？而且，万一不小心被我们查到，烟蒂上的口水也极可能暴露他的DNA，这一点也不符合疑犯缜密的作案风格。”

“这……”张一明一摊手，刚要说话，一个瘦高个儿侦查员小跑着过来，汇报道：“张队，我们联系上昨天那女乘客了，她确实是坐嫌疑人的车从宁乡到星港的。出了星辰三路后，嫌疑人又拉到了一个乘客回宁乡，根据那个乘客所言，他没有发现嫌疑人有什么异样，而且……”

“而且什么？”

“而且我们在他车里发现了一些药物……”侦查员尴尬道，“这人确实有前列腺炎。”

“行了行了，知道了。”张一明一挥手，看了一眼钟宁，无奈道，“又进死胡同了。”

“难免的。”钟宁不以为意。他原本就一直在怀疑，疑犯费尽心机躲过星港国际社区的摄像头，没有理由不去躲避星辰三路的摄像头。

现在看来，自己的推断是正确的。只是……自己模拟的作案手法几乎是唯一可行的方案，疑犯却能够不暴露在星辰三路的摄像头下，那他到底是怎么转移目标的呢？

“你们说，有没有可能那人是抱着小孩，从湖里游过去的。”

郑钢也是一脸郁闷，他是跟着张一明一起去抓捕黑车司机的，搞到现在饭都没吃，结果闹了个乌龙。他实在想不出除了人工湖，还有什么路了。

“不可能，那样动静太大，而且，即便一个人水性再好，要抱着一个小孩游过去难度也太高，更何况湖的另一边，岸上的摄像头也不少，他也没地方跑，吃力不讨好。”钟宁沉思片刻，道，“我在想……是不是我们把这事情想复杂了。”

“什么意思？”两人同时问道。

钟宁皱了皱眉，道：“星辰三路这边我还没想到。但是教师新村那一起，让我有一种感觉，是不是我们把问题想复杂了，疑犯可能是用很简单的方式把小孩运走的。”

张一明心头一乐：“教师新村那一起，你推理出作案手法了？”

“八九不离十吧。”钟宁也没打包票，笑了笑道，“等一下应该就知道了。”

这时，走廊尽头响起一阵脚步声，李珂冉小跑着过来，把一份资料递给钟宁：“按您的要求，当时的住户档案都在这里了。”

“辛苦了。”钟宁翻看了一遍资料，很快用笔圈出几个名字递给张一明，“这边先放放。去申请一个入户调查，到这几家看看。”

“都是大学生？”

“嗯，先去看看吧，重点注意镜子还有衣柜……”

钟宁看了看时间，还没到3点，转头冲李珂冉道：“走吧，我们接着去下一家。”

## 04

第三起失踪儿童的案发地点，是在一条叫太平小吃街的巷内。

这是星港有名的小吃街，下午3点，正是生意好的时候，人声鼎沸。廖伯岩放慢了车速，扭头看了看右边——有一辆警车正在路边找停车位。

果然没有猜错，因为星港国际社区那起案子，警方已经开始再次排查案发现场了，很有可能，昨天被自己下了迷魂汤的钟宁便在其中。

“那就祝你们好运了……”廖伯岩踩了一脚油门，打了转向灯，很快驶入了主干道。

上午医院没什么事，廖伯岩在医生专用停车位停好车，没有急着去办公室，而是绕到了医院门口的一家童装店，进去挑了一双印着小猪佩奇的球鞋，想了想，他又挑了一红一白两套带小蕾丝的外套。

上了七楼，刚推开办公室的门，廖伯岩就发现，昨天他给看过病的伍萍萍在母亲田爱花的陪伴下，早就在办公室等着了。见廖伯岩进来，田爱花赶紧拉着女儿站了起来，问候道：“廖主任，您来了。”

“廖主任，她们硬要来这里等你……”带田爱花来办公室的，是廖伯岩带的那个叫陈向泽的研究生。

“没事，坐吧。”廖伯岩摆了摆手，示意田爱花母女俩坐下，扭头问陈向泽，“患者今天情况怎样？”

“说有些头晕，呕吐了一次。”陈向泽看了看病历，咨询道，“您看要不要再做一次 CT？”

“廖医生，您可要帮帮我家娃娃呀，她不能有事呀！”田爱花紧张得不断搓着手，用蹩脚的普通话表达着自己急切的情绪。

“你别着急，昨天的检查结果显示没有什么大问题的。”廖伯岩安慰道，摸了摸小女孩脑袋道，“萍萍，告诉伯伯，今天头还痛吗？”

伍萍萍依旧一副怯生生的模样，往后躲了躲，点了点头。

田爱花有些抱歉地笑道：“娃娃害臊得很。”

“没事，先把鞋子换上。”接触过那么多小患者，廖伯岩早就已经习惯小孩们一开始的拘窘和害羞。他从公文包里掏出了刚刚买的那双小猪佩奇的小鞋子，蹲了下来，帮小女孩把那双已经烂出了洞的鞋子脱掉，把新的换了上去，“伯伯给你买的小猪佩奇，红色的，你看，多漂亮，还有这衣服，尺码不知道合适不合适。”

“哎呀，廖主任，你看这……太感谢了。”田爱花一脸感激地看着廖伯岩。

“没事，要不了几个钱。”换鞋的时候，小女孩没有再躲，让廖伯岩觉得有些安慰，小孩子就是这样，你真心对他们好，他们比大人更能感知得到。

穿好鞋，廖伯岩笑着问伍萍萍：“好不好看？”

伍萍萍点了点头，嘴角也跟着弯起了一丝笑意。

田爱花很是感激，手足无措道：“廖主任，您可真是好人呀！真不知道咋感谢您呢……”

廖伯岩摆了摆手道：“不用客气。孩子他爸呢？怎么没见他来看孩子？”

“走了呢，车祸……走了几年了。”田爱花的眼泪大滴大滴往下掉，“我在工地上给人做饭，赚不到几个钱，娃娃一直跟着我，还能帮帮我，这要是出啥事，我可咋跟她爸交代……”

“你先别担心，更不要自己吓自己，免得影响小孩的情绪。”

廖伯岩把伍萍萍抱到检查台上，拿出听诊器听了听她的心律，又让她张嘴检查了一下牙齿和舌苔，并没有发现什么异常。他把温度计夹在了小姑娘的腋窝，轻声道：“头是不是很痛呀？要是痛，就告诉伯伯，伯伯是医生，可以帮萍萍治病。”

小女孩乖巧地点了点头：“头痛。”

“不要紧的，伯伯等下帮你再做个检查。”

体温 37.6 摄氏度，低烧。廖伯岩看了看表，对田爱花道：

“去大厅的机器上把昨天的血检报告打印出来，如果问题不大，可以先回家，等两天再来做个CT。”

“要得要得。”田爱花点了点头，慌慌张张地往楼下跑去。

“不用害怕，伯伯不是坏人。”看小女孩依旧有些紧张，廖伯岩随手从书桌上拿起一张报纸，指了指上面一个字，逗着她道，“看看，萍萍认识这个字吗？”

伍萍萍怯生生地看了一眼，摇了摇头。

“这个字呢？”

伍萍萍又看了一眼，有些害羞，小声道：“我明年才上一年级……还不认得字。”

廖伯岩有些唏嘘，其实他指的是个“大”字，伍萍萍已经七岁多了，如果正常入学，应该早就认识这么简单的字了，可怜这对母女生活穷困，孩子只能晚两年上学。

他笑着摸了摸小女孩的脑袋，宽慰道：“没事，萍萍这么聪明，上一年级了好好学习，很快就能认识所有的字了。”

“嗯，我以后一定好好学习。”可能是刚才给小姑娘换鞋子，又跟她玩游戏，一下拉近了两人的距离，伍萍萍不再躲着了，冲着廖伯岩认真地点头道，“我将来也想当医生，给妈妈赚钱。”

“哈哈，萍萍可真懂事。”小女孩这天真无邪的模样，让廖伯岩欣慰地笑了起来，孩子嘛，始终是这个世界上最单纯最没有防备心的天使，就一会儿，已经和自己这么亲昵了。

廖伯岩想起了自己的女儿，要是凡凡还在，现在应该快小学毕业了吧，不知道她是不是还跟爸爸亲近一些，让妈妈吃醋呢？

正愣神，门被人推开，田爱花拿着报告回来了。

“白细胞数目……血红蛋白浓度……淋巴细胞……血小板压

积……HCG值……ALT数目……MID……”

一条条看下来，忽然间，其中一个数值令廖伯岩心头猛然一抖。

“廖主任，娃娃咋样？”见廖伯岩半天没说话，田爱花焦急地问道。

廖伯岩很快把报告收了起来，塞到了办公桌里：“没有大问题，就是有点发烧，可能是天气变化引起的。”

“那就好，那就好。”

“你先出去一下，我再做个简单的检查。”不想再耽误时间，廖伯岩对门口的陈向泽交代道，“小陈，带家属去门外。”

“还要检查啊？”田爱花担心道，“是不是还有其他毛病？”

“没什么毛病，放心，你去门口等一下就好了。”说完，他“唰”地一下拉上了帘子，挤出了一丝笑意，对伍萍萍道，“萍萍，把衣服脱了，伯伯帮你检查一下。”

这一次，伍萍萍没有任何躲闪，很懂事地点了点头。

# 第六章 ▲ 露出马脚

## 01

“这么多人……”

没有预料到，星港市民居然对食物的热情如此之大，车开到巷口的时候，就已经因为人流量太大而移动艰难了，一个停车位找了快半个小时，李珂冉才把警车停在了一个不挡道的位置。

下了车，看着熙熙攘攘的人群，钟宁不由得感叹了一句。

这是个宽不到十五米，长不过两千米的巷子，巷子两边全是奶茶店、烤鱿鱼摊、炸臭豆腐的小吃店等等。

“小孩就是在这条街失踪的，男孩，叫吴小虎，失踪时八岁。”李珂冉指了指进去第五家一个叫“芙蓉兴盛”的便利店，“那就是吴小虎家开的。”

顺着李珂冉指的方向，钟宁看到小巷居中的位置，有一家装修简单的小超市，门头不到三米，门口一个冰柜上堆满了槟榔、口香糖之类的东西。

“我看过案卷，吴小虎是早上七点半失踪的？”

“嗯。”李珂冉点了点头，“案发当天早上7点半，吴小虎一个人出门给他妈妈买早餐，早餐店就在街对面，结果等了半个小时也不见孩子回去，去早餐店问了才知道，吴小虎根本就没有来过，人就这么不见了。”

钟宁抬头看了一眼巷口的电线杆，一堆盘根错节的电线之中，有两个摄像头闪着红灯。他问道：“巷子两头都有摄像头？”

“两头都安装了摄像头，我们排查过当时的监控视频，并没有发现吴小虎走出这条巷子。”李珂冉指了指街边的两排门面，补充道，“因为当时时间还早，大部分店铺都还没开门，所以没有目击证人。”

钟宁观察了一下摄像头的品牌型号及监控角度，如果测算得没错，两头的摄像头各能监控到五百米左右的范围，也就是说，整个小吃街的监控盲区是中间那段一千米左右的范围。他想了想，问道：“疑犯留下的喷漆数字呢？”

“在这边……”

李珂冉往前走了百来米，来到一个通告栏旁，撕开了几张小广告，一个歪歪扭扭的红色的“3”就出现了。

“两头都有摄像头……大部分店面都没开门……”钟宁盯着数字，回忆了一下李珂冉的话，问道，“也就是说，这条街没有其他出口，也没有其他地方可供疑犯躲藏？”

李珂冉点了点头：“嗯，这条巷子并没有岔路。孩子失踪前后半个小时，只有一辆垃圾车进出，当晚我们就对开车的环卫工人进行了隔离问询，没有作案嫌疑。我们也对垃圾站进行了排查，并没有发现失踪小孩的踪迹。至于疑犯提前躲进来避开监控的可能性也不太大……”

“为什么？”

“是这样的，我们对从案发前一天凌晨到小孩失踪以后这个时间段的监控进行了排查，倒是抓到了几个小偷，破获了一个小型盗窃团伙，但是失踪案的相关嫌疑人却没有找到。”顿了顿，李珂冉接着道，“这一带流动人口多且复杂，一直都是治安重点管控地段，每天晚上会有两班执勤民警巡逻。根据他们的反馈，很肯定在案发前一天晚上，并没有在小吃街看到可疑或滞留人员。”

“哦……”钟宁又习惯性掏出一支烟捏在了手中。很明显，这又是一起密室失踪案，只不过这个“密室”的范围大一些，且处于闹市之中。钟宁心中甚至开始有些佩服这个对手了。

“行吧，先去问问家属情况。”

小超市就在眼前，门头上依旧贴着一张硕大的寻人启事，上面是一张小男孩的照片，下面是一行黑色大字：悬赏十万，寻找线索。寻人启事看上去还比较新，下面已经压了厚厚一叠，应该是父母才换过不久。

推开门口的透明门帘，靠右手的收银台边，坐着一个干瘦的男人，正在看电视，他身边坐着的一个白胖的女人正在哄怀里一个冒着鼻涕泡哇哇大哭的小孩儿。

看到有人进来，白胖女人几乎是下意识地一把搂住了怀中的孩子，像是有人要抢她儿子一般。

“你好……”李珂冉刚刚开口，那干瘦男人立刻就认出了她，激动地站了起来，道：“李科长，是不是小虎有什么消息了？”

李珂冉有些不好意思："那个……小虎爸爸，我们这次是来了解一些情况的。"

"哦，这样……"吴父的眼神顿时黯淡下来，他指了指边上一条长凳道，"那你们随便坐。"

估计是听到了哥哥的名字，白胖女人怀里的小男孩忽然哇哇大哭起来，嘴里嚷嚷着："我要哥哥！我要哥哥！"

"首龙听话，首龙不哭。"白胖女人宠溺地哄道，"妈妈给你吃蛋黄派。"

"去去去，带孩子进屋去。"吴父呵斥，扭头冲钟宁二人道，"您看要喝什么饮料吗？要不……"说着又看向白胖女人，"你去给两位领导泡个茶……"

"要泡你自己泡！"白胖女人看来对警察也没什么好感，斜眼瞪了自己老公一眼，抱着小男孩就进了里屋。

"你看这……婆娘不懂事，领导多担待。"吴父挤出了一丝比哭还难看的笑，"我给你们去泡茶……"

"泡茶就不用了。"钟宁赶紧摆了摆手。他倒是看出来了，这个家很明显是男主内女主外。他开门见山地问，"你就是吴小虎的父亲是吧？"

"是的，领导。"吴父点了点头，一副老实巴交的模样。

"这次来主要是想请你回忆一下，小虎失踪当天或失踪之前，有过什么异常的表现吗？"

吴父摇了摇头，道："没有啊，看着挺正常的。小虎这孩子一直都很懂事，知道帮家里干活，学习成绩也一直很好，不知道怎么会遇到这种事情。都这么久了，还没个消息……"说着，吴父双眼一红，抹起了眼泪。

"有时候，没有消息就是最好的消息。"钟宁安慰了一句，接着问道，“失踪之前，小虎有没有跟你提过，他认识了什么新朋友，或者参加了什么活动？”

吴父抹了一把眼泪，又摇了摇头道：“新朋友？那应该没有。小虎就在菜市场边上那个子弟小学上学，来回都是校车接送，没有去过什么其他地方。”

钟宁想起医院的就诊记录，还是决定问一问：“吴小虎失踪前几个月，是不是受过一次伤？”

吴父愣了愣：“那个我不知道啊，当时我还在外地打工，是小虎出事才回来的。”说罢，他冲里屋喊道，“婆娘，婆娘……”

“啥事？直接说！”白胖女人好不容易止住了孩子的哭声。

“领导问你……小虎失踪前几个月，是不是受过伤？”

“几个月前？”顿了顿，屋里的女人道，“小虎在学校和同学打闹的时候，手受伤了。这事情和他失踪有关系吗？”

“那是不是和同学闹矛盾了？或者有没有因为这个事情和别人结怨？”

“那没有。”女人抱着小孩挑开了门帘走了出来，“我听他说，是上体育课打球自己弄的，不是别人打的。领导，你们是不是有什么新线索了？”

“暂时还没有。”钟宁充满歉意地回道，“现在请你再帮我回忆一下，小虎失踪当天，情绪有没有任何异常？”

“异常？”胖女人摇了摇头，“没有异常啊，小虎每天都挺高兴的，那天也没什么异常啊。”

想了想，似乎问不出什么来了，钟宁不打算再浪费时间，伸手道：“那今天就先不打扰了。”

“我看新闻里说，星港国际那边又有一个小孩失踪了……”女人握着钟宁的手，忧心忡忡地说，“是不是拐走我们小虎的那人干的？”

李珂冉忙打圆场：“具体案情现在还不好透露。一旦有确切消息，我们肯定会第一时间通知你们的，这个请放心。”

“那个……领导，我就想问一句……”停了好久，胖女人才低头看着地板，喃喃道，“小虎还会回来么？我们等小虎回家，真的连店子都不敢转呀。”说完，胖女人忍不住哭了出来。

钟宁没有回话。

如今看来，这案子似乎比想象中要复杂很多……

出了小超市，淅淅沥沥的小雨已经停了，街道上依旧车水马龙。

“钟队，有什么看法么？”两人往停车的方向走着，李珂冉忍不住问道。

中午钟宁找她要教师新村的入户记录，又让张队去查那几个大学生的住房，她据此大概猜出来，钟队心中已经对教师新村那一起案件的作案手法有底了。所以，李珂冉觉得美食街这一起也难不住他。

“我的看法？”钟宁苦笑道，“我觉得国家开放二胎政策还是好的。”

答非所问，李珂冉先是一乐，马上又想起了杨妍母亲那张没有一丝血色的脸，唏嘘道：“也是，有两个孩子的家庭，万一失去了一个，为了另外一个，生活起码还能继续下去，否则，日子真是不知道怎么熬……像刘子璇的妈妈那样产后大出血，以后生不了孩子了，这辈子可怎么办……”

钟宁没接话。这也是他不愿意给吴小虎的父母任何承诺的理由，有时候，希望越大，失望越大。

目前，他已经去过的三个家庭，分别位于星港国际社区、教师新村、小吃街，家庭背景分别是富豪、高知、个体户。不管从哪个角度看，这三家都是完全不同的家庭，如果不是这一系列孩子失踪的案子，三个家庭很难有任何交集。

到底是什么原因，吸引着这个智商奇高的疑犯呢？

钟宁摇了摇头，又往那个喷了红漆数字的告示栏走去了，扯开周围层层叠叠的小广告，盯着墙上的“3”出神。

太奇怪了，根据自己推断出来的三起作案手法，钟宁可以肯定，疑犯绝对经过了长时间的观察和踩点，但是到目前为止，居然没有任何可疑人员。

难道说……疑犯真有隐身术？

这当然不可能。

但没有隐身术，又能怎么解释这一切？

过了半晌，钟宁扭头问道：“你说案发时间段，就经过了一辆垃圾车？”

“嗯。”一直陪着钟宁发呆的李珂冉回过神来，回忆道，“就是环卫局派来收垃圾的车辆，因为这条巷子里的馆子也做夜宵，所以垃圾车一般都是早上过来。”

“案发时间是12月的早上7点半？”

李珂冉道：“对，一天中人流最少的时候。这条街上的店铺一般是上午10点左右开门，一直到凌晨四五点，人流几乎不断。”

钟宁的眼睛依旧盯着那个红色的“3”，分析着：“也就是说，这几起案子，疑犯都是在唯一的可行时间段，唯一的监控盲区，甚至都是孩子唯一脱离监护人视线的时间中作案。”

李珂冉捋了捋这四起案子，点点头道：“嗯，确实如此。”

钟宁扭头看向李珂冉，道：“那我们可以忘记红色衣服了。”

“什么？”李珂冉没听明白，“忘了红色衣服？”

钟宁把烟又放鼻子边上闻了闻：“红色衣服是一个没有意义的符号。我现在在想，喷漆数字有没有意义。”

“什么？”李珂冉一头雾水，更加茫然了。

“这个字……”钟宁指了指墙上的一个“3”，“你发现它有什么特点么？”

“特点？”李珂冉盯着这个已经在案卷上看到过无数遍的数字，摇了摇头，“什么特点啊？丑？”

“呵呵，确实有点儿丑……”钟宁同意李珂冉的看法——墙上的那个“3”，歪歪扭扭，像是一条肿胀的红色大蚯蚓，确实有点丑。

见钟宁依旧目不转睛地盯着墙面看着，李珂冉忍不住问道：“钟队，您是想表达什么？”

钟宁终于把目光移开：“我是在想，三起案子当中，疑犯的作案手法，为什么会这么没有特点。”

反应过来钟宁的意思，李珂冉不禁瞪大了眼睛：“您的意思是，这起案子的作案手法您也已经知道了？”

钟宁没有否认，却有些失望：“这一起是我看过的三起当中作案手法最简单的，但是估计……也是最不会有什么线索的。”

李珂冉只注意到了“但是”前面的话，赶紧问：“那您推测疑犯是怎么绑走小孩的？”

钟宁想了想，道：“先等等张一明的消息。”

就在此时，李珂冉的手机“滴”了一声，打开看了看，正是张一明发过来的一张图片。

李珂冉赶紧把手机递到了钟宁面前：“来消息了！”

## 02

教师新村五栋六单元603。

看着眼前墙壁上和周围墙灰颜色明显不同的一个高度不到一米，宽度不到半米的长方形白斑，一众警察都沉默无语。

张一明摸了一把自己的刺猬脑袋，扭头看着钟宁，忍不住惊叹道："娘的，钟队，你说这人怎么想出来的？"

"有时候越复杂的，反而越简单。"钟宁伸手摸了摸墙上的白灰——确实是后来补上去的，不管是色泽还是质地，都和原来的墙面有差别。

"呵，这要不是把镜子取掉，谁知道这墙还被人挖过一个坑后来又给补上了？"一旁的郑钢踢了踢刚才从墙上取下来的一面穿衣镜。

杨妍的失踪之谜折磨了专案组一年半，谁能想到，疑犯居然租下了六单元603和隔壁七单元603，再把这相邻的两间房打通，从而把小孩转移到七单元，然后再进行转移呢？

"领导，我这个房子可一直都是租给学生的，自己没住过，这洞可不是我打的啊！"旁边五十来岁的房东，戴着一副眼镜，一看就是个老学究，这会儿欲哭无泪地解释着，生怕一不小心会被逮到警察局去。

张一明没搭理房东，猛地拍了拍墙壁，大声吼道："那边怎么样？"

"拆一半了！"隔壁很快传来侦查员的喊声，"看到了砖头，和边上的不一样，确定是后来补上去的。"

"呵呵，人才！这人真是个人才！"张一明点了支烟，冲着钟宁呵呵苦笑着道，"钟队，你是咋想到疑犯会来这么一招的？"

“她的功劳。”钟宁指了指边上的李珂冉，半晌才又问道，“隔壁那间房也是用镜子做掩护？”

“嗯，镜子就装在衣柜边上，怕是后来一直没有拿开过，墙面上都有四方的痕迹了。”张一明又看向李珂冉，问道，“小李，你想到的？”

“不是不是。”这个功劳李珂冉可不敢贪，赶紧摆了摆手，呵呵笑道，“我只是告诉钟队，这里很多房子被师大的学生租了。”

“我也是根据你这句话才推测出来的。”钟宁来回摩挲着墙上的白灰，神色有一些细微的变化。

这个小区的房子很多都租给了大学生，而案发时是八月中旬，大多数学生七月初就放暑假回家了，小区的人流就会变少。从七月到八月，有一个多月的时间，足够疑犯踩点，给墙壁打洞。反正是租房，没有人会在意装修细节，用一面镜子遮挡，并不会引起注意。监控视频的自动覆盖周期是半个月，只要前后错开这个时长，等待监控内容被覆盖，就可以神不知鬼不觉地把孩子转移。

至于房门锁，那就更好解决了，楼下单元门的密码不用说，看一眼就能套出来，房间门的老式门锁就更容易撬开了，根本难不倒一个高智商罪犯。

“看着简单，但是这疑犯对时间差的掌控，还真是碰到了我们的侦查盲区了。”边上的一个老侦查员也有些郁闷。

一般情况下，警方对这种单元楼的排查，都是安排两个侦查员，挨家挨户一层一层查完，再去查另外一个单元，即便两队侦查员同时从两个单元的一层开始往上查，因为每一户所耽误的时间不一样，所以也很难那么凑巧同时查到两个603。因此，无论警方排查到哪一边，疑犯都有足够的时间在两个看似封闭的空间中转移。

“行了，又找到新的线索了！疑犯的马脚慢慢露出来了！”张一明拍了拍身上的烟灰，给众人打气，扭头看向房东道，“你这儿一直是租给学生的？”

“嗯。”房东赶紧点头道，“这个小区本身就是教师新村，小区里大部分出租房都是租给了学生。”

“你还有当时租户的联系方式吗？”张一明舍不得放过这条线索——虽然以疑犯的缜密而言，这多半是一个无效的信息。

“这个……没有了啊……”时间过去了这么久，租赁合同早就作废没有保留了。房东一脸哭相，“而且，人家应该也毕业了，不一定还留在本地。”

“行了，没你什么事了。”张一明叹了口气，示意一个警察把房东带走了。

钟宁一直盯着墙壁看着，忽然指着那块白斑问道：“你们有没有发现，这墙有什么特点？”

“特点？”张一明挠了挠脑袋，想不出个所以然，扭头问其他人，“你们发现什么特点没有？”

“特别……平整？”李珂冉走上前，细细地摸了摸后来补好的那一块，“如果不是从颜色上来判断，根本发现不了墙壁是后补的。”

“不错。”钟宁赞许地看了李珂冉一眼，又伸手摸了摸那块白斑，“不仅如此，墙补好以后，疑犯还用砂纸打磨过。”

众人闻言，都往前凑了凑，果然发现平坦的墙面上还有很多细细的纹路，应该是纱布打磨后留下的痕迹，不仔细看根本就不会注意到。

“钟队！”一个背着相机的技术员道，“对面那面墙，取下镜子以后，还发现了这个……”说着，他把手中的相机显示屏调到一张照片，递给了钟宁。

照片中拍摄的是隔壁后补的墙壁，将照片放大来看，那面墙不但同样平整，而且在四周还能隐约看到用铅笔之类的东西描过线的痕迹。

张一明吃惊道：“难道说……疑犯是个装修师傅？”

郑钢一脸鄙夷道：“可拉倒吧。上个月我家里装修，那师傅手艺差得……我敢说没这个一半细腻。”

钟宁摇了摇头，也否定了张一明的说法：“应该不是搞装修的。”

理由很简单，装修师傅打磨墙壁的工具更加专业，不会用砂纸。可新的问题是，疑犯既然不是搞装修的，为什么又这么耐心把墙壁补得如此细腻？这明显是没有必要的——反正用镜子遮着，他人很难发现。何况，不管补得多么细腻，色差也能看出端倪。

那么就只剩下一种可能了……

钟宁伸手又去摸了摸墙面，身后的厨房内传来一个侦查员的声音：“张队，这边有重要发现！”

厨房里那个有些破烂的橱柜下层，放着两个纸箱，一大一小，叠得整整齐齐，看上去已经有些年月，纸箱上还能看到黑色的霉斑。

“唰！”技术员用小刀把上面的一个纸箱封口切开，离得最近的张一明凑近看了一眼，顿时嘴里忍不住骂了一句。

纸箱里，是个锈迹斑斑的暗红色墙壁切割机。

张一明叹道：“这胆子够肥啊！作案工具都懒得带走了！”

钟宁同样有些愕然，不过转念一想，这种在外租房的大学生本来就很少做饭，切割机藏在橱柜里，或许比扔到外面更加保险，即便被人发现了，租户们也会以为要么是房东的，要么是上一家留下来的，根本不会起疑心。

“你们看看这个！”技术员已经划开了另外一个纸箱，众人低头看去，纸箱内左右两边泾渭分明，一边整整齐齐地摆放着两块砂纸，一双劳保手套，一个插线板，另外一边是一个黑色的塑料袋，里面堆满了切烂的砖头和水泥块。

“钟队，你看这……”张一明指了指两个纸箱，又好气又好笑。气的是，这疑犯胆子也太大了，居然把作案的工具堆在案发现场，好笑的是，警方居然这么久才发现这个秘密。

“职业习惯！”钟宁掏出一支烟，狠狠地捏在了手中，此时，他两眼放光——三个案发现场了，他终于发现了疑犯的马脚！他握了握拳头，已经被雾霾遮掩了近三年的谜案，这是第一次看见曙光，“这绝对是个心思极其细腻，做事极有条理的人，长时间从事高压精细的工作，这种习惯已经融入他的骨髓，所以在作案过程中他也习惯这样处理。”

李珂冉率先明白过来钟宁的意思：“钟队，您是说……这个人有强迫症？”

切割的时候要瞄着线，补好以后又再三打磨，甚至连作案工具都在箱子里摆得整整齐齐，两个纸箱上用来封箱的胶布更是贴得方方正正，这不是强迫症又是什么？

张一明和郑钢几人低头研究了一会儿纸箱，赞同李珂冉的观点。

“问题是……这范围好像有点儿大……”郑钢思索了一下说道，“做事细致有条理，很多工作都是这样的。”

“设计师，工程师，程序员……”李珂冉默默数着，脑袋里也涌出无数答案，范围确实有点大……疑犯虽然露出了破绽，但这个特点不够特别，要真正抓住狐狸尾巴，光凭这个还远远不够。

钟宁沉思片刻，看着张一明道：“你先让法医和技侦的采集物证，看看能不能收集到什么指纹皮屑，还可以跟踪一下切割机来源。”



看看时间，已经是下午6点，他指了指李珂冉：“明早7点，我再联系小李，去最后一起案子的案发现场查查，看能不能找到什么新的线索。”

“行，那就这么安排！”张一明拍了拍手，“物证科采集指纹，技术员那边追踪切割机来源！我们争取尽快破案！”

“是！”一众警察立刻奔忙起来。

“钟队，我们要不先去吃个饭？”众人散去，紧张的神经暂时松弛下来，已经饿了一天的张一明这才感觉到饥肠辘辘，腿脚都已经不太听使唤了。

“算了，我还有事。”钟宁摆了摆手，忽然想起了廖伯岩，昨天还说要请他吃饭的，不知道他现在有没有时间，还有给小曦的药也不知道准备好没有。他想打个电话提醒一下廖伯岩，想想还是不太合适，又把手机塞回了口袋。

## 03

廖伯岩手里紧紧攥着那张伍萍萍的血检单，站在七楼办公室的窗边，看着医院门口的公交车站，田爱花带着伍萍萍上了车，慢慢消失在自己的视线里。

伍萍萍确实病了，而且病得很严重，只是，廖伯岩没让她住院，更没有安排她手术。

“廖主任？”门被推开，陈向泽走了进来，见廖主任的脸色阴沉得有些吓人，顿时有些诧异。刚才还好好的，怎么忽然心情这么差了？

“怎么了？”廖伯岩缓过神来，扭头看向陈向泽。

“是这样的，就是上两个月，有个胶质瘤动了手术的小孩……好像叫陈浩轩的，您还记得吗？他的父母给您送锦旗来了，我听饶主任说您不喜欢弄这一套，给您挡住了，两口子在值班室不肯走呢，还说想让他们儿子认您当干爹……”

“治病救人，本来就是医生该做的。”廖伯岩不耐烦地打断了陈向泽的话，有些生气，“有心思到处认干爹，还不如亲爹对儿子好一点。他们家里才装修完就让小孩住进去，加重了病情，简直不负责任！”

“那……那我就说您不在吧。”陈向泽也有些为难，刚才那对夫妻在值班室可是差点跪下哀求了，他才来传话的。

那孩子一开始手术很成功，可出院回家一个月不到病情就开始反复，廖主任给他做了全身检查也查不出原因，百思不得其解，最后亲自上门面诊，才把由头给找到——这对夫妻为了“冲冲喜”，居然搬进了刚刚装修好的新房，新房里的甲醛和汞含量严重超标。要不是廖主任亲自上门，还不知道会有什么更严重的后果。

“哦，对了……”门关到一半，陈向泽又硬着头皮扭过头来，“那个……粤城医科大学的神经外科想趁着这次劳动节小长假，邀请各地同行举办一次学术交流会议，我们院，对方想邀请您参加，肖院长让我来问问您。”

“不去。”没有任何思考，廖伯岩果断拒绝了。他把血检单重新放回办公桌的抽屉里，上好了锁，一边整理办公桌上的书，一边说，“只知道开会吹牛评职称，去了也是耽误时间。”

“那……那行。”陈向泽尴尬地点了点头，“那我跟肖院长去汇报一下，就说您拒绝了。”

“去吧，就说以后这种事情不用找我了。”

陈向泽关上门离开后，廖伯岩打开电脑，输入了登录名和密码，很快就在内部系统上查到了田爱花填写的家庭住址——还好，就在沿江路那一带的工地上，不算太远。

不过，刘子璇失踪还没几天，现在动手，会加大自己暴露的风险。伍萍萍本来也不在计划之内，贸然动手，怕会功亏一篑。

想到这里，廖伯岩又犹豫了。正思忖着，他的腰间忽然传来一阵剧痛。

“嘶。”廖伯岩疼得倒抽冷气，额头上迅速冒出了一层细细的汗珠。他从口袋里摸出两颗止痛药，就着水喝下，心中微微有些着急。

如果按照原计划，伍萍萍无疑是应该放弃的，可如果真的放弃，他又觉得自己可能会悔恨终生。毕竟，身体已经越来越不行了，他也不知道他还有没有时间等到下一个这样的孩子出现。

踟蹰着，廖伯岩忽然看到了桌上的那两瓶药，那还是昨天答应给任曦准备的药。廖伯岩心头亮了亮，他想到了钟宁。

既然是自己埋下了这颗棋子，此时，似乎也到了该使用的时候了。他想了想，拿出手机拨了过去。

电话很快接通了，钟宁欣喜道：“廖医生，我刚才还想着给您打电话呢，又怕耽误您工作。”

廖伯岩笑道："昨天说给小曦的药我准备好了，你现在有空吗？"

"有空啊。我是去医院还是……"

"这样吧……"廖伯岩想了想，道，"刚好我现在有空，顺便一起吃个饭？"

"行，没问题。"钟宁干脆利落地答应了下来。

挂了电话，把饭店地址发了过去，廖伯岩打开抽屉，从里面掏出了一个黑色的黄豆大小的东西。

这是他去年在沿海城市做学术交流时，在黑市买下的窃听器，德国货，价格不菲，如今也到了派上用场的时候了。

他很快给窃听器装好电池，用胶布粘着，塞进了墙壁上的一个相框后面。

做完这一切，廖伯岩拿起桌上的药瓶，还有中午在医院门口买的童装——当时他买了两件，一件给了伍萍萍，另一件就是打算送给任曦的——很快进了电梯。

饭店并不远，就在医院后门，廖伯岩要了个名为"水泊梁山"的包厢，点好菜，没多久，钟宁也推开了门。钟宁脸色似乎不太好，看来案子的进展依旧不太顺利。

廖伯岩起身伸出了手，笑着道："把你叫过来，没影响工作吧？"

钟宁客气地说："哪里，我还怕影响您呢！您要是没空，叫我直接去医院拿就好了。"

"医生也要吃饭嘛。"廖伯岩给钟宁倒上茶，他决定主动把话题往案子上面引一引，探探警方的进展，"看你气色不太好，案子进展不顺利？"

钟宁苦笑了一声，道："不怎么顺利。这案子比我想象的要复杂。"

廖伯岩喝了口茶，好奇地问："哦？很麻烦吗？"

钟宁道："有点麻烦……几个案发现场的作案手法，我已经推测得七七八八了，但是有用的证据却还没有发现。"

"知道了手法，也找不到证据？"廖伯岩的眼睛微微一眯，"这又是为什么呢？"

这也算不上什么机密，而且自己本就是看在廖医生的面子上，才答应帮忙调查这个案子的，在他面前，钟宁自然也没遮掩："比如教师新村那一起，我今天找到了疑犯留下的切割机、手套之类的东西，但是我估计，不会由此查出有用的线索。"

这是实话，虽然似乎找到了不少疑似犯罪工具，可既然疑犯敢留在现场，以他的智商和心思之缜密，肯定不会有所疏漏。

"哦？！"廖伯岩瞪大了眼睛，"连手套、切割机都找到了，还发现不了线索？验一下指纹不就好了吗？"

"疑犯不可能犯留下指纹这种低级的错误。"钟宁无奈一笑，"不过也有个好消息。"

"什么？"

"基本可以确定，疑犯长期从事某种对细节的精密程度要求很高的职业。"

"怎么说？"廖伯岩的嘴角微微一抽，但很快就恢复了常态。

钟宁呵呵笑道："从疑犯留在现场的工具的摆放方式，纸箱上胶带的捆绑方式，还有墙上打洞前后留下的痕迹来看，这一点非常明显。疑犯这么在意细节，甚至到了有些强迫症的程度，肯定是从属这类行业，就像……"他顿了顿，忽然指了指廖伯岩，"就像您从事的工作一样。"

“我？”廖伯岩的手微微一抖，一片菜叶从他手中的筷子之间掉落在盘子中。他很快镇定下来，摇头笑道，“你说的打洞，手套摆放什么的，我听不太明白。”

想了想，钟宁打了个比方：“比如说，有的人在图书馆上班，就很容易有某种程度上的强迫症，一定得把书摆得整整齐齐才看着舒服。疑犯也有这方面的显著特点。”

“这……”廖伯岩心头猛烈地抖了一下，感觉一阵后怕，他忽然想起了自己的书桌——还好，今天是约在饭店见面，不然很有可能会引起钟宁的怀疑。他喝了口水，掩饰着自己的情绪，“那你的意思是，疑犯是图书管理员？”

“哈哈，那倒不是，只是打个比方，从犯罪行为学上说，很多从事高压或对精密有高度要求的行业的人，都会有这方面的心理问题。”

“呵呵，我不太懂这个，不过看来你们警察查案可比我们医生做手术难多了。”

两人吃了几口菜，廖伯岩忽然小声道：“我听坊间说，疑犯是个对穿红衣服的小孩有特殊嗜好的男人，这是真的么？”

“不是。”钟宁摇头道，“和虐童癖没有任何关系。”

所以钟宁今天在小吃街的时候，对李珂冉说可以忘记红色衣服。他现在可以确定，疑犯跟喜欢红色衣服的虐童癖没有任何关系。

廖伯岩长长地“哦”了一声，叹惜道：“要真是个虐童癖，我还能帮你们做做心理分析呢。你知道，毕竟我是神经外科的，这种东西还是略懂一点儿。可其他的我就帮不上你了，刑侦方面，我是一窍不通的。”

钟宁喝了口水，神情无奈：“目前的线索没有一条是有明晰指向的。我觉得最大的问题是，完全摸不透疑犯的动机。”

“动机？”廖伯岩的心脏狠狠跳了一下。

“嗯。”钟宁点了点头，“从现在的情况来看，跟着证据走，几乎全部是死路，所以我想从疑犯的职业习惯上挖一挖，或许能找到突破口。至于刚才您说的红色衣服，我觉得……”

“什么？”廖伯岩低头夹菜，眼睛不经意间眯了眯。

“这只是疑犯掩盖自己真实动机的一个障眼法。”虽然还不能百分之百肯定，但钟宁基本可以确定，这是最接近正确答案的解答。

“障眼法？！”廖伯岩瞪大了眼睛，“那……疑犯的真实意图又是什么呢？”

“这个我暂时还真没想到……”钟宁思忖片刻，“现在可以肯定的是，疑犯曾不止一次出现在犯罪现场，他一直在等，等着他的目标穿上红色衣服的那天再动手。”

这也是钟宁今天去过第三起案发现场以后反推出来的结论——每一起案件实施起来难度都极高，疑犯绝不是随机选择目标的，必然是有某种原因让他认定了必须绑架这几个孩子。既然如此，那么有没有穿红色衣服就并非一个必要条件了。

廖伯岩想了想，故意道：“那照你这么说……坊间传的那些喷漆数字，也是疑犯在干扰视线？”

“只能说，有这个可能。”钟宁没有否认，却也无法确定。毕竟，似乎不留下这些数字，让警方集中精力去追查红色衣服这一点，又或者留下一些误导性更大的“我要报仇”之类的词汇，干扰视线的效果会更好。

顿了顿，钟宁补充道：“不过还有一种可能，这些连续的数字，可能跟疑犯的职业习惯有关。”

“1”“2”“3”“4”这种连续数字，假如不是故意干扰警方查案的话，就只剩下一种可能了——疑犯确实在隐晦地表达某种诉求，只是在这个过程中，不经意间把自己的职业习惯暴露了出来。

“不想明说的信息……职业习惯……”廖伯岩内心翻腾着，不过表面依旧是恰到好处的平静中带着疑惑的神情。他看了看钟宁，忽然道：“你要这么说的话，我看医生也有可能。”

“怎么说？”钟宁对这个观点兴致颇高，他也确实想从廖伯岩的角度得到一些新的启发。

廖伯岩斟酌了一下用词：“我们倒是会给每个病人和床位编号，方便管理。难道疑犯就是为了让警方并案调查，所以自己做了编号？”

钟宁被廖伯岩这话给逗乐了，哈哈笑着道：“哈哈，他这是怕警察浪费警力，特意让我们并案调查的？”

“呵呵，见笑见笑，我对刑侦真是一窍不通。”廖伯岩摆了摆手，尴尬一笑，不打算继续这个话题了，转而问起了任曦的情况，“对了，上次任曦在，我不方便问，你现在是已经收养她了？还是……”

“没，我不符合收养条件。”说起这事，钟宁就一脸郁闷，“我找了点儿关系，把她送到了寄宿学校。毕竟福利院那种环境待久了，我怕不利于她的心理健康。”

“不错，孩子的心理健康确实要重点关注。”廖伯岩严肃地点了点头，有感而发，“我虽然是神经外科医生，但是对心理学也略懂，小孩子本来就比成年人脆弱，特别像任曦这种心理受过创伤的小孩，遇到事情，容易敏感焦虑，所以你啊……”

他指了指钟宁，半开玩笑道：“遇到小孩教育上的问题，不能心烦，不能急躁，对她一定要有耐心，要让她充分信任你，对你敞开心扉，不然，到了青春期，可有你受的。”

“我一定谨记廖主任的教诲，戒骄戒躁。”钟宁哈哈笑着。这一点，廖医生说得没错，任静才走的那段时间，小女孩极不听话，处处和钟宁对着干，钟宁耐着性子对她好，相处下来，她渐渐知道钟宁确实对自己好，这才慢慢变得乖巧懂事。

“小孩子都很单纯，谁是真对他们好，他们很容易感知到，特别是任曦这种受过伤害、尝过生活苦难的孩子，你真心对他们好，他们就会卸下心理防备，跟你建立信任。”廖伯岩鼓励道，“我看你处理得不错。”

“现在还算可以吧。”钟宁点点头，“您放心，我也知道她这种受过伤的孩子比一般人更需要关心，我会努力做好的。”

“任静的运气还是不错的，认识了你。哦，对了，差点儿忘了……”廖伯岩放下手中的碗筷，从边上的椅子上拿起那件准备好的童装和两瓶药，递了过去，“一天一颗，最好是饭前，记得提醒她吃。这小外套是送给小曦的。昨天她来我也没送她礼物，今天补上。”

钟宁赶紧接过袋子：“这怎么好意思。衣服算您送的，两瓶药的钱我得给。”

廖伯岩佯装生气道：“说了不用客气。你再这样，药我都不能给你了。”

“这……”

廖伯岩笑着摆手：“别这啊那的，当初我帮小曦，难道是为了钱？你现在把关系弄得这么俗气，我是真不高兴了。”

话都说到这份儿上了，钟宁也不好再说什么，只能道：“那好吧。这顿饭我请，药钱我就不给您了。”

“我是东道主，还要你请客，没这道理。”廖伯岩一边说着，一边掏出了钱包，高呼，“服务员，先买一下单。”

买完单，两人的心思都不在吃饭上，很快便吃完饭出了饭店。

在饭店门口作别，廖伯岩挥手送钟宁上了车，一转身，笑脸一垮，脸色阴暗地快步往医院停车场走去。

天色渐渐暗了，道路两旁的霓虹闪烁起来，廖伯岩开着车，心事重重。

出乎意料！实在是有些出乎意料！红色衣服的障眼法，居然这么快就被钟宁识破了。他甚至已经开始往职业习惯的方向找突破口了。

“大意了……”

回想起办公桌上被自己沿着直角叠放得整整齐齐的书籍，廖伯岩又是一阵后怕——看来以后要注意细节，不要再往办公桌上放书籍或者文件了。

“已经发现了作案手法……障眼法……主要是动机……编号……职业有关系……”

廖伯岩又把刚才和钟宁的谈话在脑袋里过了一遍，他发觉自己似乎小看了这个前任刑侦队长。

不过还好，目前为止，一切依旧在他掌控之中——他还有一个重要的筹码。

钟宁说，任曦读的是寄宿制小学。在湘雅工作了二十多年，廖伯岩自然知道，省城的寄宿小学本来就不多，而距离钟宁的律师事务所位置最近的，就是新民路小学。

廖伯岩在便笺纸上写下小学的名字，很快把车右拐，往一条岔道上驶去。

此时已离城区有些距离，远远地，可以听到早春蛙鸣了。接着开了十多分钟，那片坟地就出现在了廖伯岩眼前。

停车，熟练地抠掉手机电池板，然后把车开到一个高耸的坟包后，再徒步上了国道。

走了大概两三分钟，国道的一条岔道旁，赫然停着一辆同样型号的黑色索塔纳。他按了按手中另外一把车钥匙，上了车，继续往那个破败的钢材市场开去。

已是晚上 7 点多，星港上空灰蒙蒙一片。

跟往常一样，车道上没什么车辆，但廖伯岩依旧十分谨慎地从后视镜中观察着自己是否被跟踪。毕竟，平时是和人体最精密的器官打交道，谨慎细致已经深入骨髓。

二十分钟后，廖伯岩把车开到了自己租下的两层小楼的后院里，拉开门，径直往左边一间房走去。这是一间被装修成办公室模样的房间，办公桌，打印机，电脑等办公用品一应俱全。

他从口袋里掏出钥匙，打开了书桌上的柜门锁，从柜子里拿出了厚厚一叠照片，塞进了自己的包里——所有照片的主体都是穿着红色衣服的孩子，每一张都不堪入目。

既然钟宁认为红色衣服只是障眼法，那么自己就要再给他加把火了。

刚取好东西，楼上忽然传来一阵小女孩的哭声。廖伯岩皱了皱眉，快步上了楼，径直走到了二楼最右的房间。

打开一道铁门，再推开一扇防盗门，这间房间的全貌就展现在眼前——

一个小单间，有一张高低床，床上铺着卡通图案的床单棉被小枕头，窗边有一张小书桌，桌上甚至还摆放着几本书，还有零食、牛奶。

一个十岁左右的小女孩，怯生生地坐在床上，眼里满是害怕。

“怎么啦？”廖伯岩冲小女孩挤出一丝笑意，“一个人害怕？”

“我……我不想待在这里……呜呜……”小女孩拼命捂着嘴巴，像是怕被廖伯岩听到了一般，呜呜地哭着。

“坚持一下，明天就好了。”说罢，廖伯岩叹了口气，没有再理会哭泣的孩子，转身走了出去，关上防盗门和铁门，又转而打开了隔壁的房门。

顿时，一股刺鼻的福尔马林的味道扑面而来。

房间内，突兀地摆放着三具尸体——一男两女，很小，很瘦。

尸体旁的柜子上，还堆放着几件已满是血迹的红色外套……

## 04

“这衣服真好看。”

还好及时赶到，钟宁赶到新民路小学的时候，晚上的美术课刚刚结束，要是再晚一点儿，这种寄宿制学校就不允许家长进校探望了。

钟宁跟着任曦进了宿舍，才把廖伯岩送的衣服给她。小姑娘穿上新衣服转了好几个圈，脸上满是笑意，看上去相当满意。

“这是廖伯伯送的，记住，以后长大了，要报答他。”钟宁亲昵摸了摸任曦的脑袋，掏出了那两瓶药，交代她，“记住，一瓶随身带着，每天吃一颗。”

“好。钟爸放心，我不会忘记的。”任曦认真地点了点头，接过药瓶，神神秘秘地说，“其实我也给廖伯伯准备了礼物，不过还没完成，完成了我就给您，您帮我送给廖伯伯。”

“看你这样子，是打算保密啊？”钟宁哈哈笑着，从床头柜上取出了任曦的小箱子，接着嘱咐道，“还有一瓶药放在这里，跟你的病历本放在一起，那一瓶吃完了，你再把这一瓶拿出来带在身上。”

钟宁一直让任曦把这几年的就诊、复诊记录随身携带，以防止万一发生什么突发状况，可以让医生最快了解到她的情况。

任曦装出一副不耐烦的样子，嘿嘿笑着：“记住啦！钟爸跟老太婆一样啰唆。”

钟宁不满了，帮任曦把病例本重新整理一遍，嘴里道：“这就嫌我烦了？那小曦下次想吃麦当劳，谁带你去？”

“哪儿敢呀！”任曦看着钟宁忙碌着，突然小声说，“对了，钟爸，这些病历本，可以不放在我这里么？”

钟宁见这小姑娘一脸的委屈，问道：“怎么了？”

“姚轩他们笑我。”任曦嘟起了嘴，“他们几个男孩子一下说我是野孩子，一下说我是病秧子。”

这小姑娘平时对钟宁就是报喜不报忧的，这次看来是真受了委屈了。

他刮了刮任曦的鼻子，问道：“告诉老师了么？”

任曦倔强地摇头：“没。我才不愿意打小报告。”

“那你怎么处理的？”

“我……”任曦吐了吐舌头，不好意思地一笑，“谁骂我，我就和谁打一架。”

“哈哈哈，能赢么？”钟宁哈哈笑了，果然是任静的女儿，什么事都不愿意吃亏。

“平手吧。”小姑娘有些骄傲，“反正打了两次架，他们也不敢欺负我了。”

“可以，不过要保护好自己。”钟宁把手中的病历本重新放回原位，“自己处理不了的事情不要逞强，告诉钟爸就好了。”

“嗯。”任曦重重点了点头，忽然想起一个事情来，“钟爸，坏人抓住了吗？”

“还没。”钟宁摇了摇头，没想到小姑娘居然还惦记着这个事情。

任曦用充满信任的目光看着钟宁：“反正我相信钟爸，肯定能把坏人抓住。”

这时，宿管阿姨敲了敲门：“宿舍准备关门，麻烦家长都出去了。”

“行。”钟宁又嘱咐了几句学习生活上的事，这才离开了学校。

回到车上，任曦刚才看着他时信任又期待的目光，一直徘徊在钟宁的眼前。还有廖伯岩，这两个自己心中挺重要的人，都惦记着这个案子，可即便有了小小的突破口，案情却依旧没什么实质性的进展。钟宁不禁有些丧气。

“从事什么职业，会一丝不苟到有些强迫症的程度呢？”

回想着今天在纸箱内看到的那双劳保手套的摆放方式，钟宁忍不住摇了摇头。就像李珂冉分析的那样，类似职业太多了，还有心理疾病或是精神压力的因素，根本不可能一一排查。

钟宁决定先回去好好休息，明天去最后一个案发现场看看能不能再发现什么线索。

已是晚上 8 点多，小学前的街道空无一人，车灯笔直地照在路上，钟宁隐约看到，学校外围游乐场的墙壁上，被调皮的孩子们画满了涂鸦。

这些充满童趣的涂鸦让钟宁会心一笑。姐姐还在世的时候，自己也曾这么无忧无虑……可惜，年龄越大，似乎越不容易快乐。

正准备开车回家，一个念头却在此刻猛然钻了出来。

“喷漆？”

钟宁把车重新停好，开门下车，走到保安室，敲了敲玻璃门，问道：“你好，我能再进去一下么？”

此时，街上忽然起了一阵风，径直灌进了钟宁的脖子，冻得他浑身一个激灵。

# 第七章 ▲ 新的部署

## 01

刘子璇已经失踪四天了，警方投入了大量人力物力，可侦破工作依旧没有取得实质性的进展。张一明感觉自己的脑袋都要僵掉了。

“要么大牌大成这样，要么小牌小成这样，这人就这么喜欢走极端吗？”张一明瞪着电脑屏幕，把它摔了的心思都有——劳保手套、砂纸、切割机上面并没有发现什么指纹皮屑，这是意料之中的事。唯一有用的，就是品牌和型号了。

疑犯用了满大街都是的“好彩头”牌喷漆，可这切割机的品牌“大力士”却早就倒闭了，官网打不开，售后电话是空号，星港市区的经销商倒是找到了一家，不过一年前就转卖地板砖了。

这样看来，疑犯八成是在哪个二手市场购买的，根本查无可查。

针对疑犯表现出来的职业特征这一线索，张一明也召开了紧急会议。大家分析下来，起码列举了二十种相关职业，从业人员占到星港市常住人口的十分之一，其中男性就有将近一百万人。这么庞大的数字，根本无从下手。

星港国际社区那起案子，已经知道了疑犯的作案手法，结果抓人的时候闹了个乌龙；教师新村那起案子，不但知道了作案手法，连疑犯的作案工具都找到了，结果什么都没追查到。

现在来看，唯一能算得上线索的只有两条：疑犯是男的，疑犯不是胖子。

张一明哼哼着，胃疼得一阵一阵地抽搐。他点了支烟，愁眉苦脸地问郑钢："钟队呢？一直没回局里？"虽然证据不多，但这些曙光都是钟宁找到的，张一明只能把他当作救命稻草了。

郑钢实在有些熬不住了，打着盹摇了摇头道："没回。我听小李说，钟队让她带着去垃圾站那边了。"

"垃圾站？"张一明一愣，纳闷道，"去垃圾站干吗？"

"查案吧。"郑钢一脸郁闷道，"据说还带了个电棒。"

"电棒？"张一明一个激灵，"是准备抓人？"

"钟队，车开动了。"

早上 7 点整，李珂冉把警车停在隔着小吃街四条街道的一个垃圾站前，望着一辆正要出发的后八轮垃圾车。

她看了看钟宁，拿出一个电棒，犹豫地问道："您要我带这东西干吗？"

"反正不是去干犯法的事。"钟宁笑了笑，从口袋里掏出了几个本子，指了指垃圾车道，"跟上去。"

李珂冉点了点头，很快踩了脚油门，悄无声息地跟了上去。

这是一辆进行街面垃圾清理工作的车辆，途经七个点，小吃街是这辆车工作路线的第三个点。

垃圾车开得并不快。虽然现在还没开始装车，但仍会时不时往后车飘去一阵恶臭。

“我们要一直跟到小吃街吗？”开着车，李珂冉明白了，钟队是想把案情重演一遍。

“先跟着，注意观察站点的摄像头。”钟宁没有直接回答李珂冉的问题，指间捏着一支烟，交代道。

很快，垃圾车进入了第一个垃圾站点，停下车，一个肥胖的中年男人晃晃悠悠地走了下来，一副没睡醒的样子，慢慢悠悠地把堆在街角的几个垃圾桶推上了车，又换了几个新的下来。

钟宁看着前面这位似乎不太情愿上班的司机，道：“就一个人，这么点事情干了快十分钟。”

“您的意思是？”李珂冉一下明白了过来，伸出头，四周看了看，“这个站点四周没有摄像头，而且……小吃街案件发生在12 月，冬天的清晨，能见度比现在要差很多，所以疑犯应该是在小吃街前面的垃圾站点，趁着司机不注意上了垃圾车？”

“嗯。”钟宁点了点头，没有多说什么。

这辆车一共经过七个站点，小吃街是第三个，前面两个分别是药王街和文庙坪，这两个站点因为人流不多，所以监控方面肯定存在盲区，疑犯完全可以在药王街上车，绑架以后，再神不知鬼不觉地从文庙坪下车。

手法并不难猜，这也并不是钟宁今天起这么早过来想证实的东西。

还在思考着，垃圾车已经重新开动，钟宁挥了挥手，李珂冉再次开车跟了上去。

一前一后两辆车，一直保持着适当的距离，垃圾车司机也从来没有关心过有没有人尾随自己，毕竟谁也不会闲得无聊去偷垃圾。

“钟队，我们还跟着干吗？”

李珂冉有些不解，既然已经确定了作案手法，还跟下去似乎没多大意义了，现在不应该去文庙坪那边，看看摄像头的情况么？

“还有这个……”钟宁拿起李珂冉带来的电棒，“我还想试试这个。”

李珂冉一愣：“对谁？”

“空气。”

钟宁试了试电棒，一按下去，“吱吱”几声脆响，震得他都有些耳鸣。

看着钟宁饶有兴致的模样，李珂冉有些担心地说：“钟队，你这是干吗？这东西威力还挺大的，有些危险。”

“有声音，听到没？”钟宁扭头问了一句。

“那……那当然。”李珂冉是干物证的，对电棒当然也有所了解。

简单来说，电棒是通过变压器瞬间产生高压脉冲，击晕所接触生物或导致其休克，达到防身目的。电棒的两个电极之间有极强的电场时，空气可能会被击穿电离，形成火花，霎时间产生极高的温度，使周围的空气迅速膨胀，发出暴鸣声，这和自然界的雷声一样，都是大气放电现象。

这么近，一个听力正常的人，不可能听不到电棒声。不过钟宁没有解释自己为什么要说这个，李珂冉也不好多问。

垃圾车停在了药王街的街尾，司机似乎依旧没睡醒，晃晃悠悠地往垃圾点走去，费了好大力气才把整理好的垃圾袋拖到车尾，头都没抬一下，用力把手中一个半人高的黑色垃圾袋往车里一摔。

"有声音，就能排除掉。"钟宁突然没头没尾地说了一句。

李珂冉刚要问什么意思，垃圾车已经在小吃街停了下来。

还是那个慢吞吞的司机，跟没睡醒似的下了车，走到小吃街的垃圾点旁，提起了一个装得满满的垃圾袋，优哉游哉地往车尾走去，接着一摔，垃圾袋稳稳地落在了车上。

这时，钟宁推开了车门，在清晨的浓雾里，绕到了垃圾车的车尾。李珂冉看呆了，难道钟队想试试爬上垃圾车会不会被司机发现？

不过看来她的担心是多余的，那司机依旧慢吞吞地整理着垃圾，嘴里还哼哼唧唧地唱着小曲，完全没有注意到车尾出现了一个陌生人。

小吃街的街尾偶尔出现几个早起上班的人，不过谁也没往垃圾车这边看着，毕竟恶臭如此，人人避之若浼。

就在这时候，钟宁猛地按下了手中的电棒。

"嗞！"电棒在空气中闪出一道光亮，发出了一阵脆响。

"谁？！"司机猛地蹿了出来，绕到车尾，瞪着钟宁喊，"你……你是谁？干吗的？！"

"我们是警察。"李珂冉赶紧从车上跑了下来，掏出了证件，"我们在查案。"

司机狐疑地打量着两人，嘴里道："那也不能吓人啊，我又没犯法。"

"刚才吓到你了？"

"废话！"司机看着钟宁，气不打一处来，"这么大的声音，我还以为我车漏电了呢！"

李珂冉赶紧道歉："不好意思了。你忙你的去吧。"

司机一走，钟宁扭头问李珂冉："你刚才听到响声了吗？"

"当然，那么大的声音。"李珂冉点着头，愈发纳闷，"你……这是在干吗？"

钟宁走到喷有红漆数字"3"的告示栏边，伸手把周围的小广告撕得干干净净，扭头道："你昨天说，这个字有什么特点来着？"

李珂冉愣了愣，她没听明白钟宁为什么一下说电棒，一下说噪音，一下又说到了数字，茫然着答道："丑？"

"对！这个字，确实丑！"钟宁点了点头，又扬了扬手里的警用电棒，"那我问你，要快速让一个小孩昏迷，有些什么办法？"

"快速让小孩昏迷？"李珂冉重复了一遍，似乎明白了什么，很快道，"重击，电击，还有……乙醚之类的化学药品。"

钟宁从口袋里掏出了一支烟捏了捏，肯定道："好，那我们现在开始一个个排除。重击需要使用拳头或钝器，这个方法可以不用考虑。"

这个理由不用多说，因为不管是拳头还是钝器，只有精准打击人的后脑，才会致人昏迷。稍有差池，就会致人颅内出血，孩子会因此流鼻血，严重一些甚至有死亡的风险。一次还好，四个小孩全部用这个方法太冒险了。更何况，血迹是很难彻底清理的，而警方从来没有在现场发现过血迹。

李珂冉终于明白钟队为什么要带电棒了，她接口道："案发是在12月……第一，天色没有现在这么亮；第二，因为起床的人少，所以杂音应该也没有这么多。那么，声音听上去肯定会更刺耳更响亮，但是当时那个司机并没有向我们反映过听到电流爆破声这个情况。所以第二种，电击，也可以排除了。”

“那么就只剩下乙醚之类的药物这一种方法了。”钟宁眯了眯眼，接着分析道，“这种东西，只要控制好量，不但见效很快，而且副作用很小。”



李珂冉的眼睛放着光亮：“您的意思是……疑犯是一个对化学药品很精通的人？”

“不只这样。”钟宁今天跟着垃圾车走了一趟，并不只是为了确定疑犯的作案手法，毕竟，使用化学药剂也不算什么有效线索，乙醚之类的化学药品并不难弄到，只要有心，甚至可以自己调配，原料也不难弄到，警方无法寻找来源。所以，这并不是重点。

钟宁想了想昨天和廖伯岩吃饭时说的话，再次指了指墙上的喷漆数字，道：“除了丑，你换一种形容词试试。”

“除了丑……”李珂冉想了想，“……像小孩的鬼画符？”

“对。”

钟宁把烟放到了鼻子上闻了闻：“最初我看到这几个数字的时候，一直觉得很丑，而且没有规则。我一直以为，疑犯是为了掩饰自己的笔迹故意喷成这样的，但是昨天在教师新村，我发现并不是这样。”

李珂冉闻言，低头沉思。确实，这些数字喷得实在太难看了，以疑犯的心理素质，他不可能是因为紧张才喷得这么难看。

钟宁接着说：“就跟昨天的情况一样……这些数字，应该也是他的职业习惯的一种体现！”

李珂冉瞪大了眼睛。疑犯智商很高，心思缜密，一直没有给警方留下什么线索。目前钟宁找到的一些线索，都是疑犯因为职业习惯无意识留下的，比如在打墙之前描边，在补墙之后打磨墙面，留下作案工具还整理得那么整齐有序。

那么，如果这些喷漆数字同样是疑犯无意识留下的职业习惯的体现，他就不会想起来需要掩饰。如果写得这么丑不是为了掩饰什么，那就只有一个可能性了——

疑犯的字本身就这么丑！

李珂冉有些无奈地叹气：“但是，这些字丑是丑，也不好确定排查对象啊。”

一个高智商，懂化学，做事情一丝不苟的人，偏偏字这么丑，这个确实有些奇怪。但这些也无法作为线索来缩小侦查范围啊，字丑的人也太多了。

钟宁从口袋里掏出了几个小本子，摊开来，呵呵笑了笑：“那你再看看这个。”

“这！”李珂冉顿时瞪大了眼睛，“……医生？”

钟宁手中拿的正是任曦的几本病例，他一边翻着一边说：“你看看，这些医生的字，是不是连阿拉伯数字都像鬼画符？”

李珂冉张大了嘴巴：“对，都是鬼画符！”

钟宁收起病例，盯着面前这个红色的“3”：“昨天有个朋友跟我说，医生会给住院的病人的病床编号，方便管理。你再想想，编号是不是也是医生的一种职业习惯？”

“嗯，对。”李珂冉赶紧点了点头。

疑犯在犯罪现场刻意留下字迹，必然是要表达某种诉求，而不同学历、职业、背景的人，表达的方式也会有所差别。这些喷漆数字，暴露出了疑犯的职业习惯。

懂乙醚等化学原料；喜欢用数字编号；字迹潦草得像鬼画符；做事缜密精细、一丝不苟；在墙壁上描线，就像动手术时一样……

这么看来，医生确实是极有可能的职业。

“可是，医生这个职业，我们已经排查过了啊……”李珂冉犹豫了一下，想起那天张队在车上跟自己说起过的钟宁的故事，嘴巴张了张，还是没有把廖伯岩这个名字说出来。

看着李珂冉欲言又止的样子，钟宁也猜到了，呵呵笑道：“张一明那个大嘴巴跟你说什么了？没事，有什么你说什么。”

“就是……”李珂冉踌躇了一下，道，“要真是医生，四起案子里，唯一在现场出现过的只有廖伯岩医生了，但他有不在场证明，所以……”

钟宁接下后半句话：“所以不会是他……”

钟宁低头看了看廖伯岩写的那本病历上的字，摇了摇头。虽然看上去似乎有几分相似，但是不在场证明不可能是假的，更不要说廖医生根本不存在任何动机了。

看了看表，还只是早上 9 点，不知道廖医生今天上什么班。昨天他给了自己一点儿灵感，今天，钟宁也打算去问问他。

想到这里，钟宁对李珂冉说：“你先去吃早餐吧，我去咨询个朋友。”

## 02

早上 9 点，廖伯岩离开了两层小楼，去往医院。

淅淅沥沥的小雨下个不停，气温也比昨天低了两度。

廖伯岩没有开车，而是步行了二十多分钟，走到了国道旁一个锈迹斑斑的公车站牌下。他观察过，上午 8 点到下午 6 点，这里每半个小时会有一趟 1 路公交车，从城郊开往市区，车上的乘客大部分是郊区进城务工的农民和挑着担子进城卖菜的小商小贩。

“嘶……”才站了一下，通宵没睡的廖伯岩就感觉腰间传来一阵剧痛。他伸出右手用力顶着右腰的部位，冷汗不停地从他的额头冒出来。

老了……真的老了……



廖伯岩心中涌出一股悲凉。他从口袋里掏出两片止痛药吞下去，缓了缓，药效发作了，腰间的疼痛才稍稍缓解。

此时，一辆破旧的公共汽车冒着黑烟缓缓驶来，车上稀稀拉拉地坐着些人，空间都被菜篮子或者咯咯直叫的母鸡占据着。

廖伯岩上了车，一个卖鸡蛋的大娘盯着他看了半天，似乎觉得他这个打扮的人，不应该坐在这种公交车上。

不过廖伯岩并没有在意，他心中在担心着另外一件事。

昨天晚上，自己的计划似乎出现了某种程度上的倒退，这让他整晚未眠。所以，今天一早，他决定加快进度。

一路思忖着，三站路以后，廖伯岩在那个卖鸡蛋大娘的注视下下了车。

再往一条岔路口走上二十分钟，便是坟地了，那辆平时用来上下班的索纳塔，便停在里面。

观察四周，上车，装好手机电池板。

近三年来，廖伯岩已经成了一个训练有素的士兵。

他启动了汽车，决定先不去医院。反正今天是中班，在此之前，他要先去看看伍萍萍。

廖伯岩一路沉默地开着车，从郊区往北大概二十多千米，他很快驶入了一条叫沿江路的行车道。

沿江路西段，有一片正在建设中的工地，这是联通省会高速公路的高架桥工程，据说一旦通车，从星港市区到省会可以节约四十多分钟时间。

田爱花母女，应该就是在这片工地上生活。

当务之急，廖伯岩必须尽可能快地弄清楚这对母女的生活规律，但是，钟宁那边的破案速度如此之快，这让他有些焦虑，毕竟此前的每一起案子，动手前都经过了缜密的安排，而这一次时间实在是不够。

车到山前必有路，先去看看情况吧。

廖伯岩把车开得飞快，半个小时后，廖伯岩把车停在一块硕大的“大干两百天，献礼国庆节”的牌子下，远远地看着对面的一个简易工棚。

正是早餐时间，一群灰头土脸一身泥浆的男人陆续走了进去，工棚内一阵喧哗。不少工友端着饭菜，坐在门口的水泥坪上大口吃着饭菜，田爱花来回忙活着，给这个倒水，给那个让烟，忙得晕头转向。

可惜，没有看到伍萍萍的身影，这让廖伯岩有些失望。

不过，要不是计划出现了意外，廖伯岩其实并不想这么早对伍萍萍动手。

他也知道，现在离刘子璇那起案子时间太短，而且因为刘子璇的家庭背景，警方这次几乎倾巢出动了，此刻动手，实在是非常危险的。更何况，除了伍萍萍，其实还有另外一个更好的选择，可思前想后，加上昨晚的不顺利，让廖伯岩不得不先为自己探好路，准备好备用方案。

工地上的人还不太多，不是踩点的最好时机，廖伯岩一边观察着，一边回想钟宁说过的话。

“数字……动机……”

钟宁的本事，廖伯岩在省城的时候就有过耳闻，但在这么短的时间内，他居然能查出几起案子的作案手法，还一针见血地说出了问题的关键，这还是让廖伯岩吃了一惊。

不过，只要他身边还有任曦，廖伯岩就还有办法对付他。

工友们吃饭的速度都很快，半个小时左右，田爱花的工棚门口就空无一人了。



“喂！你干吗的？”正打算接近工棚，廖伯岩身后忽然响起一个男人的声音。一扭头，一个戴着红袖章，保安模样的粗壮男人正一脸警惕地盯着自己。

廖伯岩没想到，这种地方，一大早的居然会有保安巡视。他的心里咯噔一下，但很快镇定下来：“那个……请问，田爱花是住这里么？”

“田爱花？”保安上下打量了廖伯岩一眼，狐疑道，“你是她什么人？”

“我是她……”廖伯岩犹豫了一下，答道，“我是她亲戚，顺路来看看她。”

“亲戚哦……”保安点了点头，估计也是看廖伯岩长得文质彬彬，不像是坏人，才指了指工棚方向道，“她就住那边，现在应该在家。”

“谢了。”已经暴露了，廖伯岩索性不再遮掩，道了声谢，径直往工棚的方向走去。

一路泥泞，廖伯岩好不容易绕到工棚后面，发现除了一个小小的厕所，似乎也没有其他藏身之地，厕所边上就是一片土坪，上面摆放着几个装泔水的大桶，发出一阵臭味，不过，好消息是，从下车开始，廖伯岩就没有发现一个摄像头，偌大一个工地，整个都是监控盲区。

在屋外站了有两分钟，廖伯岩看了看，刚才那保安似乎还在盯着这边，他干脆伸手敲了敲门。

屋内很快响起了田爱花的声音：“哪个呀？”

“请问，田爱花住这里么？”

“对啊。”门很快开了，田爱花一眼就认出了廖伯岩，瞪大眼睛道，“哎呀！这不是廖医生吗？您怎么来了？！”

廖伯岩挤出一丝笑意，指了指外面的马路道：“我开车路过这里，想起萍萍了，就来看看她的情况。”

“哎呀，这怎么好意思啊。”田爱花并没有感觉到什么异样，赶紧招呼着，“您请进，您请进！”

工棚是用石棉瓦搭建的，这个季节还算好，不太热，但是当中摆放着一个大煤炉，正烧着水，发出一阵刺鼻的气味，上面挂着一排腊肉，墙角堆放着一堆青菜，看上去应该是给工人们准备的食物。另外一边靠墙摆着两张床，一大一小，应该就是母女俩睡觉的地方。除此之外，没有一件像样的家具了。

此时，伍萍萍就躺在那张小床上，看到廖伯岩进门，小女孩一下就认了出来，立刻爬了起来，欣喜地叫着：“廖伯伯，您来找我玩啦？”

“这孩子！廖伯伯工作这么忙，怎么是来找你玩……”

“就是来找萍萍玩的。”廖伯岩笑着打断了田爱花的话。虽然只接触了两次，但伍萍萍对自己已经全然没了戒备。他摸了摸小女孩的额头，道，“恢复得不错，萍萍很快就可以和廖伯伯出去玩了。”

“谢谢廖伯伯，您坐。”伍萍萍懂事地给廖伯岩搬了条小凳子，自己也乖巧地坐到了一旁。

“廖医生，您喝水……”田爱花找了个碗，倒了热水端给廖伯岩，尴尬地笑道，“您看您还专门来家里，也没什么招待您的。”

“招待就不用了。”看着这个简陋得不能再简陋的房间，廖伯岩忽然有了一丝恻隐之心。他指了指床头的一个袋子，道，“给萍萍买的衣服不合身吗？怎么没给她穿？”

“合身，合身得很！”田爱花呵呵笑着，不好意思地说，“这工地这么脏，穿着不合适，想着等娃上学的时候再穿。”

“哦，那也行。”廖伯岩看了看时间，放下手中的茶碗道，“我就来看看，先不打扰你们休息了。如果萍萍有什么新的状况，记得来医院找我，萍萍，你身体好了，就让妈妈带着去伯伯那里玩。”

“嗯，我一定和妈妈去看您。”

母女俩目送着廖伯岩离开工地，满脸感激之情。廖伯岩上了车，伍萍萍的小手还在挥着。

廖伯岩没有再停留，打了个转向灯，把车往右拐，一路开上了沿江风光带。

“既然今天已经暴露了，只能把伍萍萍往后压一压了。”廖伯岩有些沮丧地摇了摇头，如果现在贸然对伍萍萍动手，自己将会暴露无遗，在还有路可走的情况下，他自然不会冒这个风险。

看来得找机会约钟宁再聊聊，看看能不能把第二口迷魂汤给他灌下去了……

廖伯岩掏出了电话想打给钟宁，但很快又放了回去。昨天已经主动联系过钟宁一次，过于频繁，容易引起他的警觉，还是等他主动联系自己比较好。

一路思索着，廖伯岩的车不知不觉间已经开到市一医院。才走到办公室的门口，他就看到了一个熟悉的身影。

## 03

“呵呵，怎么？这么早来找我，有急事？”

进了办公室，廖伯岩依旧给钟宁泡了一杯碧螺春，他有些意外，钟宁似乎已经在门口等了一段时间了，他有什么事情这么着急？

还好，从钟宁跟他提过疑犯的特征以后，廖伯岩的书桌上，没有放一本资料和书籍，起码这间办公室，不会让钟宁起什么疑心了。

“还是关于那个案子的。”钟宁单刀直入着，摊开了任曦的病例，“想请你给点儿意见。”

“这……”看到病历本，廖伯岩浑身一怔——他居然在这些病历本当中看到了五年前自己给任曦动手术时的那本，钟宁居然还保留着。

廖伯岩意识到自己的神态有些失常，不过钟宁并没有往这边看，他赶紧道：“这是病历本？”

钟宁拿出手机，把里面拍的几张喷漆数字的照片递到了廖伯岩眼前，又指了指桌上的病历本，询问道：“您觉得，这像医生的字迹吗？”

“医生的字迹？”廖伯岩的眼皮跳了跳，尽力调整呼吸，细细盯着喷漆数字看了很久，才道，“有点儿像，也不太像。虽然医生的字一般来说确实写得比较潦草，但是每个医生的笔迹也还是不一样的，所以这个我不好说。这个数字就是那个疑犯喷的？”

“嗯。还有这个……”钟宁又把在教师新村拍下的墙上的那个白斑的照片找出来，给廖伯岩看了看，接着道，“您看，这个边上有描线的痕迹，就您所知，医生在动手术之前，是不是会给患者即将做手术的部位先描线？”

“不错，做手术之前，都需要在患者身上测量好切口区域，做好切口设计，然后用线画好标记，再由主刀医生、病房护士、麻醉医师、手术室护士和患者本人确认，之后才会进行手术。这也是为了手术的安全性。”廖伯岩像是忽然明白了什么，吃惊道，“你是怀疑这案子是医生做的？”

钟宁点了点头，看向了廖伯岩，答道：“嗯，目前来看，这个可能性最大，但我也拿不准，所以来征求一下您的专业意见。”

廖医生说得对，医生的字虽然外行看来都是差不多的鬼画符，但每个医生的字迹又都不相同，有点儿像，又有点儿不像，所以，字迹和描线究竟算不算得上医生的职业特点，钟宁确实没有十足把握。

廖伯岩想了想，帮着出主意道：“如果疑犯是个医生，那就说明有个医生认识这四个小孩，你查查门诊记录就知道了！”

钟宁苦笑道：“问题就是，没有医生同时认识这四个孩子。这也是最奇怪的地方。”

“你已经查过这个方向了？”廖伯岩问着，一边观察钟宁的神色，一边悄悄在心中思考，钟宁似乎真的只是在咨询自己的专业意见，而不是在套话，不用太紧张。

钟宁摊手道：“所以，我就是想来问问您，您觉得，假如真是医生作案，会有一些什么动机？”

“动机啊……”廖伯岩思索了一阵，猛地拍了拍桌子，“器官！有没有可能是为了器官？你不知道吧，在黑市，一个肾可以卖上二十万！眼角膜、肝脏这些，都十分值钱啊！”

“这个……”钟宁想了想，很快摇了摇头，“但是小孩的发育情况……”

“这你就错了。”廖伯岩摆手打断了钟宁的话，激动道，“成年人器官缺口大是没错，但成年人的器官捐献也多，可小孩呢？犯病的也不少，捐献却少之又少，供需关系也是严重不对等的。这个畜生！肯定是为了器官才绑架孩子们！”

“好像是有这个可能。”毕竟廖伯岩是一名医生，而不是专业刑侦，所以他的推测有逻辑漏洞很正常。钟宁附和了他一句，心里知道，这个并不算什么动机。道理很简单，如果真是为了卖器官赚钱，刘子璇家里那么有钱，勒索不就行了？

“其他理由我也想不出来了。”廖伯岩犹豫了一下，问道，“除了医生这一点，你们还打算从哪个方面入手呢？”

“既然基本确定职业了，那么，我觉得应该从时间上面入手了。”

这是钟宁今早在小吃街时冒出来的想法——只要能确定医生这个职业，那么三年前这个时间点就可以派上用场了。

廖伯岩不太理解钟宁的意思，问道：“你的意思是，从医生这个职业入手，去排查作案时间？”

钟宁摇摇头：“不，星港的医生有上十万，不可能一个个去排查。”他停了停，看向廖伯岩，“我打算从三年前这个时间点开始排查？”

“什么意思？”廖伯岩猛地咬紧了后槽牙。

“既然星港的案子是从三年前开始的，那么，我想调查一下，星港的医生中，有谁是三年前调到星港的……”

话到一半，廖伯岩哈哈笑着，打断了他：“哈哈哈，那不就是我吗？我就是差不多三年前调过来的嘛，不过我跟你说，我可没有作案时间啊。”

“呵呵，这个我知道。”这是张一明第一天就跟钟宁说过的，他自然没有忘记，呵呵笑了笑，尴尬道，“我当然不是说你。”

“哈哈，没事没事。”廖伯岩忽然想起了什么，从口袋里掏出钱包，从中抽出一张名片，“对了，你要是查医生，我倒是可以给你介绍一个人。这是我们肖院长，他在卫生厅很有关系，对星港市的医生都比较熟悉，你可以向他咨询相关的情况，说不定他能给你提供什么建议！”

就在给钟宁递名片的同时，一不小心，一张纸片顺着名片抽出的间隙，从钱包里飘落了下来。

钟宁赶紧捡了起来，不经意瞄了一眼——是一张全家福，一家三口冲着镜头笑着，看着很是温馨。钟宁猜想，里面那个小女孩，应该就是任曦提到过的凡姐姐，也就是廖伯岩的女儿吧。

“谢谢。”廖伯岩接过照片，重新塞回了钱包中，呵呵笑道，“老了老了，身体不行，手脚也不利索了。”

钟宁接过名片，道了声谢，也不打算再打扰廖伯岩，很快出了办公室。

才走到门口，口袋里的手机就响了起来，张一明在电话里焦急道：“钟队，刘仁凯家的保姆说，有重要线索提供。”

## 04

刘仁凯家的保姆被吓晕以后，就被就近送到了离星港国际社区不远的社区医院。

路况还算不错，不到三十分钟，钟宁就已经开车到来了社区医院的门口。此时，张一明领着郑钢几人，也刚到医院。

一行人上了二楼，在病房门口执勤的片警起身敬了个警礼，激动道：“张队，保姆说要提供线索以后，我第一时间就通知了局里。”

“干得不错。”张一明鼓励了一句，又问道，“刘仁凯没来找她麻烦吧？”

“派人来找过一次，我们担心出什么意外，给制止了。”片警有几分邀功的意思，“我们也跟失踪小孩的家属再三说明过，就是一个普普通通的农村妇女，老公还是个残疾人，女儿在上学，根本没有作案嫌疑。”

“嗯，表现不错。”张一明拍了拍片警的肩膀，领着几人推开了病房的大门。

病房内的电视机里，正播放着药品广告，一个男中音亢奋地一遍一遍重复着：“血管，就像城市的下水道，一旦堵塞，后果不堪设想……”

保姆是个四十来岁的中年妇女，正躺在床上打着点滴，估计是因为惊吓过度，这会儿脸色惨白，没有一丝血色。

“领……领导……”保姆见张一明等人进来，挣扎着起了床，紧张地看了一眼房门，道，“我……我有情况要反映。”

张一明转身把门关了，示意几人坐下，道：“说吧。”

“那个……”保姆又看了房门一眼，确定已经关好了，才道，“刘……刘总还有一个……一个情人。”

张一明冷静地点了点头，道：“你接着说。”

“那个女的是个大学生。”保姆低着头小声道，“听……听人说，那个女的也怀孕了。”

“所以你怀疑是那个女的干的？”

“不一定是那个女的干的嘛。”保姆抬头看了张一明一眼，“可能……可能是她叫人弄的，毕竟……领导你也知道，两个孩子，就两份遗产。”

“嗯，很有道理。”张一明点了点头，“你知道刘总这情人的名字么？”

“名字我不知道……”保姆摇了摇头，“我只知道她还是个大学生，住在凤凰小区那边，据说……也是刘总买的房子。”

记录员连忙记下了地址，张一明扭头看了一眼钟宁，用眼神询问他还有什么需要问的。

“把这个先关了吧……”电视机里的广告吵得钟宁有些心烦，等电视关了，他示意保姆不要紧张，才道：“你再回忆一下，刘子璇失踪之前，有没有进过医院或者诊所？”

保姆认真想了想，摇了摇头：“没有啊，她身体一直都很好。”

“那你再想想，有没有什么医生朋友之类的，来家里看过她？”

“也没有。”保姆再次摇了摇头，“刘总是做生意的，不怎么和医生来往。”

“那她失踪之前，情绪有没有出现什么异常？”

保姆皱着眉想了想，答道：“这……也没有。我还记得，那天璇璇跟我一起去买菜，后来说去游乐场玩会儿，一直都挺高兴的啊。哦，对了……”

“怎么？”

“也……也没什么……”话到一半，保姆又自顾自摇了摇头，“就是最近这一年多吧，她老喜欢跟自己的布娃娃聊天，有时候一个人躲在房里抱着布娃娃碎碎念。”

这算不上什么线索，小女孩都喜欢和自己的布娃娃说话，任曦也经常抱着她的娃娃说话，还不让钟宁听呢。不过钟宁还是问道："说的什么？"

"说今天上学学了什么，玩了什么游戏，开不开心，吃了什么之类的，就这么些事情。你们说，会不会这个布娃娃被人施了法，然后……"

"你想多了。"这都哪儿跟哪儿啊，钟宁打断了保姆的絮叨，冲张一明失望地摇了摇头。

张一明赶紧起身，和保姆握了握手，道："感谢你提供的线索。你反映的情况，我们会重点跟进的。"

走出病房，众人都是满脸失望。

还以为保姆能提供多么大一个线索呢，结果就是刘仁凯包了个二奶，这要是都算线索，那这案子早就破了。

张一明一脸愁容地看向钟宁："钟队，你觉得跟进的必要性大吗？"

钟宁耸了耸肩："既然是新的线索，该跟进还是跟进一下吧。不过，不是这个二奶干的。"

这一点大家都清楚。这是一起连环绑架案，刘子璇并不是唯一的失踪儿童，一个二奶哪怕真的是为了争遗产，也不可能在三年前就动手犯案。

"还有一个消息……"钟宁把廖伯岩给的名片递给了张一明，"这人据说在卫生厅有点关系，去找他查查，看看三年内有什么……"

张一明和钟宁边走边说，刚走到楼梯口，冷不防和一个刚出电梯的大爷结结实实撞了个满怀，打断了钟宁的话。

大爷应该是这里的病号，这会儿右手还举着一个吊瓶，一根管子插在静脉上还在打着点滴，看张一明穿着警服，倒也一点儿不害怕，凶巴巴道：“你走路不长眼睛啊！警察了不起啊！可以横着走路啊！”

“嗨，我说大爷！”张一明被劈头盖脸骂得有点儿哭笑不得，“撞了跟你道歉不就得了？用得着这么大脾气吗？”



“撞坏了你赔得起么？你知道我儿子是谁吗？”大爷不依不饶，挥着手像是要打人一样，头顶的吊瓶跟着一阵晃荡，这动作看得钟宁心里“咯噔”一声。

“我说，你这人讲不讲道理……”

此时，电梯里的视频广告中，也在播放着那个广告，那亢奋的男中音传了过来：“血管……人体的下水道……一旦堵塞……后果不堪设想……”

“张一明！”钟宁猛地扯了扯张一明的手臂。

“不是，钟队，这大爷有点儿得理不……”张一明说着转过头，这才发现，钟宁的脸色煞白，立刻意识到了不对劲，“怎么了，钟队？”

“医生……”

“什么？”张一明没听清楚。

“去一趟星辰三路！”钟宁盯着老头的输液瓶，低沉道，“我知道疑犯的转移手法了！”

送走了钟宁以后，廖伯岩就这么沉默地坐在办公椅上，一动不动。

桌上的钱包是打开的，里面依旧放着那张全家福。

就在刚才，他已经给钟宁喝下了第二碗迷魂汤，至于有没有效果，也只能听天由命了。

钟宁的进度太快了，让廖伯岩对整个计划的掌控有些失控，似乎是在逼着自己更加珍惜时间。

腰间又是一阵剧痛传来。

廖伯岩低头看了看照片中的妻女，微微抖动的手指摩挲着照片，眼里满是怜惜。

“凡凡啊，别怪爸爸，谭啊，你也别怪我……”口中呢喃着，心中却像是被堵了一道石墙。

他一直以为时间还很充足，可现在看来，不管钟宁有没有喝下这碗迷魂汤，他都不能再等了。

廖伯岩打起精神，用钥匙打开了办公桌最下面一层的抽屉，掏出一个黑色的笔记本，打开来看，上面密密麻麻地记满了名字。

很快翻到了最后一页，和其他页面不同，最后一页上，只用黑色的笔写着四个名字，前面三个已被红笔划去。

“对不起了，凡凡，谭……”廖伯岩从桌上拿起一支红色的笔，狠狠在第四个名字上面打了个叉。接着，他起身拿上包，走出办公室，往后勤部的大楼走去。

上了三楼，他径直走到肖爱国的办公室门口敲了敲门，里面没有人回答，旁边一个办公室倒是有个年轻医生探出了头：“廖主任，您找肖院长？”

廖伯岩指了指紧闭的门，道：“肖院长又没来上班？他说有个文件叫我送到省厅去的。”

“您知道的嘛……”年轻医生意味深长地笑了笑，“他把钥匙丢在我这儿了，我帮您开门。”

“行，那麻烦了。”

开了门，廖伯岩又冲年轻医生说道：“我找找，等下我会自己关上门的，你先忙吧。”

“那行。”年轻医生也没多想，很快回了自己办公室。

“谁呀？”办公室里另外一个女医生抬起头问道。

“廖主任，他说帮肖院长去卫生厅送文件。”

女医生瞪了瞪眼：“廖主任不是最看不起肖院长么？今天是怎么了？”

“嘘！”年轻医生伸手在嘴边比了比。

此时，廖伯岩已经离开了肖爱国的办公室，大踏步往停车场走去。

# 第八章 ▲ 真实身份

## 01

五个人，十只眼睛，齐刷刷地盯着一个直径不到一米，污浊不堪的洞口，集体愕然。

疑犯确实没有经过星辰三路两头的监控摄像头，而是通过星港三路的下水道转移了被绑架的孩子……

下水道就在游乐场栅栏斜对面的绿化带上，跟游乐场的直线距离不到五十米。虽然距离很近，但确实隐蔽，如果不是专门来找，绝不可能注意到，在一堆杂草青苔中间，有一个下水道井盖被撬开过。

看着黑漆漆的洞口，张一明忍住恶心道："呵呵，真是个人才啊！居然想到这么个方法来躲避摄像头。"

"这次应该能有点儿收获了吧？"郑钢看着物证科的人在底下忙活，乐呵道，"我说张队，你请过来的大神还真是厉害，这都被他想到了。"

“那当然。”张一明白了郑钢一眼，刚要说话，下水道里传来物证科小吴惊喜的喊声：“张队，有收获！”

很快，穿着全套制服戴着口罩的小吴爬了出来，把手中的东西往塑料隔层上一放：“发现了两根绳子……上面还有尿骚味……”

张一明盯着看了一眼，又想哭又想笑。

“还有东西！”正愣神，下水道里又传出另外一个同事的喊声，“发现一个喷漆罐子！是‘好彩头’牌子的！”

张一明听得心头一紧，不放心道：“取证的时候你给我小心点儿！上面很有可能有指纹，千万不要破坏了！”

“知道！还有个轮子，看上去像是行李箱上面掉下来的。还有两个面罩，应该是过滤空气的！”

“你寻宝盗墓啊！一次说完行不行?！”张一明颇有些激动。有这么多物证，他就不信一点儿线索也找不出来。

“张队……”李珂冉拿着一张地图，小跑着过来，在张一明面前摊开，“这是最新的城建局下水管道图，按照图上标示的下水道分布来看，就只有湿地公园那个出口比较隐秘了。”

“嗯。”张一明大概看了看，很快同意了李珂冉的看法。

下水道口虽多，但要离得近，又要足够隐秘不容易被人看见，最符合条件的就只有三千米外的湿地公园那边了。

郑钢不禁再次发出了感叹：“这疑犯够可以的，居然从湿地公园爬三千米臭水沟子，到星辰三路把人绑走后，又拖着人再爬三千米臭水沟回去。也真亏钟队能想到。”

张一明扭头看向李珂冉：“钟队也没跟你说他去哪里了吗?”

钟宁没有跟着张一明一行人一起来这里找下水道里的线索，这让张一明有些纳闷。

“没有。”李珂冉摇了摇头，“早上让我去吃早餐以后，我们就没见过了。”

“那行吧。”

毕竟只是请人来帮忙，又不给人发工资，张一明自然也没权力管别人。他拍了拍手掌，给众人分配了任务：“马上带人去湿地公园那边的出口，看看还能不能找出什么有用的线索！还有，对周边几条路线的监控视频进行全面排查。另外，小李，你这边安排物证科对绳索、喷漆罐子、面罩和行李箱轮子进行细致检测，看看能不能找到皮屑或指纹，有任何线索，第一时间通知我。”

安排妥当，他掏出电话，想向钟宁分享一下好消息，可电话拨了过去，嘟嘟响了好几声，居然一直没有人接听。

张一明挠了挠头，自言自语道：“呵，这是干吗去了？我还想问问你是怎么想到下水道的呢。”

## 02

车在通往省城的高速上飞驰，很快就要进入省城的收费站了。

搁在副驾驶座上的手机一直不停地震动着，钟宁瞄了一眼，也没心思去接。

气温并不高，车内也没开暖空调，但钟宁觉得自己的后背都已经有些汗湿了。

在社区医院，钟宁看到那个和张一明吵架的老大爷手上的吊水瓶，莫名想到在病房中听到的电视里的广告，他猛然就想到了下水道这条路，一条不容易被想到，却非常满足疑犯需求的路。

只是，他此时的心慌，和下水道无关，而是他推测出的疑犯身份令他坐立难安，必须马上去寻找新的线索，核实自己的推测。

“……真的是你么？”

一路上，那个名字在钟宁的脑海里挥之不去。

难道说，张一明一开始的判断就是正确的，这些案子确实和这个人有关？而自己因为过往私交，潜意识里就排除掉了他的嫌疑？

可是，他确实和那四个小孩没有交集，也确实有充分证据证明没有作案时间啊。

“但如果不是你……”

回忆着昨天中午一起吃饭时的情形，钟宁有些后怕——要不是那一点儿小小的意外，自己或许就放任这么大的线索在眼前溜过了。

太多的问题在钟宁的脑袋中打转，让他没心思再去管星辰三路那边的情况，更何况，他不觉得疑犯会留下什么关键证据。

一路思考着，钟宁的车很快进入绕城高速，在第二个出口下车，右拐，进入湘雅一路，再往前开了两分钟，几栋建筑就出现在了眼前。

湘雅附一医院——这是任曦当年做手术的医院。

这里也是唯一能证实自己疑惑的地方。

上了十二楼，最右边的一个办公室，就是湘雅附一的脑神经外科主任办公室。

根据钟宁在官网上查到的资料，这里的现任主任叫熊涛，是廖伯岩的师弟。他敲了敲门，一个矮胖医生探出脑袋道："现在下班了，有事情你明天再来吧。"

"警察。"顾不得客气，钟宁一手掏出了证件，一手拦住了又要关上的门，"有些事情需要找您了解一下。"

"找我聊聊？"看到证件，熊医生一愣，"什么事情？"

"关于廖医生的。"

熊涛好奇道："廖医生？哪个廖医生？"

"廖伯岩医生。"钟宁指了指门上的牌子，"以前你们这里的主任。"

"哦……廖主任啊……"熊涛这才开了门，"廖主任几年前就没在我们湘雅了啊，他怎么了？遇到事情了？"

钟宁把在路上编好的借口说了出来："跟星港市第一人民医院的一起医闹有关，具体的案件我不好透露，希望你理解。"

"医闹？"熊医生明显有些不相信，"以廖主任的为人，不可能有什么医闹事件啊！"

"医闹也不一定是医生的责任，也可能是患者无理取闹，所以才需要我们的调查嘛。"

"那也是。"没听出钟宁的话有什么漏洞，熊涛道，"你有什么需要调查的，问吧，我配合你。"

钟宁找了张凳子坐下，拿起早就准备好的本子，打开来，假装做笔录似的边写着什么边问道："你和廖医生关系如何？"

熊涛没有犹豫，直接回道："很好啊。我和他是大学同学，他应该算是我师哥，在学校里我俩关系就不错，后来也一起在湘雅工作，十几年的老朋友了。"

钟宁点了点头，佯装在本子上记了几笔，接着问道："那据你所知，廖医生这个人为人如何？"

“那真是好得没话说。”熊涛一脸崇拜，“上学的时候，他就是出了名的专业好，人品好，不抽烟，不喝酒，不打牌，就是个学术狂人，专业成绩年年第一。他本来还有机会出国深造的，为了他妻子，硬是放弃了。”

熊涛越说越兴奋：“他对患者的认真负责更加不用说，那么大牌的医生，每次手术，事无巨细亲自准备，教学方面也是，哪怕是带几个硕士生，上课都是兢兢业业的，哪怕是解剖课，他都是最后一个离开的。”

似乎怕自己说得还不够，熊涛站起来，激动道：“要不我带你去我们陈列室看看？虽然廖主任辞职了几年了，但是陈列室里有整整一面墙的锦旗都是患者送给廖主任的。廖主任不管是医德还是人品，都是我们湘雅的标杆。”

钟宁挥了挥手，道：“这个就不用了。你先别激动。你说的这些，跟我们在星港市一那边了解到的情况差不多。”

五年前，廖伯岩主动承担了任曦的手术费用，还亲自帮她做手术，他的医德和人品，确实无可指摘。只是，对廖伯岩的评价越高，钟宁内心的疑惑就越大，有一种说不出的奇怪不安缠绕着他。

钟宁顿了顿，接着说道：“你知道廖主任从湘雅辞职的具体原因么？”

“这和医闹有关系？”熊医生对这个问题产生了疑惑，可看钟宁一脸严肃的样子，只好道，“个人选择嘛，这无可厚非吧。”

钟宁点了点头，笑道：“确实无可厚非，可‘北协和，南湘雅’，湘雅是南方几个省份最好的医院了，廖伯岩又是主任，没有理由放着大医院的主任不当，跑去小医院嘛。”

“唉……这个事情怎么说呢。”熊涛长叹了一声，才缓缓道，

“是因为他女儿。”

“他女儿？”钟宁拿笔的手微微一抖，他的判断似乎并没有错。

“对，他女儿，廖一凡。”虽然过去了好几年，但说起这件事，熊涛仍旧一脸唏嘘，“大概四年前吧，廖主任的女儿检查出来患了脑瘤，是恶性的……”

钟宁张了张嘴，什么话也没说出来。也就是说，在任曦手术一年以后，廖伯岩的女儿患上了和任曦同样的病。

沉默良久，钟宁才道：“廖主任不是脑神经外科方面的专家么？治不好么？”

熊涛摇头苦笑道“呵呵，专家又不是神仙。儿童脑瘤的死亡率仅次于儿童白血病，当中又分很多种类，比如胶质瘤就比较好治疗，但是凡凡……哦，也就是廖主任女儿，患的是大脑神经纤维瘤，这是脑瘤中最凶险的一种，而且检查出来的时候已经到了三期，肿瘤位置也不好……”

说到这里，熊涛摸了摸自己的后脑勺，解释道：“就在这个地方，专业点儿来讲，就是位于侧脑室三角区和后颅凹，动手术的难度极大。当时院方召开专家组成员会，给出的治疗方案是进行化疗加物理治疗这种相对保守的方案，但是廖主任不同意，他觉得应该先手术治疗，切除肿瘤，这样患者的生存几率会更大。”

“后来呢？”

“后来……唉……”一声叹息，熊涛苦涩道，“手术失败了，凡凡没能下手术台。”

“这……”良久无言，钟宁不敢去想，一个父亲，同时也是国内首屈一指的脑外科专家，在手术台上却无力救治自己的女儿，只能眼睁睁看着女儿的生命在面前一点一点消亡，那是一种怎样的痛苦和绝望。

“谭姐也怪他治疗方案太过激进，哦，谭姐就是廖主任的妻子，当时在我们医院做护士长……凡凡出事后，他们两个人吵得很厉害，跨不过去这个坎儿，离婚了。”熊涛取下眼镜擦了擦，无奈道，“其实，凡凡没能救回来，不能怪廖主任，当时我们院里也组织过几次会诊，凡凡那个情况，说实在话，不管是哪种治疗方案，意义都已经不大了，廖主任当时也只是想搏一搏运气，唉……”



钟宁一时语塞，都不知道接下来要问什么了。他无法想象，廖伯岩宽厚温和的笑容背后，藏着这么大的痛苦辛酸。得是多么坚强的人，才能承受住这一切？

他压抑住自己心中五味杂陈的感受，接着问道：“后来，廖主任就从湘雅辞职了？”

“辞职了，再也没有回来过了。”熊涛又是苦涩一笑，唏嘘道，“医院给他们夫妻放了长假，本来还是希望他们能回来的，可惜了……谭姐是高龄产妇，冒了很大风险才生下凡凡的，真不知道是怎么熬过丧女之痛的。我听说，谭姐后来去了北京的医院做临终关怀，也算是给自己疗伤吧。廖主任去了星港市一，说起来……我都有三四年没见过他了。”

“夫妻反目，家破人亡……”钟宁只在本子上留下了这么几个字。

熊涛依旧感慨着：“不过，廖主任这人还真是有情有义，他们离婚的时候，廖主任就把这边的房子卖了，钱全部给了谭姐，算是净身出户吧……”

说到这里，熊涛忽然想起了钟宁的来意，忙问：“哦，对了，能告诉我廖主任到底遇到了什么事情吗？看看有没有我能出力的地方，能帮我一定帮。”

钟宁歉意一笑，道：“这个暂时还不能透露。”

“要我说，跟那些医闹流氓，就没有什么道理好讲的。”熊涛冷哼一声，在便笺纸上写了一串号码，递给钟宁，“这是我的电话号码，你留着，有任何需要帮忙的，随时联系我。唉，当医生不容易啊，要是廖主任那么好的人都能被医闹缠上，我看真是没人敢当医生了。”

钟宁接过便笺纸，貌似不经意地问道：“对了，我听廖医生说，他女儿生前很喜欢穿红色衣服？”

“红色衣服？”熊涛一愣，思考了片刻，想起来了，“哦……你说的是艾洛公主吧？就是睡美人！对，凡凡很喜欢她，生病的时候不肯穿病服，偏要跟那个迪斯尼公主一样，穿红色的裙子呢……”

这话听得钟宁的脸色微微一白——自己的判断似乎出现了偏差，红色衣服并不完全是障眼法。

“唉，那也是个好孩子啊。”熊涛并没有发觉钟宁的异样，长长叹了口气，“凡凡懂事乖巧又有礼貌，嘴甜得哟，成绩又好，还会弹钢琴会跳芭蕾，可惜了，真是可惜了……”

已经证实了自己的推测，钟宁不打算再多待，起身伸出了手，说道：“熊医生，今天麻烦你了，以后有什么需要的，可能还会麻烦你。另外，这个案子目前还处在保密阶段，希望你暂时不要跟任何人透露，包括廖医生。”

“这个没问题。”熊医生也站起身，和钟宁握手。

“那麻烦你了。”钟宁转身离开。

## 03

傍晚，起了风，钟宁已经汗湿的后背感到一阵阵凉意。

十六年前姐姐出事时，五年前任静出事时，他也曾感受到过这样的寒意。

在来湘雅医院的路上，他想过要不要把廖伯岩的嫌疑告诉张一明，但最后他还是决定自己先查清楚。毕竟他没有任何证据，只是一种直觉。他也担心张一明打草惊蛇。

最重要的是，在他内心深处，还是更愿意相信廖伯岩是那个不求回报，一心帮助患者的好医生，而不是一个因为自己的女儿死了就绑架其他小孩的变态。

上了车，钟宁只感觉脑袋一阵一阵发闷，一时竟有些茫然，不知道应该开往哪里。

他有些后悔当初参与这个案子了。

这个案子里藏着太多谜题了——如果疑犯不是廖伯岩，为什么在他身上发生了那么多巧合？为什么案子是在他来到星港以后才开始接连发生的？为什么他的女儿刚好喜欢穿红色衣服？当然，除了这些巧合，还有一个最大的疑点，因为一开始就认定了不是他，所以钟宁从来没有跟任何人透露过……

如果疑犯真是廖伯岩，他真正的作案动机是什么呢？钟宁不相信他那样的人，会因为女儿死了而去报复社会。而且，他从来没有出现在摄像头下，也完全没有作案时间。当初还是他亲自请求自己参与这个案子的，这又是为什么？

太多的为什么，在钟宁的脑子里绕来绕去，像是一个又一个钩子，钩得他头痛欲裂。

他打开车窗，让冷风吹进车里来，他需要给自己沸腾的大脑降降温……

人啊……太渺小了。

他想起自己的姐姐，想起任静和她那鬼门关走了一遭的女儿任曦，想起廖伯岩的女儿，还有在自己并不算漫长的刑侦生涯中遇到的无数冤魂……

意外，疾病，这些无法掌控的命运觊觎着芸芸众生，时机一到，六亲不认，毫不留情。

对于这个可悲的世界来说，无非就是多出一个坟头，多撒一把骨灰，但是对于他们留在人世的至亲来说，却是如此撕裂的痛苦，足以改变今后的整个人生。

“呵！”钟宁苦笑一声，不明白今天自己为什么如此多愁善感。

“叮……”

远处，一阵急促的铃声把钟宁从恍惚中惊醒过来，是一间学校下课了，一群穿着校服的中学生正往校门走去。

看到校服，钟宁一下惊出了一身冷汗——

昨天，廖伯岩给了任曦两瓶药！

赶到新民路小学的时候，已经是晚上 7 点。除了几个在上晚自习的教室还亮着灯，大部分教室漆黑一片。

钟宁飞奔着上了二楼，还好，任曦此时坐在最后一排，正认真地趴在桌子上写写画画。

“小曦。”

听到钟宁的声音，任曦抬起头，看到钟宁，她满脸笑容地跑出了教室，给了钟宁一个大大的拥抱：“钟爸！怎么这么晚还来看我？”

“路过，顺便来看看。”也不顾上寒暄，钟宁赶紧道，“昨天钟爸给你的药还在吗？”

“在呀！”任曦点了点头，“在抽屉里呢！”

“你吃了吗？”

“还没呀，我打算今天睡觉之前吃呢。”任曦好奇地看着一脸紧张的钟宁，有些纳闷地问，“怎么啦？”

钟宁心中一块石头算是落了地，找了个借口道：“那个药好像已经过期了，你先别吃，钟爸帮你去换一下，还有宿舍的那一瓶你也先别吃，怕……怕中毒。”

“嗯，那我现在去拿。”任曦很快从教室里把那瓶药拿了出来，另外一只手上还举着一幅自己画的画，“喏，这个是药，这个是给廖伯伯的礼物。”

听到任曦提到廖伯岩，钟宁怔了怔，没有伸手去接。

任曦没有注意到钟宁的不对劲，嘿嘿笑着道：“钟爸，你下次见到廖伯伯，帮我把这幅画送给他吧。”说着，她打开了画，展示给钟宁看。

画的内容很简单——三个大人牵着一个小孩，三个大人身后，都被任曦画上了一对翅膀。她解释道：“你看，这个是我，这个是妈妈，这个是钟爸，这个是廖伯伯。你们都是我的守护天使，妈妈在天上守护，你们在地上守护。”她期待地看着钟宁，“钟爸，你一定要帮我送给廖伯伯，好吗？”

“好，我答应你。”钟宁心头五味杂陈。

“谢谢钟爸！”任曦高兴地笑了，忽然情绪又低落了下来，“钟爸，你是不是工作好忙，有些累了？我看你好像很累的样子。”

“是有点儿。”

钟宁忽然想起上次任曦说廖伯伯老了。那时候，钟宁还觉得只是孩子的无心之语，如今看来，自己这个前任刑侦队长的观察力，甚至还不如一个孩子。

一个人遭受了那么大的打击，能不老吗？

“小曦，钟爸问你一个问题……”钟宁半开玩笑半认真地开口道，“你觉得，一个好人，会不会做坏事？”

“不会。”没有犹豫，任曦马上摇了摇头，认真道，“好人是不会做坏事的，好人做的坏事也是好事。”

这个逻辑悖论，从一个十岁的小孩子嘴里说出来，让钟宁有些无言。他被任曦孩子气的话逗笑了：“回去上自习吧，记得早点儿休息。”

“嗯。钟爸开车也小心。”

看着任曦一蹦一跳地回了教室，钟宁才转身离开学校。

冷风越来越大，钟宁回到车上，想起任曦的那句话，狠狠握了握拳头——不管怎样，明天，他就能查出一个结果了。

## 04

车开得越来越慢，廖伯岩小心地透过后视镜观察着自己的后方。车辆已经穿过了坟地，还好，天色已晚，他确定自己并没有被跟踪。

但这并没什么值得高兴的，他的心情和这天气一样阴暗无比。他依旧在回忆着今天和钟宁的谈话。

如果真按照钟宁所说的调查方向，从三年前这个时间段入手，警方再次查到自己这里只是早晚的问题，到那时候，可就没上次那么容易过关了。

所以，趁着今天给钟宁喝下迷魂汤，廖伯岩还需要找个时机，制造一个更好的不在场证明。这一次，必须比星港国际社区那一次更加无懈可击！哪怕他需要在钟宁面前亲自演示给他看！

腰间再一次传来剧痛，廖伯岩咬了咬牙，把车停到了那栋两层楼后的小院里。

他径直上了二楼，打开了最靠边的那个铁门。

房门内，高低床，零食，甚至卡通棉被都在，只是那个小姑娘已经不见了踪影。

桌上还放着一本名为《柳叶刀》的杂志。

“要了解一种疾病，我们先得找到它的致病动机。”

封面上印着这么一句话，这是几年前一个国外记者专访廖伯岩时，廖伯岩说过的话。

他揉了揉太阳穴，打开了杂志，翻到其中一篇文章：《揭开危害青少年生命的第二大杀手的神秘面纱——儿童脑肿瘤》。

……四万，万分之一，1.5，这些看似无意义的数字，背后却是无数个家庭的悲情故事。

每一年，大约有四万个15岁以下的儿童被确诊为癌症，平均一万个儿童当中，有1.5个为脑肿瘤患儿，而儿童脑肿瘤，是仅次于儿童白血病的第二大神秘杀手……

……对于儿童脑肿瘤，廖教授介绍了几种相对来说还不算太成熟，亟待突破的治疗方法，比如这两年比较受关注的痢疾丙肝病毒抗体疗法……

健康细胞依靠有氧代谢葡萄糖释放出有用的能量，而大多数癌细胞通过产能率相对较低的糖酵解作用为自身供能，对癌细胞而言，即使在氧气充足的情况下……这样，癌细胞需要大量的葡萄糖消耗。

通俗一点讲，就是癌细胞比正常细胞嗜吃。癌细胞的这一特性也被视为其阿喀琉斯之踵。接下来，就要看能否找到射向癌细胞阿喀琉斯之踵的那支毒箭……



这篇文章很长，有好几页篇幅，廖伯岩看了一会儿，摇了摇头，起身把杂志扔进了垃圾桶中。接着，他很快下楼，推开了那间靠右边的房门。

“啪！”

房间内的灯打开了。刺眼的灯光下，顺着墙边摆放着许多医学仪器，CT 机、扫描仪、电子显微镜、操作台、摄像头，甚至还有核磁共振仪，简直就像一个迷你医院。

“吱呀！”

房间内还有一扇门被推开，里面被装修成了一间手术室的样子，无影灯和监控设备已经被关闭，淡蓝色的手术台上，躺着一个十岁左右的小女孩，被剃光头发的脑袋上，还能看到已经被切割开来的头盖骨的痕迹，在幽蓝的灯光下，显得异常突兀。

# 第九章 ▲ 案件再起

## 01

天亮得越来越早，不到 7 点，张一明就已经坐在市局刑侦队的办公椅上，看着墙上的挂钟滴答作响，心烦意乱。

昨天晚上，市局又就这起儿童连环失踪案紧急召开了高层会议，张一明心里很清楚，要是这案子破不了，自己这口大锅是背定了。

背锅他倒是不怕，可背得也太窝囊了。

比如昨天，他们找到了疑犯所用的绳索，喷漆，甚至找到了疑犯的转移路线。在湿地公园的下水道出口，他们又找到一个行李箱滚轮，和在星港三路发现的那个属于同一个行李箱，由此可以确定，疑犯的出口确实就是湿地公园。

但湿地公园还处在开发阶段，监控虽然装了不少，却全都没有投入使用，警方查无可查，折腾了一个晚上，一无所获。

一次次发现证据，又一次次无功而返。

张一明觉得自己面前有一口油锅，油锅下面的火越烧越旺，自己却被玻璃罩罩着，无法前进一步，只能眼睁睁看着锅里的东西被烧得焦煳，即将化为齑粉。无能为力的焦虑淹没了他，让张一明几乎喘不过气来。

正郁闷着，办公室的门被李珂冉推开。她径直把手中的检测报告往桌上一放，也是一脸疲态：“张队，结果出来了，疑犯所使用的绳索被浸泡过狗尿，而且在下水道井盖周围，我们还发现了硫磺和尿液的混合体，应该都是疑犯用来干扰警犬追踪的手段。”

“指纹和皮屑呢？”

“完全没有发现。”李珂冉指了指报告道，“疑犯应该是戴了胶质手套作案的。”

又是白忙活一场，张一明怒极反笑：“这个智商，这个缜密程度，干点儿什么正事不好！”

头疼，案子又进入了查无可查的死胡同，而钟队又莫名其妙玩起了消失，也不接电话，也没个消息。他不在，张一明就更成无头苍蝇了。

张一明问李珂冉：“钟队一直没有联系你么？”

“没有。”李珂冉摇头。

张一明只能道：“行吧，你先去忙。”

李珂冉刚要出去，郑钢推门进来了，看了一眼李珂冉，又看了一眼张一明，纳闷道：“张队，你说钟队奇怪不？”

“怎么？有什么消息了？”张一明一愣。

郑钢一摊手：“刚才有同事说，在湿地公园附近看到了钟队。”

张一明心头一喜：“他去现场了？”

“没……”郑钢一脸困惑，“他在来来回回地打车。”

“打车？”张一明不禁和李珂冉相互对视一眼，愕然道，“还来来回回？”

“就从这里下吧。”

一脚刹车，出租车停在了星港市一医院的大门外。此时是早班时段，医生们和病人们都正往医院涌着，宁静和慌乱，这两种截然不同的情绪，在此时达成了一种怪异的协调。

“29 块钱。”打下计时器，司机扭头冲钟宁道，“发票要么？”

“不用了。”

付钱下车，钟宁看了看时间——从出发点算起，到市一医院，一共花了近二十五分钟，这还是司机十分熟悉路况，几乎没有遇到堵车的情况下。

已经是第五次了，从凌晨开始，钟宁沿着以星辰三路那个下水道井盖为圆心，半径三千米范围以内的所有下水道出口，全部打车测算了一次到市一医院所需的时间，结论却让他越来越茫然。

昨天从任曦那里拿回的药，钟宁连夜找了一个相识的大学生物系老师做了成分鉴定，证实药物中大部分成分是维生素 C，另外还有两种成分，确实对脑血管方面有一定保健作用，除此之外，没有什么对人体有害的物质。

这个结果并没有让钟宁松一口气，于是，他进行了用打车测算时间的排查。来回五次以后，他心中有了结论：其一，不管是从哪个下水道出口出来，廖伯岩都没有作案时间；其二，哪怕廖伯岩在 6 点 22 分，也就是最后一个目击证人看到刘子璇以后，一秒钟时间都没有浪费，立刻绑架刘子璇，直接开车从星港国际社区出发，而不是从下水道转移，他也不可能在 6 点

40 分就赶到市一医院去给患者动手术——而如果从下水道转移，起码需要多耗费四十分钟时间。

总而言之，廖伯岩根本没有作案时间。

只是……

钟宁拿出手机看了一眼，很快又收了回去，接着大踏步往医院走去——仅凭没有作案时间这一点，还不足以除去他心头的乌云。

钟宁一路思索着进了医院，并没有去六楼的脑外科，而是绕到了后勤大楼的主任办公室，敲了敲门。

一个胖子医生抬头看了钟宁一眼，问道："找谁？"

"警察，做物证调查。"钟宁亮了亮证件，问道，"你这里可以查医院医生的值班记录么？"

胖子医生狐疑地看了钟宁一眼："可以啊，你是要医生的还是护士的？"

"医生的。"钟宁找了凳子自顾自坐下，从办公桌上抽了一张纸，在上面写了两个日期，"麻烦你帮我查查这个时间段，所有医生的通勤记录。"

胖子医生瞄了纸条一眼，纳闷道："是前年的？"

"嗯，2017 年 8 月。"钟宁敲了敲桌子，正色道，"我比较着急，麻烦你配合一下。"

"好吧。"胖子医生这才噼里啪啦地在电脑上打了一串字，旁边的打印机很快传出来"吱吱"的声音，两三分钟后，就出来了厚厚一叠。

"8 月 10 日……11 日……13 日……"

翻了两页，钟宁心头更是乌云密布——通勤记录显示，廖伯岩在 2017 年 8 月，也就是教师新村杨妍失踪案前后整整一个月都没有在市一医院上班。

“廖伯岩……千万不要是你。”钟宁狠狠咬了咬牙，起身快步往门诊楼走去。

上了六楼，护士站就在医生办公室进门通道的右侧。钟宁往里面瞄了一眼，廖伯岩的办公室门关着。运气不错，护士站的人这会儿也多。



“你好……”钟宁敲了敲台子，拿出证件，问一个正低头翻检 CT 照片的护士道，“请问一下，你们这里可以查到手术时间么？”

“手术时间？什么手术时间……”护士抬起头，纳闷地看了钟宁一眼，认出了他，顿时没好气道，“你是要问廖主任的手术时间是吧？是医闹问题还没解决？”

“你认识我？”钟宁微微一愣。

“认识，上次你不是带了个同事来问过了么？怎么又来问。”估计是把钟宁记成了那天和郑钢一起来的两个警察之一，护士一边不满地发着牢骚，一边从抽屉中掏出一个工作日记，翻看了一页，拍到了钟宁眼前，不耐烦道，“跟你们说过了，那天手术是 6 点 40 分开始的，廖主任亲自让我通知的麻醉师和巡床护士。”

钟宁看了看，工作日记确实记录着：

> 4 月 6 日，6：40 PM
> 廖主任脑内科手术，麻醉师刘凯，巡床护士张洁

钟宁嘘了一口气，就像心头的迷雾里照进来几丝光亮，毕竟，这个证据最能帮廖伯岩洗脱嫌疑。

可是还不够充分，迷雾还未完全散尽。他又问道："能和麻醉师联系一下吗？"

"哎呀！你这个人怎么这么麻烦呀！"护士不耐烦地瞪着钟宁，"麻醉师现在还没上班，要晚上了。"

"没上班……"钟宁尴尬一笑，"那可以给我……"

话到一半，钟宁忽然顿住了，再低头看了一眼护士的记录。

"轰"的一声，他心中响起了一个炸雷。

"哟，钟宁？"就在此时，钟宁的肩膀被人重重拍了一下，"怎么也没提前打个招呼就过来了？"

一扭头，廖伯岩正站在他身后，满脸笑容。



## 02

"今天这是怎么了？脸色这么差？"

市一医院六楼，神经外科主任办公室里，廖伯岩给钟宁泡上了一杯碧螺春："是不是案子又起了什么波澜？"

钟宁强压住内心的怒意，环顾四周，勉强笑道："算是意料之外的波澜。"

廖伯岩宽慰道："那也要注意身体嘛，身体是革命的本钱。"

"嗯，会注意的。"钟宁点了点头，看着眼前这个笑容温和的人，他心里有些摸不透。

廖伯岩似乎没有发觉钟宁的异样，呵呵笑道："坐嘛，这么拘谨干吗？案子的事情呢，我也帮不了你，但是你真要身体累出什么毛病了，我倒是可以帮你调理调理。"

"呵呵，那先谢谢廖主任了。"钟宁坐了下来。

既来之，则安之。毕竟，面前这个人的智商和心理素质，绝对是自己见过的所有嫌疑人里最强的，不可能靠张一明强攻。自己既然在对方不知情的情况下找到了漏洞，也许可以尝试套一套话，或许能多掌握一些信息，也能多一分解救几个小孩的希望。

钟宁理了理思绪，低声道："不瞒您说，已经发生的四起案件中，有三起已经查出了疑犯的作案手法，并且找到了相应的证据。"

廖伯岩露出了欣喜的笑容："那恭喜你啊！是不是马上就能破案了？"

钟宁笑了笑，伸出了三根手指，盯着廖伯岩，一个一个数道："星港国际社区，疑犯使用绳索把小孩吊出星辰三路，然后由下水道逃匿，躲避摄像头；教师新村，疑犯提前十五天进入小区，利用暑假学生不在家的空白时间段，打穿了两个单元之间的墙壁，把小孩从五单元转移到六单元，从而躲避排查，再伺机转移；小吃街，疑犯在前一个垃圾回收点躲入垃圾车内，然后在小吃街进行绑架，接着再藏匿到垃圾车中逃离现场。"

钟宁盯着廖伯岩的眼睛："廖主任，你说这疑犯聪不聪明？"

廖伯岩满脸惊诧："这也太不可思议了吧？"

钟宁不动声色地观察着廖伯岩的神色，接着说："更不可思议的是，疑犯很有可能是我认识的人。"

"什么？！"廖伯岩长大了嘴巴，"你……你没开玩笑吧？"

钟宁摇了摇头，看着廖伯岩的神色，心中忽然涌出一种说不出来是愤怒还是厌恶的感觉。

当刑警这么些年，他也精通犯罪心理学和犯罪行为学，能够轻易识破犯罪分子的各种伪装。可刚才廖伯岩的一系列反应毫无异常，似乎他真的只是一个置身事外的看客一般。

钟宁自诩识人无数，可现在他有些怀疑，自己真的认识廖伯岩么？

几不可闻的一声叹息后，钟宁接着说：“我已经找出证据了，应该很快就能批捕了吧。”

“真的？！”依旧是一脸欣喜，甚至看上去比刚才还要高兴，廖伯岩向钟宁伸出手来，“那我要恭喜你了！”

钟宁微微笑了，没有伸手回握，话中有话：“廖主任好像对这起案子一直很关心。”

廖伯岩不以为意：“那当然嘛，整个星港市谁不关心呀？”

钟宁没想到廖伯岩会这么痛快承认自己关心这案子，笑道：“但是廖主任好像比一般人还要关心啊！”

廖伯岩闻言一怔，长长叹了口气，顿了好久，才悠悠道：“感同身受吧。”

钟宁对这个回答有些意外：“感同身受？”

廖伯岩点头，又叹了口气：“这事情我一直没和你说过，也觉得没什么好说的，不过既然你问到了，我就告诉你吧。三年前，我女儿廖一凡得了脑癌……”

这个回答让钟宁更为吃惊，他没想到廖伯岩居然会在这个时候主动说起这件事，这不是坐实了自己的作案动机吗？

钟宁没有开口接话，廖伯岩便接着说道：“凡凡比任曦当年的情况严重得多，发现的时候已经是三期了，我亲自给她动的手术，可惜……”说到这里，他惨然一笑，“我妻子因此和我离了婚，所以没有人比我更明白，为人父母，失去儿女的那种痛不欲生的感受。也正是这个原因，我当初才拜托你帮忙破案。”

廖伯岩的回答没有任何问题，如果不是钟宁对自己掌握的证据和推断有十足信心，他都会同情面前这个医生了。可在钟宁的眼中，这些话只是一种辩解，让他对廖伯岩感到恐惧和绝望，廖伯岩演得越好，就越让钟宁觉得可怕。

什么样的人才能把戏演得这么好？

终于不想再克制自己的愤怒和失望了，钟宁冷冷地说道："真是这样么？"

"你这叫什么话？"廖伯岩终于发现钟宁话里有话，盯了钟宁半天，才哆嗦着道，"钟宁，你这是在怀疑是我？！"

钟宁站了起来，语气冰冷："难道你不应该被怀疑？"

"怀疑我什么？"廖伯岩满脸不可置信，疑惑地看着钟宁，"要真是我做的，我会请你帮忙查案？"

"难道让我查案，不是为了更好地掌握警方的调查细节吗？"钟宁反问道，又指了指办公桌，"你能告诉我，你书桌上的书为什么都没了吗？我前几天看到的可不是这样的。"

"这……这就是你怀疑我的理由？"廖伯岩一脸错愕。

钟宁指着墙壁上一张廖伯岩的照片，道："为什么你照片上，这张桌子上的书沿着直角边缘摆得整整齐齐呢？如果我没记错的话，我上次来，你桌上的书也是这么摆放的。可是现在为什么一本书都没有了？是不是那天我跟你说了，疑犯做事一丝不苟，疑似有强迫症，所以你连书都不敢放了？"

"一派胡言！"廖伯岩愤怒了，脸涨得通红，"不放书有错，书放整齐了也有错？！"

钟宁摇了摇头："光凭这个，我肯定不会怀疑你。让我怀疑你的，是你钱包里的那张全家福，那时候我才发现，从第一天起，你就有一个巨大的漏洞，却被我忽略了。"

廖伯岩怒极反笑："滑稽！太滑稽了！你到底想说什么！你把话说明白！"

钟宁冷冷道："那张在迪士尼拍的全家福告诉我，你的家庭出现了重大变故。不过，这当然不是漏洞，但是让我想到了你有作案动机。"

廖伯岩瞪大了眼睛，语调明显升高："呵，一张照片你就能推理出我的家庭有重大变故，你真当自己是神探吗？就算我女儿病逝了，这就是我的作案动机？那你倒是说说，我身上有什么致命漏洞，让你这么肯定我就是你们要抓的疑犯？"

钟宁死死地盯着廖伯岩："警方对你的问询笔录上就有一个巨大的漏洞。4 月 6 日，你曾去星港国际社区出诊，6 点 12 分驾车离开，6 点 40 分在市一医院有一台手术。"

廖伯岩的情绪逐渐稳定，不再大喊，反而平静下来："是的！你可以去查监控。作为一名医生，难道我不能出诊，不能给患者做手术？"

钟宁耸耸肩，接着说："你当然可以出诊，也可以手术。虽然我们打交道不多，但以我对你的了解，以及你身边的人对你的评价来看，你是一个认真负责，从不迟到早退的好医生。那么，我不得不去想一想，一个这么认真负责的医生，已经安排了 6 点 40 分要做手术，为什么在 6 点 12 分还在出诊？你难道不担心时间排得太紧密会耽误做手术么？"

"你……你这话什么意思？！"

钟宁冷冷道："意思就是，时间安排得这么紧密，是你故意的，为了给自己制造一个不在场证明，从而洗脱嫌疑。"他伸出了一个手掌，举到廖伯岩面前，"不瞒你说，我今天试了五次。在不堵车的情况下，你确实可以在 6 点 40 分到达医院，但只要稍微堵车，你就根本赶不上那台手术。即便赶上了，时间也非常紧张，难道你不需要做好准备工作吗？据我所知，医生可不能气喘吁吁地进行脑外科手术。所以，一个即将上手术台的医生，绝不可能离手术时间只有不到一个小时了，还去出诊。你别告诉我是因为那位患者的身份显赫。廖伯岩可不是趋炎附势的人。”

“哈哈哈，好笑，太好笑了！”廖伯岩忽然大笑起来，“我亲自动手术的患者出现了严重的术后反应，我能袖手旁观?！再说，我离开的时候，根本就没什么小孩失踪！”

钟宁冷哼一声，接着道：“这不就是你高明的地方么？你是6点12分离开，你们医院的护士也证明了你6点40分有一台手术。所以你根本就没有绑走小孩的时间。这是一个多么完美的不在场证明啊。这正是我发现你有作案嫌疑以后最大的困惑，为什么你会没有作案时间？”

廖伯岩皱起了眉头，更是不解：“既然像你说的，我没有作案时间，那你为什么还要认定我就是疑犯？这难道不是本末倒置吗？”

“当然不是，这一点我们稍后再说，还是先说说你的漏洞吧。”钟宁不急不缓地分析道，“对你为什么没有作案时间，我实在太困惑了，所以昨晚我去营业厅查了一下你的通话记录，发现你在案发当天5点40分和6点20分，分别往医院打过一次电话。这也没什么，也许是你通过电话提前安排手术的准备工作呢？

“刚才我来询问护士，门口那位护士长还说，手术时间确实是6点40分，是她亲自通知麻醉师和巡床护士的。我还在奇怪，为什么你的不在场证明如此天衣无缝呢？”说到这里，钟宁指了指办公室外，“直到刚才，我看到有个护士匆匆忙忙往电梯跑，我才明白过来，医院的护士医生都是分早晚班的，你在

5 点 40 分通知了你的早班护士长，要求她将手术时间改为 6 点 40 分，她 6 点就下班了，于是你在 6 点 20 分再一次通知晚班护士，把时间又改了回去。你肯定知道，即便警察来问询，也肯定是在白天，上白班的护士长就在不知情的情况下帮你做了伪证。”



廖伯岩拍着手掌，大声笑道：“你分析得精彩极了！那天，我接到了家属电话，临时决定去星港国际社区出诊，但病人的情况并不严重，我觉得我可以按时赶回医院做手术，所以把手术时间提前了。但在回来的路上，我遇上了下班高峰期，有些堵车，于是我又把时间往后延迟了。这有什么问题吗？怎么就成了我犯罪的证据了？”

钟宁从口袋里抽出了刚才在后勤部打印出来的资料：“那你再解释一下，为什么 2017 年 8 月，也就是第二起儿童失踪案发生前后，你整整一个月没来医院上班？”

廖伯岩低头回想了一下，回答道：“前年 8 月，医院安排我送医下乡，我去了星港市周边几个偏僻的乡镇问诊，还给几个卫生所的医生培训。不光前年，去年 8 月我也去了啊。”

“理由很好。那你再解释一下这个。”钟宁又从口袋里掏出一张单据，“我昨晚打过你的电话，关机，可是你的师弟熊涛医生说你是从不关机的，24 小时随叫随到。告诉我……”

钟宁把手机通话记录摔在廖伯岩面前，喝问：“为什么从你三年前来到星港开始，晚上 8 点以后从来没有接过电话？我猜，你为了防止被人追踪，把手机电池板抠了出来吧？！”

廖伯岩愤怒得面部都有些扭曲了，几乎咆哮起来：“无耻！你这是无耻的推测！关机犯法吗？医生的电话就不能关机？我以前确实不关机，但是凡凡走后，我的睡眠质量一直特别差，晚上关机是为了能好好休息！这一点我也跟院里反映了，让他们有紧急情况打我家里的固定电话。”

“廖伯岩，你真觉得我会相信你这些漏洞百出的解释吗？你真觉得我没有办法找到那四个孩子吗？”

廖伯岩愤怒地咆哮着：“你为什么一定要认为是我绑架了四个孩子？就因为我女儿死了我就要报复社会？”

钟宁惨淡一笑：“我不知道当了一辈子脑科医生，女儿却死在自己的手术台上，这需要多大的勇气去面对。”

“你！不管你相信不相信，我知道失去孩子的痛苦，不可能去干那种事！”廖伯岩气得浑身发抖，愤怒地指着钟宁的鼻子，“你要抓我可以，你拿出实实在在的证据，不要信口开河污蔑我！如果你没证据，现在就给我滚！”

已经有不少病人、家属和医护人员围在门口，想问又不敢问。

“自首吧。”钟宁的语气突然温和下来，仿佛在恳求。无论如何，廖伯岩毕竟是任曦的救命恩人，也就是他的恩人。

“滚！”廖伯岩破口大骂，“给我滚！”

“廖伯岩，机会我已经给过了。”钟宁叹了口气，伸出一只手指，盯着廖伯岩的双眼，“一天，我只需要一天时间，不但会找出你犯罪的确实证据，还会找到那四个孩子！从现在开始，我会让人一直牢牢盯着你，你别再想能耍任何花招！也别以为我会念往日情分……”

话到一半，口袋里的手机忽然响了起来——是张一明打过来的。手机屏幕显示还有好几个未接来电，都是他打来的。

钟宁心里一抖，仿佛有预感一般接起了电话：“说！”

“哎呀，终于接电话了！”张一明在电话那边急吼吼地喊，

"钟队，又发生了一起儿童失踪案。"

"什么?!"钟宁没反应过来。

"又发生了一起！第五起了!"

"什么时候的事情?!"

"就在刚才!"

钟宁的脑袋里"轰"的一声，抬头看了一眼廖伯岩。



## 03

案发地点是一个叫天马小区的安置房区，距离市一医院有四十多分钟的车程。钟宁赶到的时候，四栋一楼的楼道外围已经围满了看热闹的人群。

"钟队。"张一明眉头紧锁，叼着一支烟，脸色黑得跟锅底一样。他把警戒带拉起，放钟宁进来，说道："这次失踪的是个男孩，叫肖壮，十一岁，他妈报的警。"

"家属呢?"

张一明指了指房里："还在里面。一直在哭，才安抚下去。"

进了门，是一个两室一厅的小套间，小孩的房间在右边，墙上还贴着一些足球明星的海报，一个四十来岁的女人红肿着眼睛，枯黄的头发耷拉着，烂泥一般瘫在地上，额头上也不知道怎么被撞了一片瘀青，整个人跟被抽去了魂一样。

"张女士是吧?"钟宁拍了拍女人的肩膀，等了老半天，女人才回头看了他一眼，双眼无神地点了点头。

"你是几点发现儿子不见的?"

"呜呜呜……"还没开口，张女士捂着脸又哭了好一阵，才哆哆嗦嗦道，"早上……早上我起来给壮壮做早饭，结果发现家里没有鸡蛋了……我去超市买鸡蛋，买回来我儿子就不见了……家里乱七八糟，我还在墙上看到了那个……呜呜呜……”

一抬头，钟宁才看到，房间的门上，被喷了一个猩红的“5”。

“你几点去的超市，几点回的？”

“我是 8 点多去的，只有二十几分钟就回来了。呜呜……我儿子就不见了。”

这话让钟宁喉咙一堵——小孩失踪的时间段，是 8 点到 8 点半之间，而那段时间，自己正在廖伯岩的办公室和他对质。

难道自己所有的推断，全部是错的？！难道廖伯岩真的没有撒谎，一切真的就只是巧合？

“因为案发时间比较早，安置小区本来就比较乱，也没有目击证人……”张一明没发觉钟宁的不对劲，凑过来说道，“孩子今天穿的是红色的外套，这次比较麻烦啊，钟队……钟队……”

“嗯？”张一明连着喊了几声，钟宁才回过神来，扭头看向张一明，“你刚才说什么？”

“我说这次比较麻烦啊。”张一明一脸郁闷，平时跟刺猬一样的头发，因为几天没洗，这会儿都油腻腻地搭在脑袋上，显得无精打采，“这是安置小区，周边基本没有监控。”

“是比较麻烦。”钟宁的脑子里依旧在想廖伯岩的事情。廖伯岩一直和自己在一起，这一次的不在场证明不可能作假，真的是自己弄错了吗？

“张队……钟队也在？”李珂冉从楼道上跑了过来，激动道，“在这栋楼拐角那个小卖部门口，发现了一个口罩，应该是疑犯逃跑时遗落的。”

“口罩？！”

因为发现了线索，李珂冉有些兴奋："口罩上还有刺激性气体，初步判断应该是乙醚，已经拿去化验科做 DNA 比对了。"

"这样看来，小孩是被人用沾了乙醚的口罩捂晕以后被绑架走的。"张一明看了一眼钟宁，一握拳头，"钟队，你觉得呢？"

钟宁环顾着这间房子，点了点头："可能吧。"

这和他们之前的判断是一致的，疑犯使用能致人昏迷的药物使小孩丧失抵抗力后再绑架。但是这一次，估计是因为小男孩已经十一岁了，年纪相对来说比较大，而且从男孩房间墙壁上贴的海报来看，这孩子应该热爱运动，也许体力不错，所以被绑架时曾有过反抗，因此屋子里才会被弄得一团乱。而安置小区的人口并不少，当时天色已亮，疑犯慌张逃跑时，无意间遗失了口罩，这才成为警方的物证。

"小卖部的老板没有看到什么可疑人员么？"张一明问道。

"没有。"李珂冉摇了摇头，"那人是个七十岁左右的老头，听力不好，视力也不行，他说当时他正在里屋煮面，没有注意到有什么不对劲。"

"那行！你们抓紧进行 DNA 比对！"张一明掏出一支烟，激动得点了两次火还没点着，干脆把烟一捏，冲李珂冉高声嘱咐道，"务必尽快出结果！"

"是！"李珂冉小跑着出了警戒线。

房间里，估计是小孩的母亲听到了消息，又传来一阵号啕大哭的声音，听得钟宁一阵心烦意乱，觉得自己被困在黑漆漆的牢笼里一般，仿佛永远无法重见天日了。

关上房门，豆大的汗不停地冒出来，额前的头发很快就被浸湿，一缕一缕地贴在廖伯岩的额头上。

还是废弃的钢材市场的那栋两层小楼。廖伯岩坐到了手术台前的椅子上，把已经抠出了电池板的手机扔到了桌子上，又从口袋里掏出了两个车钥匙，重重一扔，还有一个小东西随着他粗鲁的动作也从口袋里掉了出来，那是他这几天从不离身的窃听器。

“看来，钟宁已经把迷魂汤喝下去了……”

廖伯岩脱掉身上溅上了淤泥的雨衣和手套，又慢慢从口袋里掏出了钱包，抽出那张全家福，摩挲着妻子和女儿的脸庞，内心一阵刀绞。

“对不起，凡凡，爸爸跟人撒谎了，是爸爸不对。谭啊，别怪我，只差一步就成功了，如果注射了我改良的痢疾丙肝抗体，MID 能降低二十个百分点以上，就说明这个方法对治疗儿童脑癌会有显著的成效，我不想放过这样的机会啊！

“如果真的攻克了儿童脑癌，肺癌和肝癌等等淋细胞癌，肯定会有同样的效果。只要我成功了，孩子们也就不会白白死去了，在医学史上，他们会留下自己的姓名。”

廖伯岩瘫坐在椅子上，嘴里絮叨着，腰间忽然传来骨裂般的疼痛。

“没时间了……真的没时间了。”

疼痛让廖伯岩从心里涌出一股悲凉。原本，他以为还能多撑一段时间，如今看来，即便自己暂时排除了嫌疑，但是身体状况却每况愈下，撑不了多久了。

“呼……”廖伯岩用一把手术刀的后柄抵住腰间的痛点，深吸了一口气，尽力集中注意力。

此时，在他面前的手术台上，躺着一个小男孩，脸色惨白，双目紧闭，一瓶透明的液体就挂在他的头顶上，正在往他的静脉中输送着。

廖伯岩看了看吊瓶中的液体，用橡胶管绑住了小孩的另一只手臂，接着用针插入静脉，手中注射器里的一注淡蓝的液体，被推进了小男孩的静脉中。

“咳咳……”小男孩猛烈地咳嗽了两声，缓缓睁开了眼睛，浑身一抖，“伯伯，你在干吗？”

廖伯岩摸了摸小男孩的头发，笑了笑：“没事，你接着睡觉吧。不用怕。”

“伯伯，好痛！”小男孩惊恐地瞪着眼睛，挣扎着道，“您放开我，求求您了，放开我！”

只是，小男孩的手脚都已经被绑带固定在手术台上，无论怎么挣扎都是徒劳。

“很快就不痛了。”廖伯岩轻声安慰了一句，从手术台上找出了一把剪刀，“你看，你头发乱糟糟的，伯伯帮你理个发，你再醒来的时候，伯伯就送你回家。”

“伯伯！我不要！伯伯，我好怕！”小男孩眼睁睁地看着廖伯岩手中的剪刀离自己的脑袋越来越近，他越来越惊恐，只是身上的力气似乎越来越小。

“很快了……很快了。”廖伯岩剃光了小男孩的头发，打开了头顶的视频监控设备，边给小男孩上着指压和呼吸器，嘴里边喃喃着，“你一定会活下来的，你一定会活下来的……”

“伯伯……求求你放了我……”

小男孩哑着嗓子说出了最后两句话，强睁着的眼睛渐渐无力地闭上了……

# 04

累，从来没有如此强烈过，身体和心理双重的累，从钟宁的脑袋向四肢不断扩散着，让他感到身陷迷宫，无路可走。好大一个乌龙，差一点儿就把无辜的廖伯岩送进了监狱。

回忆起今天自己对廖伯岩的逼问，钟宁只能苦笑。那种凭直觉推理出廖伯岩就是疑犯的笃定，现在看来如此滑稽可笑。

从天马安置小区的案发现场出来以后，钟宁又去了一次市一医院的后勤部，证实廖伯岩没有说谎，最近三年来，每年 8 月，他都响应了医院“送医下乡”活动的号召，去了偏远山区……由此看来，廖伯岩并没有撒谎，自己的推测真是错得离谱。

这是钟宁第一次对自己的能力产生了深切的怀疑。

“在小区门口下么?”出租车司机有些害怕身旁这个一下摇头一下点头的乘客，他把车停在了一个叫青年公馆的小区门口。

“嗯，就这里下了。”钟宁下车，把那支一直抓在手里的烟放在鼻子下闻了闻。

这个叫青年公馆的小区，是一个典型的中产阶级小区，地段不算最好，但很是雅致，绿化也做得很好。

这里是第一起失踪案的案发地点。根据案卷上的显示，三年前，也就是 2016 年 6 月 30 日，当时八岁半的小女孩邓向柔，在五栋门口失踪。

钟宁找到五栋楼，和案卷中的现场照片一样，单元口就是一条三米多宽的车行道，再过去就是一个长方形的花坛，花坛中盛开着各色鲜花，春意盎然。

只是，已经过去了近三年，墙壁上的数字“1”早被粉刷掩盖了，仿佛没有人记得这里曾经失踪过一个孩子。

2016年6月30日，邓向柔跟着父亲下楼，准备去奶奶家，电梯里的监控显示，他们是一起下楼的，而且当时电梯里只有他们两人。邓父把两个行李箱搬到门口以后，让小女孩在原地等一下，自己去了三栋后面的停车场取车，大概十分钟以后开车回来，行李箱还在，小女孩却不见了。



青年公馆一共有四个门，市局当时调取了小区案发前十五天至案发当日的所有监控，对车辆和行人全部做了排查，没有发现任何线索。

钟宁低头在单元楼的周边寻找了一阵，在花坛边捡了一根碗口粗的木棍，挑了一个离小区外墙最近的下水道盖子，猛地一掀。

"呼"的一声，像是吐出了一口浊气，下水道井盖应声打开。

钟宁打开手机上的电筒照了照——不出意料，下水道的底部有一个已经腐烂不堪的红色小猪佩琪书包，旁边的污泥里，露出了"好彩头"牌子的喷漆罐子的一角。

果然又是从下水道这条路转移的。

可是，发现这些又有什么用呢？疑犯依旧藏在一团浓雾里，看不见身影。

"你干吗的？！"远处一个穿着保安服的精瘦汉子冲钟宁喊了一句，紧张地跑了过来，一副如临大敌的模样。

"警察。"钟宁掏出证件，"在办案。"

"哦……是领导啊！"保安赶紧站直，敬了一个不太标准的礼，讨好道，"是什么案子呢？领导需要帮忙吗？"

"不用了。"钟宁摆了摆手，谢绝了他的好意，笑道，"已经是几年前的老案子了，我再来现场看看有没有什么新线索。"

“哦……”保安想了想，问道，“领导是不是为了近三年前那个小孩失踪的案子来的？”

钟宁呵呵一笑：“你怎么知道的？”

“我是这里的保安队长，我姓刘，你叫我老刘就好了，我那时候也想考警察的，没考上。保安老刘憨厚地笑起来，“我最近看新闻说又有小孩失踪了，咱们这小区平时治安很好的，所以您说是老案子，我就想起了当年那个小孩失踪的案子了。”

“呵呵，你很有天赋。”钟宁夸奖道，心里盘算着要联系一下张一明，让物证科把这两个东西采集一下，不管对案子有没有帮助，也算是起码的流程。

“领导，您还要去他们家搞家访么？”保安老刘措辞有误，却十分热情，“不过他们家已经搬走了。去年年底搬走的。”

钟宁并没有接话，失踪孩子的父母有没有搬家，对破案的意义并不大。

保安老刘觉得对这起大案子有了参与感，十分激动：“哎呀，那一家人我认识，那男的在国企上班，女的好像差一点儿，但是也是白领吧。两口子对人都很和善。”说到这里，他似乎有些伤感，放慢了语速，“孩子找了两年多都没找到，估计是死心了吧。他们搬家的时候，我还去帮忙了，那女的肚子又大了。我看那个男的心情挺复杂，又觉得对不起失踪的女儿，又怕还住这里会影响老婆保胎……要说向柔那个孩子，真的懂事，失踪的那天早上，我还碰到她了，还给了她几颗糖，她看起来高高兴兴的，说以后长大赚钱了，要买更多糖送给我。哪晓得再也没见过了。”

“谢谢你提供的线索。”钟宁示意保安先别说话，拨通了张一明的电话。

响了好几声，电话没有人接。刚打算挂断，手机忽然接通了，张一明在那边兴奋道："钟队，我刚准备打给你呢！人已经抓到了！"

"抓到了？"钟宁一愣——即便疑犯这次失误留下了口罩，上面残留了疑犯的DNA，也不可能这么快就抓到人。

"抓到了！抓的时候他还打伤了我们一个兄弟！"张一明喘着粗气道，"疑犯还是个医生！真没想到啊！"

"医生？！"

"对啊！您也没想到吧！"张一明气愤道，"还是市一医院的呢！这个衣冠禽兽！"

# 第十章 ▲ 栽赃嫁祸

# 01

张一明抓到的疑犯，确实是市一医院的医生，但并不是廖伯岩，而是副院长肖爱国。

钟宁赶到市公安局时，张一明不但已经逮到了肖爱国，并且核实了字迹，确认肖爱国的字迹和几起犯罪现场留下的喷漆数字的字迹相似率达到了 86%！

更令人气愤的是，在肖爱国的办公室搜查出大量未成年儿童被性侵的照片。这些照片让在场的警察们一个个气得咬牙切齿，狠狠攥紧了拳头，恨不能揍死这个道貌岸然的衣冠禽兽！

“钟队，你看看，看看这字迹！看看这照片！想不到一个三甲医院的副院长，居然是个死变态！”张一明恶狠狠地骂了一句，后怕道，“运气还算不错，这个肖爱国以前酒驾被抓过，在基因库里留下过 DNA 资料，所以我们很快就查到了他，要不然，这 DNA 比对还不知道要进行到什么时候！”

“嗯，恭喜了。”钟宁嘴里回了一句，眼睛盯着物证科的那份报告——确实运气不错，物证科的报告显示，在天马小区小卖部门口发现的口罩上找到的皮屑，还有楼道垃圾桶上留下的指纹，都是属于肖爱国的。

“不仅如此，这人的经济问题也很大！”郑钢也是一脸气愤，“肖爱国名下有七套别墅，这不可能是一个副院长正常的经济收入所能承担的。我们查到肖爱国去年曾因假疫苗事件被查过，后来又给放了，现在经侦那边的同事已经申请和我们合并办案了。”

钟宁有些意外：“假疫苗？他有这么大的能量？”

“就是去年长乐医药那起案子，他好像在里面有占股。”张一明掏出烟点燃，惬意地吸了一口，呵呵冷笑道，“这畜生有什么能量啊，他以前就是个普通医生，后来勾搭上了市一老院长的女儿，入赘了，这才开始飞黄腾达。去年那事儿，我听经侦那边的同事说，也是靠他老婆家里跟卫生厅那边有点儿关系，才把那事情给压下去了。不过这一次必须彻查，老天都保不住他了！”

“哈哈，还保他？”边上一个侦查员也是一脸幸灾乐祸的表情，“我看，他老婆旅游回来不阉了他就算好了。老公是这种变态，说出去还有脸么？”

“审讯那边进行得如何了？”钟宁放下案卷，问道。

张一明冲边上的一个文员挥了挥手，道：“小李，给钟队看看现场视频。”

小李点了点头，赶紧打开了旁边的显示器。

此时，审讯室里，肖爱国一副死猪不怕开水烫的表情，毫不在乎地看着审讯员，嚣张道：“老子就是去了天马公寓，你又能怎么样？犯法了不成？”

“你这是什么态度！”审讯员猛拍桌子，提高声调，“坦白从宽，抗拒从严知道吗！老实交代你到底去干吗了！几点去的！几点回的！还有，4月6号下午6点左右，你到底在干吗！”

“我哪天去了哪里关你屁事！”肖爱国冲审讯员呸了一口，依旧一副跋扈的模样，威胁道，“你知道我的身份么？你连科级干部都算不上，跟我谈态度？”

“你！你！”审讯员估计是没见过这种混不吝，被气得满脸通红，一时之间都不知道要说什么了。

“你什么！聪明的就赶紧放人！别给我下套，我不是没见过你们这些套路。”肖爱国继续威胁着，“我跟你说，我有严重的胃病，今年曾经大出血过一次，要是出个三长两短，我让你吃不了兜着走！”

“行了行了！我也有胃病！我还瘦了五六斤呢！瞧这副死皮赖脸的德性！”张一明厌恶地冷哼，转头冲文员小李道：“去，让小马他们休息一下，把人晾一晾！”小李应声而去。

“呵，审了几个小时了，几个案发时间段，他都说不清楚自己在哪里，具体在做什么，还这么嚣张。”张一明苦笑了一声，看向钟宁，“钟队，要不你亲自上？”

钟宁拒绝：“算了，能力有限，我就不插手了。”他依旧处在一种恍惚的情绪中。

现场的皮屑指纹，办公室搜查出来的照片，字迹对比，疑犯承认案发时在天马安置小区附近，并且对几个重要时间段内的行踪有所隐瞒，再加上经侦那边的案底和名下多套房产……这个趋近于闭合的证据链，让钟宁再一次想起了廖伯岩。

可笑，自己居然用那么一堆似是而非的推测去质疑廖伯岩，今后怕是没脸再去见他，甚至没脸向任曦交代了。

“既然案子已经差不多了，那我就先回律师事务所了。”钟宁拍了拍张一明的肩膀，“没帮上什么忙，不好意思。”

“钟队，您这是什么话？这案子拖了快三年了，还不是你来了才破的？”张一明握住钟宁的手，“要不，办了庆功宴再走？”

“无功不受禄。”钟宁和在场的人一一握手。

一直没有说话的李珂冉忽然站起来：“钟队，我送送您。”

两人并排下楼，钟宁的车就停在停车场内。打开车门，钟宁回头看了看李珂冉，笑道：“怎么，还要送？”

“不……不是。”李珂冉有些不好意思地摇了摇头，犹疑了一下，还是问道，“您真觉得，肖爱国就是疑犯？”

“怎么？你有疑问？”钟宁的一只脚已经跨进了车门，闻言停了下来，回头看着李珂冉，说道，“至少从现在掌握的证据和他自己的口供来看，确实是他。”

李珂冉摇了摇头，道：“您不觉得奇怪么？疑犯那么聪明谨慎，三年来这个案子没有任何突破，也是有您的帮助，我们才能找到绳索、喷漆罐、书包这些证物，但依旧没有提取到任何指纹和皮屑，可今天居然一下子发现了这么多铁证。这实在是有些不对劲……”

“这只是你的看法。”钟宁打断了李珂冉的话，他想起自己冤枉廖伯岩的事，不想再犯同样的错误，“逻辑上的推理是靠不住的，一切都要靠证据说话。”

“可是这些证据……”李珂冉说到一半，见钟宁脸上的神色不对，小声道，“钟队，你怎么好像忽然对这个案子……很厌恶？”

“谈不上厌恶，只是忽然有些累了吧。”钟宁叹了口气。他不是厌恶这个案子，而是厌恶仅凭直觉就错怪好人的自己，他只想尽快抽身，摆脱这个沮丧自责的状态。

钟宁坐进驾驶位，刚要关车门，口袋里一叠资料却掉了下来。

李珂冉忙弯腰去捡，不经意间瞄了一眼，见是市一医院的出勤表，有点吃惊："您早就怀疑市一医院的医生了？"表格里有一个被圈出来的名字，让她惊讶得瞪大了眼睛，"您怀疑过廖伯岩？"

钟宁接过资料也看了一眼，自嘲一笑，点了点头道："但是现在可以肯定不是他了，因为肖壮失踪的时候，我正和廖伯岩在一起。"

李珂冉不解地问："您怎么会怀疑廖伯岩呢？他不是您收养的那个孩子的救命恩人吗？"说完，意识到自己多嘴了，李珂冉不好意思地捂住嘴，脸上微微一红，但话已出口，收不回来了。

好在钟宁并不在意，笑道："是张一明跟你说的吧？张一明那个大嘴巴，还跟你说过什么？"

李珂冉犹豫着回答："还说，您是因为有一个案子没破，所以才不当警察了……"

"不是不当警察了。"钟宁自嘲道，"是被开除了。"

良久无语，钟宁从口袋里掏出一支烟，在指间来回摆弄，忽然问道："你很想知道我和廖伯岩，还有任曦跟她妈妈的故事吗？"李珂冉有好几次都表现出了好奇，钟宁早就注意到了，此刻，因为冤枉了廖伯岩而带来的自责情绪无处宣泄，他忽然觉得李珂冉是一个很好的倾诉对象，竟然生出了想要和她聊一聊的愿望，"那我就跟你讲讲吧。"

钟宁索性下了车，背靠在车门上，眼睛盯着前方，思绪却飘到了过去:“九年前,我还是一个刚进入省厅刑侦支队不久的菜鸟,因为一次卧底行动,我在一家叫魅力四射的酒吧认识了一个朋友。她叫任静,就是任曦的母亲。她很聪明,第一眼见到我,就看出我是个警察,可她并没有对我产生防备,反而愿意当我的线人,只要有钱,她甚至愿意做诱饵引罪犯出现。”



李珂冉微微张了张嘴巴:“这……要钱不要命?”

“你说得很对。”钟宁叹了口气,“她就是一个要钱不要命的人,没办法,她的命太苦了。她生在农村,家里重男轻女,她连初中都没读完,就被她爸轰出来打工供她弟弟读书。她那时年纪小,被人忽悠着当了陪酒女,还生了个孩子……”

李珂冉心中一塞,她是家中独女,从未感受过这种被父母忽视的委屈,可当警察以来,类似的案例却见过不少,多少能够理解这种悲剧。

“她供弟弟读完书,又供弟弟娶了媳妇,还自己一个人带大了女儿。她最大的梦想,就是能在这个城市给女儿买一套房子。任曦生下来身体就不好,从小就患有癫痫,基本是在医院养大的,可任静并不怨天尤人,虽然一直干着被人看不起的职业,但母女俩也算快乐。”说到这里,钟宁的眼前浮现出了任静的脸庞,依旧年轻,依旧是一副要钱不要命的倔强神情。

“可惜……”钟宁顿了顿,双眼放空,陷入一段悲伤的回忆中,“任曦五岁那年,有一次癫痫发作,终于在湘雅医院一位权威医生的帮助下确诊了——儿童脑胶质瘤,恶性。”

李珂冉轻声问:“这位权威医生,就是廖伯岩医生么?”

“对,廖伯岩。”钟宁点了点头,接着说道,“小曦的运气还算好,病情发展得慢,当时还是第二期,有很大的治愈希望。只是,手术费用加上术后护理,加起来至少要五十万,这还不算术后的物理治疗和一旦有并发症所需要的后续治疗费用。这笔钱难住了任静，好在她是个未雨绸缪的人，任曦出生的时候，她就给自己买过一份人身意外险，最高赔付金额有两百万。”

钟宁停下来，没有说话，仿佛需要平复他起伏的心情。事情已经过去五年了，重新提起，他依旧觉得心脏某处在狠狠疼痛。半晌，他才重新开口：“为了那两百万，这个傻子把自己的衣服扯得稀烂，然后从六楼跳了下去……再后来，我也被开除了……”

李珂冉沉默着。虽然已经听张一明大致说过，但这件事从当事人嘴里说出来，依旧令她感到心酸。

钟宁指了指手中资料上廖伯岩的名字，笑得有些悲伤：“就是这个人啊……当时我的处罚结果还没出来，连人身自由都没有，根本顾不上任曦。就是他，主动掏腰包垫付了所有费用，还亲自主刀，给任曦做了手术，帮她捡回了一条命。”

李珂冉看着眼前的男人，心中的滋味十分复杂：“所以您愿意来帮我们查案，是想帮廖医生洗脱嫌疑？”

钟宁苦笑道：“不，是他希望我帮你们查案。”

李珂冉更加不解了：“既然如此，您后来怎么又会怀疑他呢？”

“最开始是一张照片吸引了我的注意。”

“一张照片？”

“嗯。”钟宁点了点头，“他钱包里夹的一张全家福。”

“这有什么奇怪的？”李珂冉不解道，“我钱包里也夹着一张全家福啊。”

“那张照片是在迪士尼拍的，从背景中的行人的穿着来看，应该是夏天。但是廖伯岩的女儿穿着红色的长袖连衣裙，还戴着一顶帆布帽子。”

“这有什么不正常么？”李珂冉还是没有听明白到底哪里不对劲。

钟宁道：“夏天穿着长袖就已经不太对劲了，他女儿戴的帽子下面没有一丝头发……”



李珂冉心头一惊：“那……有没有可能是头发刚好全都被帽子盖住了？”

“一开始我也这么想，所以并没有在意。后来我在社区医院看到和张一明吵架的那个大爷的手腕上戴着一个淡蓝色的手环，我忽然意识到，事情没那么简单。”

李珂冉明白过来，钟宁说的是医院给住院病人做标记的标记圈。但她还是有些不解：“就算这证明廖伯岩医生的女儿患了重病，也不足以构成你怀疑他的理由啊。”

钟宁叹了口气，摇摇头：“直觉是一个很奇怪的事情，说起来你别见笑，我对自己破案的直觉还是挺自负的，以前当警察的时候，好多大案疑案，都是这种直觉帮了我。我意识到廖伯岩的女儿可能患了需要化疗的重病之后，最初的情绪确实是唏嘘同情，可是紧接着我就产生了一系列的联想，越想越觉得他有可疑……”

李珂冉想到张一明曾经提到过的，钟宁侦破的那些能够写进教科书里的大案，完全能够理解这个人自负的理由，可却依旧充满了疑惑：“什么联想？廖医生不是一开始就有充足的无作案时间的证明吗？”

这还是钟宁第一次好好梳理自己的推理过程。之前他去找廖伯岩对质时，都没有清楚地告诉他，自己为什么会一点点怀疑他。他一边说，一边斟酌着用词，仿佛把这些心理过程梳理清楚，告诉面前的这个后辈，他心里对于冤枉廖伯岩的愧疚就会减少一些。

“我首先想到的是，他曾经是湘雅医院这么好的医院的主任医师，一个享誉全国的权威专家，为什么会来到星港这么个小地方，进了一家普普通通的医院呢？会不会跟他的女儿患重病有关？”

李珂冉一边听着，一边尝试跟上钟宁的联想过程：“也许……他女儿重病不治，他不想留在伤心地，所以才换了一家医院工作呢？”

钟宁点点头：“我也是这么想的。廖伯岩是一个非常尽责的医生，我在星港与他重遇，他还记着曾经给任曦做过手术，还给任曦准备了有助于术后恢复的保健药。这样一位好医生，来了星港这么个小地方，在市一医院一定也是很受重用的，工作必定繁忙，所以，这样一位权威专家，亲自去星港国际社区出诊，不是很奇怪吗？”

“嗯，最初调查的时候，对于他这个级别的专家亲自出诊，我也曾产生过疑惑。”李珂冉点点头，“但是后来我们调查过，廖伯岩一直有出诊回访的习惯……”

“这一点我不怀疑，我认识的廖伯岩，绝对是一个对病人认真负责一视同仁的好医生。”钟宁打断了李珂冉，“让我产生疑惑的，是一个在调查最初就被忽略的问题，也是促使我去调查廖伯岩的关键所在。”

李珂冉盯着钟宁越来越严肃的表情，没有出声，沉默地等着下文。

“廖伯岩的出诊时间和当晚的手术时间，排得太紧了，这实在不符合他一贯认真负责的工作态度。这当然也可以说是个巧合，有很多种可能，可无论哪一种，都无法说服我。”钟宁长长地叹了一口气。

“我心中出现了一个无法找到合理答案的疑惑，其他新的被我忽略的问题就一个个都冒了出来——我推测疑犯最有可能是医生，廖伯岩正是医生；我认为侦查重点是第一起失踪案案发的那段时间，廖伯岩正好是三年前来到星港；我推测疑犯可能有一定程度上的强迫症，我第一次去廖伯岩的办公室，他办公桌上那些沿着桌面直角整齐叠放的书籍就立刻出现在了我的眼前；我们一直找不到疑犯的作案动机，而廖伯岩的女儿很可能死于疾病，他会不会因此产生了报复社会的念头？”

他把手中已经被捏得变形的烟塞回烟盒里，摇了摇头：“这么多巧合叠在一起，我实在无法心安理得地说服自己，这些真的都只是巧合。我心中的疑问让我坐立难安，必须调查清楚。他是我的恩人，我不能容忍自己在心里隐隐地怀疑他。”

李珂冉点点头，认同了钟宁的联想过程。确实，巧合和巧合叠在一起，多数时候就不再是巧合了。她问道：“然后呢？您从哪里下手调查？”

不知为何，钟宁笑了起来：“我当然不能直接去问廖伯岩他女儿是不是死了，所以我去了湘雅，问了他以前的同事，证实他女儿五年前死于儿童胶质瘤，而且他女儿最喜欢红色的衣服……”

“这……”线索一一对上，却又都只是推测没有实质证据，李珂冉也不知该说什么才好。

“后来我又反复验证了从星港国际社区开车到市一医院需要的时间，确定他出诊完再去做手术是来不及的；接着去医院的后勤部查了第二起案子案发期间的出勤记录，喏，就是这个。”

钟宁挥了挥手中的资料，“证实廖伯岩整个八月都没在医院上班；最后还去询问了护士，发现了医护人员早晚班时间差造成了她无意识做伪证的可能性；对了，我还去查了廖伯岩的通话记录，发现他来了星港以后晚上从未接听或拨打过电话……很可笑吧，我越查越觉得可疑，越查越觉得不可能是巧合，于是所有的疑点在我眼中都成了证据，最后也成了笑话。”



话说到这里，钟宁停了下来，长长地吐出一口气。他已经很久没有跟人说这么多话了，倾吐完这些，他觉得心里仿佛松了下来：“反正现在证实不是他了，是我错了。”

原来钟宁自己一个人做了这么多事，这令李珂冉有些汗颜。可她心中还有自己的疑惑：“您真的觉得，罪犯是肖爱国？”

“跟着证据走吧，可不能只相信直觉了，也许，巧合有的时候真的都只是巧合。”钟宁拍了拍李珂冉肩膀，哑然一笑，“我能力有限，也只能帮你们到这里了。”

眼看钟宁要上车，李珂冉有些着急，一把扯住了他的衣角：“您有没有想过……我不是怀疑一定是廖伯岩……只是觉得这个肖爱国完全不符合我们对疑犯性格特征的推测。有没有可能，这案子是团伙作案，廖伯岩和你在一起，但是肖壮是他的同伙绑架的？”

“不可能。”钟宁想都没想就否定了李珂冉的推断，“你学过犯罪心理学，应该知道，团伙作案只有在两种情况下才能形成：其一，经济利益，这一点占了95%以上，也就是平时常见的抢劫，入室盗窃，诈骗，绑架勒索等，而这起连环失踪案，疑犯明显不是冲着钱来的；其二，犯罪团队对受害者有共同的仇恨，这一点在这起案子中就更不可能了。”

钟宁松开了李珂冉扯住自己衣服的手，拿出了手机：“我也想到了这个问题，唯一有可能和廖伯岩合作的，只有他的前妻。可是因为廖伯岩女儿的死，他们两人已经形同水火了。再者，你觉得一个年近五十的女人，有能力从星港国际社区把小孩吊起四米再安全转移吗？即便可以，那么这第五起呢？肖壮是个十一岁喜欢运动的壮实的小男孩，一个五十岁的女人，能在那么短的时间内制服并且绑架一个这样的孩子，还不留下任何痕迹？”

“这……”李珂冉被这几句反问问得哑口无言。

“还有这个……”钟宁把手机递到李珂冉面前，“看看这个报告，廖伯岩的妻子谭青，这个星期代表医院正在北京参加一个关于临终关怀医院建设的会议，我也打电话给组委会了，他们证实，谭青并没有缺席，我甚至还想找她聊几句，但是……她看到我是湘南这边的号码，只跟我说了一句没空，就挂了。”

原来钟宁已经把案情考虑得如此全面了，李珂冉不好再挽留，点了点头，笑道：“以后还有机会见面么？”

钟宁转身上了车，呵呵笑道：“我可不想再见面，见你们肯定没什么好事。”

“那……”后面的“私事”两个字没有说出口，李珂冉把话咽了回去。是呀，本来就是工作关系，自己又不打离婚官司，有什么私事要去找他呢？

“别想那么多了。”钟宁发动了汽车，安慰道，“既然已经抓住了嫌疑人，就跟着证据走吧。”

李珂冉点了点头，看着钟宁的车消失在眼前，心中忽然有种怅然若失的感觉。

“李科！”就在此时，物证科小刘喘着粗气跑了下来，老远就挥着手道，“你的电话怎么打不通！跑死我了！”

“哦，停车场没信号吧。”李珂冉快步走了过去，“怎么了？什么事情急成这样？”

“又发现证据了！”小刘拍着胸口，上气不接下气道，“经侦……经侦那边的同事在肖爱国的别墅里发现了大量血衣！应该……应该就是那些孩子们的，张队让你马上去做DNA鉴定！”

## 02

所有的违法行为里，廖伯岩觉得最简单的就是栽赃嫁祸，特别是嫁祸给那些原本就不干净的人，更容易让他们百口莫辩。所以，从前年开始，廖伯岩就找好了肖爱国这个替死鬼。

要弄到他的指纹和皮屑简直太容易了，至于藏在他别墅里的血衣，还有他办公室里的照片，廖伯岩也早就准备好了。肖爱国那个鬼画符的字迹，更是一个小孩子都能模仿出来。

不过，廖伯岩也很清楚，这个世界上，其实并没有什么铁证。他栽赃给肖爱国的手段简单，总有被拆穿的时候，不过那不重要，他只是需要多争取一点儿时间，再多一点儿时间，他就能完成计划了。

此时，依旧是在那栋两层小楼的手术室里，廖伯岩没有心思再去想肖爱国的事情了。

手术台上，小男孩依旧在沉睡，只是此时，他脸色惨白，脑袋上也已经被包裹了厚厚一层纱布，两根导血管像尖刀一般凶残地插在上面。

小男孩的旁边放着四罐血液，这是廖伯岩每隔两个小时一次从患者体内抽取出来的，是他即便豁出性命也不能丢失的珍贵数据。

廖伯岩的双眼布满血丝，紧紧盯着床头的监控器。他打开了视频录制设备和录音笔，声音因为兴奋而微微有些颤抖："白细胞值两个小时以前升高到了 25，但是现在已经平稳降到了 13，说明患者体内的感染源已经逐渐被控制，心律 82，基本平稳，脉搏跳动有力。血红蛋白值稳定，抗体值稳定，MID 值由 129 降低到了 98，说明肿瘤标记物也已经开始产生反应！如果三个小时候以后还能有这个数据，就说明 F5 痢疾丙肝抗体的研发已经成功！"



廖伯岩慢慢站直身子，腰间顿时传来一阵刺痛。他咬牙顶了顶腰部的痛点，擦了擦额头上的汗水，即将成功的喜悦让他激动得满脸通红，甚至觉得腰间的疼痛也不是那么难以忍受了。

他扶着楼梯上的扶手上了二楼，走到倒数第二个房间，一开门，一股刺鼻的福尔马林气味便涌进了鼻腔。

打开灯，面前是一个巨大的玻璃缸，里面浸泡着三具小孩的尸体，尸体的头部无一例外全部被切开，伤口在惨白的灯光下异常醒目。

"你们的使命快结束了。"廖伯岩轻轻抚摸着玻璃缸，又走到墙角，掀开一块厚厚的无纺布，打开了一个盛满了王水的罐子。此时，里面那具早两天就被放进去的尸体，只能依稀辨别出骨架了。

"刘子璇，别怪我先毁了你。如果不是你，警察也不会查到我，留着你，对我来说威胁太大了。"廖伯岩低声自语，"我不是怕死，只是怕我的实验来不及完成，你应该会原谅我的……"

没有人回答，房间内一片死寂。

"呼……"廖伯岩长吁一口气，戴上了口罩，穿上一套早就备好的防化服，把手伸进装满福尔马林的玻璃缸中。

就在捞出第一具尸体的同时，楼下的监控器传来一阵刺耳的尖叫声。

与此同时，屋外一个闪电。



倾盆大雨，接踵而至。

暴雨已经下了一天一夜，依旧丝毫没有停歇的迹象。

回省城以后，钟宁睡了整整一天一夜，醒来的时候，已经是下午2点多。他看了看手机，上面已经满满一排未接来电，其中，李珂冉的来电就占了好几个。可能是因为电话没人接，她还发来了七八张照片，都是一些猥亵儿童的不堪入目的照片，下面标明着发现地点，正是肖爱国的办公室。

“呵，看来真不好意思把小曦的这个礼物交给廖伯岩了。”任曦要送给廖伯岩的画，钟宁就放在床头，他拿起来看了看，扔进了床头柜中，自嘲地笑了。

钟宁起床洗刷后，并不急着去律师事务所，反正日常运转，有周思妍足够了。上次答应任曦带她去吃麦当劳，因为帮忙查案子给耽误了，他决定今天先满足小姑娘的愿望。

车到小学门口的时候，正是放学时间，学校门口围满了接学生放学的家长。

钟宁撑着雨伞走到教学楼下，就看到任曦一个人趴在教室门口的围栏上，怔怔地往外看着，眼里满是羡慕，看得钟宁一阵心酸。

她是个懂事的小孩，从来不在钟宁面前表现出什么异样，但是钟宁心中知道，这是个在药罐里长大，从小只有妈妈，又幼年丧母的孩子，她那些超越年龄的成熟与坚强，无非是不想给这世界上唯一在乎她的人添麻烦。说到底，她还只是个十岁的小姑娘啊，怎么会不希望在父母怀中撒娇呢？

钟宁收拾了情绪，笑着冲楼上挥了挥手："小曦！"

"钟爸！"任曦一看到钟宁，脸上立即出现了笑容，兴高采烈地蹦了下来，"钟爸，您怎么来看我了？"

钟宁把雨伞举到任曦头顶，笑呵呵地说："上次说要带你去吃麦当劳，咱们今天去。"

"真的呀！"任曦的一双大眼睛笑成了月牙，"是不是那个坏人被抓住了，钟爸要带我去庆祝？"

钟宁微微一愣，很快明白过来，笑着说："抓住了，张叔叔他们昨天抓住的。"边说边牵着任曦的手上车，给她系好安全带。

"哇！那太好了。"任曦更加高兴了，冲钟宁竖起大拇指，"钟爸，你们真棒！"

"呵呵，还行吧。"钟宁不敢去看任曦的眼睛，一来，疑犯被抓，确实和自己没什么关系，甚至某种程度上来说，自己只能算是个逃兵。二来，自己还冤枉了廖伯岩，这事要是被任静知道了，怕是她的在天之灵都要臭骂自己一顿。

学校附近的麦当劳已经挤满了放学的孩子们，任曦在柜台边小心翼翼地看了半天，才点了一对鸡翅和一小杯可乐，钟宁看出来了，这孩子就是怕自己多花钱，索性直接点了一个大套餐，让她一次吃个够。

"钟爸，那坏人是不是长得可凶了？你和其他警察叔叔没有遇到什么危险吧？"任曦一边啃鸡翅，一边惦记着案子。

回忆着肖爱国那张干瘦的脸，钟宁摇了摇头："不算凶吧。看着和正常人也差不多。"

“那小朋友们都平安吗？”任曦一脸期冀地看着钟宁，让他心中一阵不忍，于是他撒了个善意的谎言：“都平安，都和爸爸妈妈团聚了。”

“钟爸，你们太伟大啦！”这个回答，让小姑娘笑成了一朵花。

受之有愧，钟宁只好扯开了话题：“好好吃东西，凉了就不好吃了。”

窗外的雨依旧没有小，噼里啪啦地落在地上，溅起一阵阵水花。钟宁原本就没什么胃口，这雨声更是让他心烦。

其实他对肖爱国就是疑犯确实有疑虑，但那么多证据就在眼前，不容辩驳。剩下的还是让张一明他们自己去查吧，还想那么多干吗呢？

“钟爸……钟爸！”

“嗯？”任曦的喊声，让钟宁回过神来。

任曦一手抓着鸡腿，一手指了指钟宁的口袋：“你的手机在响。”

这会儿，钟宁才感觉到口袋在不停地震动，拿出手机看了看，是个陌生号码，似乎早上已经打过来了几次，躺在未接来电列表里。他接听电话：“哪位？”

“是我，是我。钟专家，是我啊！”电话里是个女人的声音，生怕钟宁会挂断她电话似的，有些语无伦次，一直在强调“是我”，但又不说名字。

“你是谁？”

这一问，女人才急切道：“钟专家，是我，我是杨妍的妈妈。”

“哦。”钟宁想起来了，这是教师新村那起案子中失踪孩子杨妍的母亲，可她打电话过来干什么？钟宁疑惑地问："找我有事吗？"

女人忽然呜呜哭了起来："警察说抓到人了，又不告诉我是谁！我着急啊，钟专家，你能不能帮帮我啊？"

"这个我也没办法。"

按照司法程序，疑犯还在审讯中，除非有指认环节，否则被害人家属是不可能和疑犯见面的，这一点，即便钟宁想帮也爱莫能助。

女人止住了哭声，断续说："我觉得，他们不让我们看，肯定是抓错了人，或者随便抓了一个人来搪塞我们……"

这话让钟宁一时语塞，可也不好再刺激她，只能道："你要相信人民警察。"

"我不相信他们，我就是不相信他们。"像是陷入了偏执的状态，女人忽然压低了声音，神秘兮兮道，"钟专家，我告诉你，我怀疑绑架我女儿的，真的是魔鬼！"

看来警方抓到疑犯的消息刺激了这位母亲，她的精神状态恶化了，钟宁找不到合适的话来安慰这个几近崩溃的女人。

"呵呵，我知道你也不信，他们都不信，连我老公都不信。"杨母阴阴地笑了一声，"上次你来我们家，问我妍妍失踪前有没有什么异常，我没说实话，我怕你不信我，以为我是疯子。我现在告诉你，妍妍失踪以前，经常一个人自言自语，跟鬼上身一样。"

钟宁听不下去了，只能道："我的意见是，相信警察。"

"钟专家，你要相信我。"杨母又啜泣起来，"真的，我老觉得卧室里有'脏东西'，天天晚上都会出现，我都怕得睡不着！"

杨母的精神状况听起来太糟糕，钟宁有些担忧，不能不管："我信你。你告诉我你在哪里，我先让人去接你，我们见面再说。"

杨母赶紧道："我就在我们家小区后门，你快来。"

挂了电话，钟宁找到了李珂冉的号码，给她发了一条信息，拜托她去看看。放下手机，他心中涌出一股无能为力的悲凉，他忽然有些理解廖伯岩的情绪了，除了被冤枉的委屈，还有一个失去孩子的父亲的痛苦和不被理解的愤怒。

是啊，这些失去孩子的父母，不就像身处地狱一样么？自己当初为什么会怀疑一个同样失去了孩子的好人呢？

钟宁苦笑一声，对自己一向引以为傲的破案直觉再次产生了怀疑。

"嗡……"正胡思乱想着，手机震动了两声，是周思妍发了信息过来："钟律师，赶紧回来救个场吧，我快顶不住了。"

## 03

还是上次那个想离婚的赵女士，这两天，天天跑律师事务所来问钟律师有没有时间，看那架势，似乎不达目的誓不罢休。

钟宁把任曦送回学校，便开车到了律师事务所。上六楼，才出电梯，周思妍便苦着脸迎了上来，苦笑着道："您总算来了，那个赵女士等您一天了，我怎么轰都轰不走，非要您接下她的离婚官司。"

"知道了。"钟宁推开了办公室的门。

会客沙发上，赵女士正抿着一小杯茶，跟上次相比，今天她不光不施粉黛，打扮更是居家。见钟宁进门，她放下茶杯，赶紧起身，笑道："钟律师，我等您好久了，就担心您没空。"

“最近是比较忙。”钟宁也不绕弯子了，直截了当道，“放心，你这官司，我接了。”

“啊？”

这一下，不光赵女士感到意外，就连周思妍都吃了一惊——上次不是还说了不接吗？怎么说变就变？早知道这个官司要接，自己用得着推了好几天吗？

“我的助手会拟好代理合同，到时候你来我这里签，或者我把合同送到府上，都可以。”钟宁指了指周思妍，“你直接联系她就可以了。”

赵女士忙说：“我来您这儿，我来您这儿。还有什么情况您需要了解吗？”

“暂时没有。我把诉状拟好以后，再给你看看，没问题的话，我就送往法院立案。”

这种离婚官司，无非就是财产分割问题，基本没什么难度，所以算不上复杂。

“谢谢了，太感谢了。”赵女士激动得有些手足无措。

“不用谢。”钟宁转头冲周思妍道，“小周，送赵女士一下。”赵女士已经走到了门口，钟宁又叫住了她：“哦，对了……最近尽量别去健身了。”

赵女士一时没反应过来，困惑地望着他。

钟宁摸了摸额头，意识到了自己的多管闲事，但还是开口说道：“免得孩子出现什么意外。”

“这……”赵女士脸上一红。

“放心，我没什么其他意思，单纯关心而已。”钟宁坐下，埋首在电脑前，不再说话。周思妍这才把赵女士送了出去。

钟宁心中有些怅然失落，连他自己都不知道，他为什么突然鬼使神差地答应了接这个原本不想接的案子。或许，是因为她怀着一个孩子？

“呵！你这是转性了？”还在愣神，送完人回来的周思妍已经跑了回来，关上办公室的门，满是不解地讥讽自己的老板，“又开始唯利是图了？”

钟宁自嘲地叹口气，实话实说：“不管是和谁生的，孩子总是无辜的，能多帮着争取几块钱抚养费，也是好的吧。”

周思妍简直不敢置信：“忽然这么高尚了？上次还说人家谎话连篇，不能合作呢。”

“谎话连篇就谎话连篇吧，反正也骗不到我。有钱不赚白不赚。”钟宁无所谓地耸耸肩。

“那是，我还指着年终奖呢。”周思妍莞尔一笑，“不过你可要小心啊，这女人撒起谎来，即使是像你这么精明的男人，有时候也是会中计的。”

“放心，我不会……”话到一半，钟宁笑容骤失，“你刚才说什么？！”

“别生气嘛。”周思妍被钟宁的样子吓到了，“我……我开玩笑的。”

钟宁有些着急地解释：“我没生气，你刚才说什么，再重复一遍？”

周思妍看着钟宁，不解道：“我刚才说，女人撒起谎来，即使是像你这么精明的男人，有时候也是会中计的。你这是怎么了？哎……钟律师……你干吗去？”

没有人回答她。

钟宁已经推门远去。

星港市局审讯室内，对于肖爱国的审问，依旧没有丝毫进展。

审讯室待了二十来个小时，肖爱国一会儿说自己有胃病，要出去看医生，一会儿又说和局长吃过饭，要见领导，反正是耍横装可怜，套路被他玩尽了，不过这几个案发时间段到底去了哪里，具体干了什么，他的嘴巴倒是跟被水泥封上了似的，就是不肯透露。

专案组成员也没闲着，外勤已经调取了星港市一医院和肖爱国居住小区的监控记录，果然，最近两起案件案发前后，这人既没有回家，也没有去医院上班。

另外，昨天在肖爱国的别墅发现的血衣上血迹的 DNA 比对结果已经出来了，正是属于那四个失踪的小孩。至于字迹，有 86% 的相似程度，也已经足够。

总之，一切证据都显示，就是肖爱国干的。

“要不要来点儿硬的？”郑钢已经被熬得双眼血红，这会儿哈欠连天地盯着审讯室的显示器道，“再这样下去，我怕他还没招，我们先垮了。”

“得得得，就你能。”张一明翻了个白眼，不满地挖苦了一句。

要能来硬的，他早就来了，可他们是纪律部队，更何况，现在这案子闹得满城风雨，这么多双眼睛都盯着，容不得专案组走错半步。

郑钢十分不满：“对付这种畜生，还讲这么多道理吗？”

“道理还是要讲的。”想了想，张一明扭头问身后的一个侦查员，“他老婆呢？还没旅游回来？”

经过两天的走访调查，警方发现，别看这肖爱国在审讯室软硬不吃，但生活上严重惧内，也难怪，他的身家地位都是依靠老婆娘家的关系背景，怕老婆太正常了。所以，张一明想用肖爱国的老婆来攻心。

侦查员看了看表，答道："我们是今天上午通知的，她应该很快就会到了。"

"行，那就等等。"张一明伸了伸懒腰，掏出一支烟，刚准备点上，手机响了起来，看了看号码，张一明赶紧接了起来："钟队，刚想给你打电话呢，这肖爱国……"

"不是他干的。"没等张一明把话说完，钟宁就在电话那头打断了他。

"可我们又在他的别墅里发现了那些孩子的血衣，而且他自己也……"

"不是他干的！"钟宁似乎正在开车，说话的声音里还夹杂着呼呼的风声，"你现在赶紧跟踪廖伯岩的手机信号，查一下他名下所有租住的房产！还有……监控……廖伯岩！但是……打草惊蛇……"

"谁？！"张一明一愣，以为自己听错了。

"廖伯岩！"钟宁加大了音量，"……查查他名下的房产……还有对……监控……"

钟宁的手机信号断断续续，张一明根本就听不太清，不过廖伯岩这个名字倒是清清楚楚："你觉得是廖伯岩？那……那肖爱国……"

"不是肖爱国……理由等一下李珂冉会告诉你……你现在去……"

话还没说清楚，电话突然就被挂断了。

看张一明目瞪口呆的模样，郑钢纳闷道："怎么了？钟队说什么了？”

张一明晃了晃脑袋，确定自己不是睡眠不足产生了幻觉，才扭头看着郑钢道：“他说，不是肖爱国干的，是廖伯岩。”

“什么？！跟廖伯岩又有什么关系？”郑钢刚叼上一支烟点燃，嘴巴一张，烟一下子掉到了裤子上，他赶紧弹了起来。

他清楚记得，廖伯岩有不在场证明，而且钟队还因为自己没有穿便服为廖伯岩带去了麻烦而发脾气了，这会儿的风向转变得也太突然了吧，他弄不明白了：“钟队都没参加审讯，怎么就知道不是肖爱国了？”

“你别问我！”张一明思考了老半天，大脑对钟宁的这个没头没尾的电话依旧跟不上趟，疑问太多，他还是回拨了过去，可钟宁的电话却是忙音。

张一明一脸茫然，又把目光看向了审讯室的显示器，这会儿，肖爱国的态度倒是软了不少，装出一副可怜兮兮的样子，正恳求着审讯员：“同志，我是真胃痛，这两年好几次胃出血了。你不放人，也帮我去拿个胃药……”

张一明呸了一口，“你胃痛，我还胃痛呢！就是因为你们这些畜生！你们胃痛是喝酒喝的，老子是工作累的。”

他再次拨通了钟宁的电话，刚响了两声，审讯室的门就被人推开了。

李珂冉把手中的东西摊开，摆到了桌子上，喘着粗气道：“张队，这是我刚才在市一医院的官网打印出来的，你看看。”

张一明低头看了一眼，那是一张照片，应该是某次会议时拍的合影，拍摄时间是近两年前，主席台的正中坐着一个胖子，圆滚滚的肚子都快把衬衣撑破了。

张一明刚觉得这个人有点儿眼熟，李珂冉往一边挪了挪，又把审讯室的显示器往后推了推。

显示器里，出现了肖爱国那张嚣张跋扈的脸。

## 04

“我跟你说，我有严重的胃病，今年曾经大出血过一次，要是出个三长两短，我让你吃不了兜着走！”

车穿过了通往星港市区的最后一个隧道，钟宁回忆着肖爱国那天在审讯室里的话，哑然失笑。

当时谁也没有注意到，这句话就能解除肖爱国的作案嫌疑，张一明甚至还觉得肖爱国是在找借口，当时还打趣说自己也有胃病，还瘦了五斤。

现在看来，肖爱国没有撒谎，他确实有胃病，不同的是，张一明的胃病只让他瘦了五斤，而肖爱国的病显然要严重得多，起码从那张照片上判断，这两年，肖爱国起码瘦了整整一大圈。

而教师新村那起案子的案发时间，就在这张照片拍下以后一个月内。这也就意味着，以肖爱国当时的体型，他根本不可能钻进两个 603 之间的墙洞，所以，他也根本不可能是这个系列案件的嫌疑人。

钟宁摇了摇头，想起廖伯岩那张看上去温文尔雅的脸，心头一阵恶寒。

廖伯岩啊廖伯岩，你哪里是个脑科医生，分明就是个心理操控大师，不需要露面，就可以利用所有人的心理漏洞，操控整件事情的发展。而肖爱国这个替死鬼，最多只能算锦上添花，真正的重头戏，是肖壮那个看似可怜无助的母亲吧？

钟宁揉了揉有点胀痛的太阳穴，有些后怕。要不是周思妍那一句“女人说起谎会骗过男人”，他根本不会想到，廖伯岩居然利用人性中最软弱的一面，让这两个看似无关的人，在不经意间给自己喝了这么大一碗迷魂汤，而且，无色无味药效强烈。

车辆进入收费站，过了桥，钟宁径直往天马安置小区开去——他要去那里，解开廖伯岩这场木偶戏中最精彩的一环！



依旧是那栋两层小楼，廖伯岩已经呆坐了一天一夜，像是已经进入了某种痴狂的状态，完全感觉不到疲劳和饥饿。

“滴……滴……滴……滴……”

墙上的挂钟响了四下，终于把廖伯岩从恍惚中惊醒。他低头看了看手术台，没有失望，也没有喜悦，只剩下一片木然——手术台上的小男孩嘴唇惨白，脸上没了一丝血色，鼻间也早已没了呼吸，甚至连四肢也变得僵硬。

费尽心思骗过警方，骗过钟宁，如今看来，似乎一切都是徒劳。

很久，他才木然地打开了录音笔，机械地记录道：“五号实验，失败，死亡时间，4 月 12 日下午 2 点 20 分。”他怔怔地望着录音笔上的红点，“F5 痢疾丙肝抗体注入患者体内后七小时，患者出现了严重的抽搐，八小时二十四分钟以后，癌细胞发生反噬，增长速度超出正常五倍，MID100 水平没有任何变化。患者的脑动脉瘤导致血管破裂，最终大脑出血而死……”

“不过……”廖伯岩顿了顿，眼神依旧麻木，“经过再次改良的 F5 痢疾丙肝抗体比在四号实验体上的药效更好，条形细胞攻击癌细胞的能力更强，且在人体内持续时间更长，只是……还是差了一点点！”

“砰！”廖伯岩猛地把录音笔往地上摔去，接着，发狂似的把床头的监控仪摔到了地上。

“噗呲”一声，监视仪闪出了一阵电火花，屏幕霎时变得漆黑。

“老天！你在玩儿我吗?!”廖伯岩呜咽了一声，仰头看着头顶的无影灯，一遍一遍地重复着，“为什么要这样对我?为什么不让我走完最后这一点点?”

腰间又传来一阵剧痛，廖伯岩哆嗦着从口袋里摸出药，干咽了下去，眼泪再次夺眶而出。

他太清楚自己还剩下了多少时间了，他也太清楚，自己的作案周期过于频密，已经出现了太多漏洞，冒了太大的风险，警方就快找到他了，用不了多久。

对于伏法被捕，甚至对于死，他并不害怕，毕竟，在女儿死在自己手术刀下的那一刻，他就觉得自己已经死了，苟活至今，唯一的目的，只是想做一些有意义的事情。只是，如今看来，哪怕竭尽所能，也只能做到这个地步了……

“对不起啊，凡凡，爸爸尽力了。”廖伯岩拿出钱包里的全家福，哽咽着，“谭啊，如果有一天我被抓了，或者我不在了，你千万不要怪我，能做的，我真的已经都做了。”

就在此时，门外桌上那个黑色的监听器忽然“嗞嗞”了两声，传出一个男人是声音：“人呢?”

廖伯岩赶紧起身取过监听器，放到了耳边——没有听错，确实是藏在自己办公室中的窃听器传过来的声音。

“你们干什么?”这是护士小刘的声音，“廖主任请假了。”

“请假了?”

“嗯，昨天就请假了，今天也没来上班。”

“他住哪里?”

“你们到底什么事？哎！别翻东西呀！这是私人物品……”

“嗞……”一阵电流声，窃听器的信号源中断了。

“呵呵，居然还在怀疑我？钟宁，我可真是小看了你。”廖伯岩冷笑一声，眼中射出一道精光，一脚将监听器踩得稀烂。

既然已经到了这一步，反正早晚都会到这一步的。

“再赌一次。”廖伯岩的喉咙里咕噜了一声，“不然……我死了也不会甘心。”

不知是哪里来的力气，让他暂时忘记了腰间的疼痛，步子重新变得轻快。他很快找到了那本记满血型和名字的本子，翻到最后一页，在最后一个名字上画了一个巨大的叉。

# 第十一章 ▲ 调虎离山

## 01

市局刑侦支队似乎从来没有这么忙碌过。

钟宁给张一明打完电话不到一个小时，户籍警、经侦、刑侦，再加上技术部、外勤、侦查员，包括还在继续审讯肖爱国的两队轮值审讯员，整整一层楼，来来回回穿梭着各种职能的警察，相互配合，竭诚合作，都是为了抓住这个已经折磨了星港警方近三年的变态绑架犯。

张一明还从来没有指挥过这么多人马，这令他甚至有些豪气干云的热血。证实了肖爱国不是疑犯，并且听李珂冉汇报了廖伯岩的种种疑点以后，他就根据钟宁的提示，开始了有条不紊的追踪行动。

不过，事情却并不顺利。

根据去市一医院的侦查员汇报，廖伯岩昨天就已经请假，到现在为止也没有在医院出现。

信息科那边半小时前就开始搜寻廖伯岩的手机信号，一直一无所获。

户籍那边也排查了廖伯岩名下的房产，他名下原本有一套市一医院分配的房子，但他已经把房子卖了，再跟房主返租，除此以外，他名下再无其他房产。而廖伯岩当然也不在那套房子里。

车辆方面也毫无收获，廖伯岩的那辆黑色索纳塔，一直停在医院的地下停车库，已经两天没有开动了，行车记录仪显示，最近一段时间，他只是往返于医院和家中，唯一去过的其他地方，就是星港国际社区，时间正是那天他去出诊的时候。

另外，外勤方面，市局也已经调集了片警甚至协警，在支队刑警的协助下，在通往星港的各个高速的出入口和国道上设置了路障，一旦发现可疑人员，立即抓捕。不过，现在依然没有任何进展。

“人间蒸发了么？！”张一明觉得头大。

他已经从李珂冉口中知道了钟宁推测的廖伯岩的作案动机，就算这个动机成立，就算廖伯岩身上所有的疑点都成立，可作案时间呢？

肖壮失踪的时候，钟宁是和廖伯岩在一起的，那么钟宁又为什么忽然笃定廖伯岩就是疑犯呢？而且，肖爱国这个得了胃病的王八蛋，怎么就一直不说自己到底干吗去了呢？他在隐瞒什么？

一长串的问题，让张一明心头难免鼓声阵阵，他当然不怀疑钟宁的能力，而且廖伯岩突然消失，嫌疑也确实很大。但是这种知其然不知其所以然的状态，还是让他心里发虚，毕竟自己调集了大量警力，要是弄错了，怕是会成为全国警界的一大笑柄，再也抬不起头来了。

张一明郁闷地点了支烟，问李珂冉："钟队没告诉你他干吗去了吗？"

李珂冉也有些茫然，钟宁只交代她找出一张肖爱国两年前的照片来做对比，其他的什么都没说。她摇头道："因为信号不好，我也没听太清楚。应该是去推翻廖伯岩的不在场证明吧。"

一旁翻看着审讯室监控视频的郑钢一脸纳闷："我奇怪的是，这个肖爱国为什么打死不说自己案发时间段干吗去了，难不成他要为廖伯岩顶罪么？"

张一明不置可否："廖伯岩又不是他爹，这么大的罪他敢顶？"

"我倒觉得他不是想顶罪。"李珂冉想了想，"一个人不敢说出真相，无非是因为害怕失去或者恐惧后果，但是具体在恐惧或者害怕什么，我就不知道了。"

"呵呵，有什么后果比自己坐牢甚至判死刑还严重？"张一明扭头看了郑钢一眼，愤愤道，"肖爱国的老婆还没到么？"

郑钢点了点头，汇报道："到了，审讯那边已经安排他们见面了，希望能有突破……"

正说着，办公室的门被人推了开，被雨水淋得湿漉漉的钟宁走了进来。

见钟宁进门，几人赶紧起身打招呼。钟宁只是摆摆手示意，急切地问道："查到了么？"

张一明尴尬地摇了摇头："还没有，房子，车子，医院，手机信号，全部查了，这个人就跟人间蒸发了一样。"他又赶紧补充，"不过您放心，我已经交代了侦查员，让他们穿便服，并且再次嘱咐医院的医护人员，一定不能跟廖伯岩本人透露情况，否则按包庇罪处理。”

“你去搜了廖伯岩的办公室？”

张一明点头：“对啊，什么都消息都没有，我就想看看能不能在办公室找点儿什么线索。”

钟宁无奈地摇了摇头，接过李珂冉递来的毛巾擦了擦头发，苦笑了一声。廖伯岩这样的人，不可能一点反侦察意识都没有，而他自己的办公室一定是他反侦察的重中之重。张一明这一步棋，显然已经打草惊蛇了，廖伯岩很有可能已经知道警方在查他了。

张一明却还不自知，对钟宁保证道：“现在星港各个高速路口和国道都已经设置了路障，严防他逃跑。保密工作我们也做到位了，他肯定还不知道我们在追查他，你就放心吧。”

拍着胸脯保证完，张一明想起了自己还“不知其所以然”，困惑地问：“钟队，我听小李说，肖壮失踪的时候，你正跟廖伯岩在一起，那你为什么还是确定疑犯是他？”

“因为一句话。”钟宁拍了拍身上的雨水，从口袋里掏出了手机，解锁，打开了一个录音软件，“我的助手跟我说，女人是会骗人的……”

李珂冉似乎明白了：“您是说……肖壮的母亲说谎了？”

张一明呆了，“自己的儿子丢了，她为什么要说谎？！”

“害怕……或者恐惧。”钟宁点开录音页面上的播放键，手机里很快传来钟宁和另外一个女人的声音：

“张女士，我只问一遍，也只会给你一次机会，如果这次你还在骗人，我可以很明确地告诉你，你的儿子再也没有找回来的希望了。”

“我……我……”

“你在担心什么？你老公？”

“我……我怕他……我怕他会打死我。”

“你放心，我向你保证，今天的谈话你老公绝对不会知道。”

“我……”

“想想你儿子，如果你再不说，你很有可能再也见不到你儿子了！”

“呜呜……我是骗了你们，我该死！我该死！我那天晚上没有回来……我去了刘大海那里……早上八点多回来的时候，我……我就发现儿子不见了……我不敢跟你们说实话，我老公要知道我在外面有人，会打死我的……他对我不好！他自己在外面也有狐狸精，平时生活费都不给……求求你们了，救救我儿子……一定要救救我儿子，呜呜呜……”

录音到此为止，几人听得目瞪口呆。

“你……你是怎么知道她在撒谎的？”张一明愣了半天，才瞪着钟宁问道，“总不能就因为你的助理说了那么一句话吧……”

“我又不是神仙。”钟宁白了张一明一眼，收好了手机，“是因为小卖部。”

“小卖部？”三人同时一愣。

钟宁对三人分析道：“你们是在小卖部门口找到疑犯遗落的口罩的。小卖部的老头当时正在房里煮面，并没有发现什么异常，对么？”

“不错。”李珂冉赶紧点了点头。

张一明更呆了：“你是说，那个老头也在说谎？”

“没有，他年纪很大了，听力和视力已经很差，刚才我去买了瓶饮料，他找钱都要盯着纸币看很久。”

“那你的意思是……”

“但是……”钟宁又从手机里找出一张刚才在小卖部拍下的照片，“他的小卖部有鸡蛋卖。”

李珂冉终于明白了过来：“我记得当时肖母说她是 8 点左右出门买鸡蛋，8 点半才回来！”

钟宁点了点头：“对，我也是因为这一点才觉得不对劲的。毕竟，一般的小卖部都会有鸡蛋，而他们家楼下不远处就有一个小卖部，她又急着给儿子做早餐，没必要去更远的超市。所以，我怀疑她在说谎。但那时我一直沉浸在冤枉了廖伯岩的情绪里，没有注意到这个细节，直到我的助理说了那句‘女人会撒谎’，我才猛然惊醒。”钟宁难得给大家解释清楚了自己的推理过程。

“绝了！”张一明听得一脸的亢奋，忍不住赞叹了一句。自己刚才心里还打鼓呢，怕破不了案子，现在看来，有了钟队，准备奏乐吧！这案子很快就能破了！

兜兜转转玩得警方转了这么大一个圈，郑钢也是气得咬牙切齿：“自己去偷汉子通宵没回家，怕被老公打，就干脆撒了这么大的谎，哪有这样当妈的？这是做伪证，犯法的！”

“做伪证也比被老公家暴致死好啊。”钟宁回忆着肖母的模样——干瘦的身材，枯黄的头发，额头上还有一片瘀青，应该是被她老公打的——不禁摇了摇头，心中叹道，廖伯岩真是恐怖，不仅是因为他的超高智商，精密布局，还有他的演技……这究竟是一个什么样的人？

李珂冉给目前的情况做了个小结：“也就是说，肖母是因为怕老公所以做伪证，肖爱国不敢说自己去哪里是因为怕老婆。”

“对对对！肯定是这样！”张一明现在也明白了过来，“这样一来，我就知道这肖爱国是干吗去了，不敢告诉我们！”

正分析着，一个满头大汗的审讯员撞开了门，激动道：“招了！肖爱国招了！”

“招什么了？”

审讯员骂了一句娘，一边打开手中的笔记本电脑，一边道：“肖爱国在案发时确实是去了天马安置小区，但没有进小区里，是去附近的丽华大酒店和小三开房，他一直不敢说，是怕他老婆发飙，他老婆一来就全招了。”

审讯员手中电脑里的监控视频很快被打开了，审讯室内，除了两个审讯员，还多了一个浓妆艳抹的女人。

此时的肖爱国，全然没有了嚣张态度，要不是手被扣着，怕是都要跪到女人跟前了，嘴里不断哀号着：“你别跟爸爸说，你也别跟舅舅他们说，求求你了，老婆！我以后再也不敢了！我真的不敢了！那别墅没有写她的名字！真的，我一时糊涂！我该死，回去随你打，随你骂！你要救我，你一定要救我！”

“这还真是一物降一物啊！”张一明又好气又好笑。

“还不止这样。”关上视频，审讯员抹了一把额头上的汗珠，兴奋道，“经侦那边的同事根据肖爱国提供的两个小三的名字，查出她们名下各有房产超过十套，而且离岸银行涉嫌洗钱的数目超过三个亿！当中有个小三连儿子都给他生了，现在据说在香港读书，教育基金都有五千万！”

这几个数据，让张一明几人惊呼了起来。

难怪肖爱国不敢说自己会小三去了，这背后牵扯的可不只是出轨偷情生儿子，还有巨额贪腐，对于肖爱国来说，怕也是死路一条了！

“做得很好！”张一明重重地拍了拍审讯员的肩膀，脸上笑开了花。这一下歪打正着，即将破获两个大案，让他兴奋得来回踱着步，激动之情溢于言表。

他吩咐审讯员："你们再辛苦一下，一定要深挖，把肖爱国身上那些见不得人的事情，都给我挖出来！"

"是！"审讯员满怀信心地跑了出去。

"这个廖伯岩的智商真是……"郑钢摸着嘴角的胡子，居然对廖伯岩产生了一丝佩服，"他这三年真是没闲着啊！要给人栽赃，居然把人家的底细摸得一清二楚了，还一环套一环的，安排得这么紧密。"

"呵呵，再紧密，不是也被我……被钟队给抓住了狐狸尾巴嘛！"张一明看着钟宁的眼神中的钦佩又多了几分，笑着道，"现在所有的出城路口都设了路障，技术员也随时跟踪着廖伯岩的手机，他插翅难飞了！"

"没这么简单……"钟宁摇了摇头，半晌没有说话，在鼻子上来回闻着的烟都要捏变形了。

廖伯岩能完美利用肖母的恐惧心理和肖爱国的弱点，从而制造了一个完美的不在场证明，还找到了一个能够充分拖延时间的替死鬼，几个路障绝不可能让他乖乖就范。他一定早计划好了下一步棋。

李珂冉也和钟宁有着同样的忧虑："我觉得，疑犯不可能没有准备第二套方案。"

"这个应该暂时不用担心！"张一明摆了摆手，"就算他有备用计划，也只会在得知警方已经开始搜捕他的情况下才会实施，但我相信他现在还不知道……"

"砰！"话音未落，办公室的门再一次被人推开！

"张队……侦查员……侦查员……"一个瘦高的刑警慌张地

跑了进来，急切道，“侦查员说，在廖伯岩的办公室内发现了窃听器。”

“靠！”张一明和郑钢同时脱口而出！

“你不是说你的保密工作做得很好吗？”钟宁瞪了张一明一眼，虽然这个情况他早已料到了，可此刻依旧非常生气。

“这个我……我……确实没想到，我哪知道这个人什么都想到了……”张一明一脸窘迫，他自问已经将保密工作安排周密了，可谁能想到，这人居然在自己办公室装窃听器啊！

钟宁闭上眼，揉了揉太阳穴，第一次有一种敌人比自己要强大很多的无力感。

现在看来，关于廖伯岩行踪的线索都断了，而且廖伯岩已经知道警方在追查他，他说不定早就转移了，这么看来，几个失踪的孩子要安全找回的希望就更加渺茫了。

我在明，敌在暗。破案这条路已经从一个死胡同，进入了另外一个死胡同。

“老巢！”良久，钟宁终于抬起了头，“想想廖伯岩的老巢会有什么独特性。”

“什么？”张一明一头雾水，“什么老巢？”

李珂冉却明白了钟宁的意思，分析道：“以他的作案动机看，他肯定有老巢……我们只要从……”

钟宁接过李珂冉的话头：“从装修情况，设备，或者地理位置上分析，总能找到独特性……”

他狠狠握了握拳头，正打算捋一捋思绪，口袋里的手机忽然响了起来。

他接起手机，才听了一句，脸色顿时变得煞白，手中那根一直没有点燃的香烟，被他在手心里狠狠拧成了一团。

# 02

任曦失踪了，就在二十分钟以前。

电话是任曦的班主任打过来的，她说，下午第一节课下课以后，有电话打到保卫科找任曦，保安通知了任曦，任曦接了电话以后，一个人出了学校，现在第二节课快下课了还没有回来。

十五分钟后，两辆星港市局的警车已经在高速上飞奔，除钟宁以外，所有人都荷枪实弹，神色严峻。

“钟队，您先别急，说不定小曦是有什么事情呢。”李珂冉安慰着钟宁，只是话一出口，连她自己都觉得无力。

“嗯，我看也是这样，不一定是廖……”名字说出来一半，张一明闭上了嘴巴，他实在不敢刺激钟宁，在座的所有人都知道，任曦失踪这件事，和廖伯岩脱不了干系。

钟宁脸色铁青，一言不发。

他对廖伯岩的感情是复杂的，一开始，他发自内心地感激这位好医生，随着案情的发展，他又对这个摸不透的医生产生了不可名状的矛盾心理，在怀疑和愧疚之间徘徊，自我折磨，到确定真相以后，他更是对廖伯岩彻底死心绝望，而如今，钟宁对廖伯岩只剩下了愤怒。

一个医术高明的医生，在女儿死后，居然用这样的方式来实践他心中所谓的理想，甚至还把手伸向了他曾经拯救过的小孩。

一念成魔，一念成佛。

可怕的是，这个魔鬼还很有可能觉得自己是佛。

“钟队，我通知了省厅的豹子、老窦他们，他们已经带人赶去学校了，您放心，任曦不会有事的……”车内的气氛异常压抑，张一明放下手机，试图宽慰钟宁。他不是不知道，任曦与钟宁早已情同父女。

“有打火机吗？”钟宁忽然问了张一明一句。

“有有有。”驾驶位上的郑钢赶紧从口袋里掏出一支烟来，帮钟宁点上，递了过去。

“谢了。”深吸了一口，白色的烟雾弥漫在钟宁眼前——这是他五年来第一次抽烟，也是他情绪压抑到极点的表现。

愤怒不是一种好情绪，它是理智的天敌，现在，自己最需要的就是理智，他不能让自己在这时候思绪纷杂。又深吸了一口，他掏出电话，给任曦的班主任拨了过去。很快，那边就接通了电话。

“钟律师，我们按照您的要求，已经把全校封锁了……”班主任的语气也带着哭腔，“还来了好多警察，他们已经在排查监控了……”

“让任曦接电话的保安在你身边吗？让他接电话。”钟宁言简意赅。

班主任赶紧道：“在的在的。我马上叫他接电话。”

“你……你好……”很快，电话里传出一个男人的声音。

“说情况，一个细节都不要漏掉。”

“下午第一节课下课的时候，保卫科电话响了，我去接，是个男的打过来的，他好像很着急，说让任曦接电话，我也不知道有什么急事，就去喊了任曦过来，她挂了电话就往校门外走了，现在还没回来。”

“你没拦住她？”

“没……没有，任曦是在传达室里面接的电话，我当时在登记车辆！等我回去的时候，她……她已经不见了。”

“那你听到电话的内容了么？”

“我就听到她开始说了一句什么‘笑伯伯’，接着她就说‘我知道的马上过去’，其他真没听到了！”

“笑伯伯？”钟宁心中咯噔一声，“是笑伯伯还是廖伯伯？”

“我……我真没听清楚啊。”保安已经快要哭了。

钟宁捏住了拳头，咬牙道：“还有什么其他细节，你好好想想。”

“她……她好像眼睛红了，不知道是不是哭了。”

“出校门以后呢？她是走路还是坐车，还是有人在等？”

“这个我就不知道了啊，我……我没看到门口有什么车啊。”

“行了，还想起来什么，随时联系我。”

挂了电话，钟宁像是坠入了无底深渊一般，周身感觉到一阵刺入骨髓的凉意——那个打电话给任曦的人，看来就是廖伯岩无疑了，他处心积虑引诱任曦出了校门。他一定知道警方盯上了他，所以根本没想隐藏自己，甚至有些鱼死网破的味道了。

电话里的内容，张一明也听到了，他也不知道怎么安慰钟宁，只能汇报道：“钟队，我刚才已经通知市局和省厅，星港往省会去的高速、国道，以及各个主要路口都会放上路障，进行重点排查，周边警力也会调过去，你放心，廖伯岩一定会被截住！”

钟宁闭着眼睛，依旧没有回话，拼命让自己集中注意力——没有错，如果廖伯岩不顾自己身份暴露也要绑架任曦，那么，从他的作案动机来看，他是绝对要回星港的，但问题是，他会去哪里，他又进行到了哪一步呢？

一声急刹，警车在临近省城的一个高速路口停了下来，省厅那边的反应确实很快，才不到半个小时，这个最接近省城的路口，已经有七八个警察设置了路障，开始进行排查了。

“兄弟单位！”副驾驶上的李珂冉掏出了证件，焦急地问道，“有什么消息了吗？”

“暂时还没有。”为首的一个警察往驾驶室瞄了一眼，挥手道，“过吧。”

“不对……”就在此时，钟宁忽然睁开了眼睛，看着张一明道，“你们市局的路障是什么时候设置的？”

张一明一愣，继而看了看时间，答道：“你通知小李以后，到现在大概一个小时左右。”

“星省高速是第一批么？”

“对啊，这是要道，所以警力最多最先设置的就是星省高速。”

“那你们去廖伯岩的办公室是什么时候？”

“那已经……”想了想，张一明道，“那已经有将近两个小时了。”

“两个小时……”钟宁瞳孔微缩，猛然间一拳砸在了座椅上，“赶紧通知星港警方，按照原路障设置！不要移动！”

“这……”张一明不解地看着钟宁：“星港往省城这一块的路实在太多，我怕人手不够，万一小曦她……”

“这不需要你考虑！原路障不能动！”来不及解释，钟宁指了指路上一条高速支道，“从这里下去！”

“钟队，去任曦小学不是走这条路啊……”郑钢从后视镜中看了钟宁一眼，为难道，“要绕好大一圈！”

“郑队，从这里下吧。”李珂冉似乎听懂了钟宁的话，“我帮你指路！”

## 03

路还是那条路，不过，将那辆用假身份证在二手市场购买的专门用来转移小孩的车开上国道不久，隔得很远，廖伯岩就看到前面停着一辆警车，似乎还设了路障，正对往来车辆进行排查。

“呵呵，阵仗很大嘛。”廖伯岩并不着急，从他知道自己彻底暴露了以后，就猜到警察肯定会在各处设置路障，只不过警方的动作这么快，还是让他微微有些出乎意料。

掉了个头，廖伯岩很快把车往那片坟地的方向开了几百米，依旧把车藏到了老地方——那个高耸的坟包后。

再出来时，廖伯岩的脸上多了一圈浓密的络腮胡，脚上一双胶鞋也布满泥泞，头上更是盖上了一顶破烂的草帽，再加上一件并不合身的烂外套，任谁看了，都不会把他跟星港市一医院的神经外科主任医师联系到一起。

廖伯岩打开后备厢，从里面拿出了两个箩筐，用一根两米长的扁担挑着，徒步往国道上走去。

还是在上次坐公交车的地方，不到十五分钟，依然是一辆破破烂烂的中巴浓烟滚滚地驶了过来。

挥手招停中巴车，廖伯岩把担子放在了靠窗的走廊上，大咧咧地坐了下来。

五分钟以后，中巴车慢慢靠近了检查点。

“停车！”一个看上去二十出头的片警挥了挥手，把车拦了下来。

“领导，你们这是干啥？”

中巴车司机以为是查行驶证，赶紧伸手递了支烟过去，嘴里讨好道："我和你们刘队长认识。"

"不抽，我们队长也不姓刘。"小片警似乎不太好说话，威严地环顾一周，把目光落在了左边一排坐着的男人身上。

"你这里面是什么？"片警踢了踢男人跟前的一个蛇皮袋，道，"打开看看。"

"是切割机！领导！"男人憨笑着打开了蛇皮袋，"我搞装修的。"

片警瞄了一眼，蛇皮袋内果然是个切割机，他又把目光看向了后座的一个民工，看了看打扮，又收回了目光。

"啥事情嘛，领导，我这个也不存在超载啊。"司机急着赶下一趟车，老这么耽误也不是个事，只好又掏了根烟递过去，"我们这车上都是老实巴交的农民，又莫得人做啥违法乱纪的事情。"

"有没有做，要检查过才知道。"小片警不为所动，冷哼了一声，"这是大案子，跟市区最近的儿童连环失踪案有关，你们最好配合！"

既然不关自己的事，司机的胆子顿时大了起来，开着玩笑道："领导，我们这是公共汽车，哪个绑架小孩的也不可能坐公交车绑架啊！又不是个傻脑壳！"

这话让一车人哈哈大笑，廖伯岩也跟着笑了起来。

"笑什么笑！"片警不耐烦地瞟了司机一眼，忽然把目光看向了廖伯岩，盯了他两眼，又看向了他跟前的两个箩筐。他指了指箩筐里的一个编织袋，问道："你这袋子里是什么？"

"哦哦……领导，这里面是腊肉！"廖伯岩本来就是星港人，郊区的方言说得很顺溜，还主动打开了袋子，"领导，我是卖菜的，生意不好做，莫卖完只能挑回切。"

编织袋里果然是烤得黄灿灿的腊肉，整个车厢里顿时香气四溢。

“这个呢？”片警踢了另外一个箩筐两脚，里面绿油油的青菜顿时欢腾起来。

“都是小白菜嘛，领导又不是看不到。”廖伯岩赶紧伸手去护着箩筐，“别踢坏咯，别踢坏咯，踢坏卖不掉咯。”

片警瞄了廖伯岩一眼，道：“翻开来看看。”

“真是小白菜嘛。”廖伯岩心里咯噔一声，见片警盯着自己的目光带着狐疑，只能假装伸手去翻开了表面两捆。

“下面呢……下面也是小白菜？”小片警似乎不太满意廖伯岩慢吞吞的动作，刚要伸手去翻，腰间的对讲机忽然“吱吱”两声，传出来一个声音：“各小队注意，各小队注意！疑犯已经进入省城犯案，根据市局要求，请前往离各小队最近的支路口设置路障，进行排查，再强调一遍，各小队去离自己最近的通往省城的支路口设置路障，进行排查……”

“收到收到，1056收到！”小片警按着对讲机回了一句，不耐烦地下来，冲司机一挥手，“走吧！”

中巴车轰鸣一声，冒出一股青烟，往郊区的方向驶去。

就在已经看不到中巴车踪影的时候，小片警腰间的对讲机再次响起：“计划取消，计划取消……各小组留原地排查！留原地排查！”

## 04

两辆警车在路口停了下来，不远处的一块巨大石碑上，用暗红的朱砂写着四个大字——湘雅医院。

雨还在下，噼里啪啦落在车顶上。一行人顾不得穿上雨衣，拉开警车门，径直冲了进去。

“你们去通知医院保安，把照片给他们，抓紧排查……”因为省城的大部分警力都已经往小学去了，所以湘雅医院这边能调动的人手不多，钟宁也只能指挥身边仅有的几个人，“你们去急诊……另外两个去外科……还有你们，去大厅……赶紧！”

几名刑警得令，敏捷分开，很快消失在了急诊室门口。

“我们去住院部，一层一层排查。”钟宁对李珂冉和张一明说完，率先一步冲进了雨中。

“小李……钟队这是干吗？”

从钟宁在高速岔道上下车，然后被李珂冉一直领着到湘雅医院，张一明就一直想不明白，为什么不去小学，反而到湘雅医院来，难道廖伯岩还能返回原单位不成？

“任曦很有可能就在湘雅医院。”李珂冉言简意赅。

张一明把手挡在头顶，一路冲进住院部的大楼，抖了抖身上的雨水，紧紧跟着钟宁一起在一楼巡视着，边走边小声问李珂冉：“你的意思……任曦没有被廖伯岩绑走？”

李珂冉四处观望着来来往往的病人和医生护士们，回答道：“应该没有。廖伯岩发现自己暴露，应该是在两个多小时以前，我们几乎是同一时间开始设置路障。而任曦接到廖伯岩的电话，应该是在一个多小时之前，所以从时间上来看，廖伯岩发现暴露以后，即便立刻决定绑架任曦，他如果走高速，也肯定会遇到我们的路障。”

张一明顿时明白了：“你的意思是，廖伯岩半路上就打了电话骗任曦出来，然后伺机进行绑架？”可他还有新的疑问，“那为什么是湘雅？”

“你刚才听保安说没有，任曦接电话时说了两句话，一句是‘廖伯伯’，另外一句是‘我知道的’，她走的时候还红了眼睛。”

第一层已经排查完毕，顺着楼梯上了二楼，钟宁早就已经开始往顶层去了。

一边四处看着，李珂冉一边接着解释道：“你再想想，任曦在这个世界上，还会为谁急得要哭？”

“钟队。”张一明恍然大悟，这个世界上，怕也只有钟宁可以让这个坚强的小姑娘急得哭鼻子了，而且“我知道的”，说明廖伯岩跟她说的地址，任曦知道并且很熟悉。

任曦和廖伯岩两人都最有可能“知道”的，应该就是湘雅医院了。

“任曦看来是在湘雅，错不了了。”

张一明的手不由自主摸向了腰间，他微微有些紧张，毕竟医院这种地方，鱼龙混杂，如果廖伯岩真在这里，抓捕时难免会伤到其他人，不过好在省厅那些哥们儿现在正往这边赶，到时把医院封闭，廖伯岩插翅难逃。

李珂冉同样紧张地盯着来往人群，希望能见到那个只在照片上看过的小姑娘，不过连续排查了两层，依旧一无所获，顿了顿，她说道：“张队，我觉得还有另外一种可能……”

张一明一愣：“你是说，廖伯岩其实……”

“对。”没等张一明说完，李珂冉就点了点头，“这也是刚才钟队不让你撤掉其他排查路障的原因……”

“钟爸！钟爸！”

话音未落，五层的楼梯间忽然传出一个小女孩欣喜的呼叫声，两人赶紧往楼上跑去，才出了楼道口，就看到一个扎着马尾辫的小女孩往正在下楼的钟宁身上扑去。

"小曦。"看得出来，钟宁在努力压抑自己的情绪，他轻轻抱了抱小女孩，说道，"怎么出学校也不跟钟爸说一声？下次记得先给我打个电话，好不好？"

"钟爸，你吓死我了！"任曦呜呜地哭了起来，抱着钟宁的腰不肯撒手，"廖伯伯说你出车祸送到了湘雅医院，让我赶紧过来，我一过来，既没看到廖伯伯，也找不到你，我就只能来我以前动手术的地方，看有没有认识的护士姐姐……"

钟宁示意张一明和李珂冉过去，笑着对任曦说道："没事，一点儿皮外伤，廖伯伯故意吓你的，你看，这两位叔叔阿姨送我过来的。"

"谢谢叔叔，谢谢阿姨。"任曦止住了哭声，认真地冲两人鞠了个躬，才又扭头对钟宁说道，"那廖伯伯呢？他说他和你在一起，他没事吧？"

钟宁微微一愣，继而摇头笑道："他也没事，他回星港了，说有空再来看小曦。"

"那就好。"任曦这才放下心来，"刚才吓死我了，我真怕钟爸有事！"

"没事，你看我身体多棒。"钟宁呵呵笑着摸了摸任曦的小脑袋，安慰她，"既然我们都没事，我先送你回学校，好么？"

"嗯。"任曦点了点头，牵起钟宁的手。

这时，张一明的手机响了起来，他接起来听完，脸色一黯，低声对钟宁说道："钟队，星港又有一个叫伍萍萍的孩子失踪了！"

"调虎离山！"钟宁狠狠地咬了咬牙，另一只手狠狠握紧了拳头。

调虎离山的计划，其实是廖伯岩临时起意。

毕竟，他没想到星港警方设置路障的速度会这么快，有备无患，他耍了个小小的花招，好在有惊无险，自己还是顺利通过了盘查。

把小楼的大门关好，廖伯岩扒拉开那个烂箩筐上面铺着的厚厚一层小白菜，里面赫然出现了一个皮肤黝黑的小女孩。

此时，伍萍萍瘫软在箩筐中，已经昏睡过去，鼻间均匀的呼吸声告诉世人她依旧活着。

廖伯岩把她抱进手术室，给她擦拭了身体，换好了病号服，又剃完了头发，麻药也已经缓缓滴入了伍萍萍的静脉，接着，他打开无影灯，长长地吁了一口气。

无菌手术服，麻药，剪刀，导尿管，氧气罩，血管钳，爱丽丝钳，持针器，头皮拉钩，脑吸引器，脑膜刀……一样一样摊开，廖伯岩像是一个将军检阅着自己的部队一般，沉着冷静，一丝不苟地一样一样检查着。

已经暴露了，这是他的最后一次机会，容不得再出任何意外了。

还好，三十多年的手术经验，这套流程已经刻入骨髓，成了肌肉记忆。

廖伯岩起身，调整了一下摄像头的位置，让它更准确地对准了伍萍萍的脑部——这是自己能为这个世界留下的最后的医学影像了。

廖伯岩打开录音笔，开始记录："六号实验体伍萍萍准备手术……术前 MID 值 102，开颅后做切片，如果能发现肿瘤标记物，就将 F5 痢疾丙肝抗体注入体内，观察三小时，MID 值如果能降到 50 左右，就意味着这一次的抗体改良是成功的。"

“嗡”的一声，开颅电锯开始飞速运转起来……

就在开颅电锯就要碰到伍萍萍的头皮的一刹那，廖伯岩发现自己的手，居然有些颤抖。

“还有时间，还有时间。”

廖伯岩索性把电锯放下来，摸了一把脸，安慰自己——钟宁去省城，来回最少要两个小时，如果再去一趟伍萍萍失踪的案发现场，做完自己人生中最后一次手术，时间还足够……

“嗡……”再一次打开开颅电锯，廖伯岩小心翼翼地在早已标记好位置的头颅上切割了下去……

# 第十二章 ▲ 一念成魔

## 01

“伍萍萍住的工地上根本没有安装监控，也查不出廖伯岩到底往哪个方向逃了！”

警车在回程的高速上飞驰，不断有更坏的消息从星港警方那边传来。

伍萍萍是下午4点11分失踪的，当时，田爱花去给工地的工人们送茶水，也就去了二十多分钟，回来的时候，伍萍萍就已经不见了。

不过这一次，或许是时间过于紧迫，又可能是因为已经暴露了，廖伯岩并没有留下喷漆数字，而且，从现场照片看，还有一条红色的连衣裙，正挂在田爱花的工棚内。

“呵呵，这畜生这次等不及了。”张一明狠狠地抽着烟，“钟队，他也够有耐心的，故意留下错误的线索，让我们一直以为他是个变态，整整忽悠了我们近三年。”想到这里，又想起廖伯岩的各种连环计，张一明有些怕了，向钟宁确认，“钟队，这次应该是廖伯岩犯案没错吧？不会又利用了什么替死鬼吧？”

“是廖伯岩没错。”钟宁把一张现场照片放大，递到张一明面前，“看看这件衣服的牌子。”

这张照片拍摄的是挂在田爱花房间里的那条红色裙子。张一明看着衣领后的标签，说：“好孩子？”

“对，这应该是廖伯岩送给伍萍萍的。”钟宁认识这个叫“好孩子”的童装品牌，价格并不便宜，很明显不是田爱花这种家庭买得起的，而且，钟宁记得，就在前几天，廖伯岩也给任曦买了一件一模一样的，只是颜色是白色的。

副驾驶上的李珂冉接完一个汇报进度的电话，对张一明和钟宁说：“张队，物证那边说，伍萍萍前几天曾去市一医院就诊，主治医生是廖伯岩。工地保安说，前两天还见过廖伯岩鬼鬼祟祟地去过伍萍萍家。还有，根据田爱花所说，她家中还丢了一篮子腊肉和青菜……”

“什么玩意儿？”张一明以为自己听错了，瞪着眼睛重复了一遍，“一篮子腊肉和青菜？”

李珂冉点了点头，道：“物证那边也觉得很奇怪，廖伯岩没必要偷那些东西。”

“为了伪装。”钟宁打断了李珂冉的话，“他这是想用调虎离山之计引开警方设置的排查路障，万一不行，还能用腊肉和青菜进行掩护。”

“这……”张一明拍着自己的脑袋，又觉得有些跟不上思路了，“这人还真是……还真是不知道怎么说了。”

“不好查。”李珂冉不断地翻找着手机，“星港市区的蔬菜供应源太多，除了几个大型的供应市场，周边郊区都有，如果廖伯岩真是想躲过排查，伪装成卖菜的农民，那么星港周边的几个镇都有可能。”

“还是只能从廖伯岩的老巢入手了。”一直被廖伯岩来来回回地牵着鼻子走，这让钟宁有些心乱如麻。



“张队，钟队……要不……”李珂冉犹豫了一下，问道，“要不，我联系一下廖伯岩的前妻，看她能不能提供什么线索。”

钟宁对这个建议没有同意也没有否定，想起上次给谭青打电话时对方的态度，钟宁觉得从她口中获取信息的希望不大，但如今也只能死马当活马医了。

“我觉得可以试试……”张一明点头同意了。伍萍萍已经被绑走一个小时了，现在任何一个线索都必须一试。

钟宁也点了点头：“行，但是你别说你是警察。”他在一张便笺纸上写了几个字，然后抄上谭青的号码，递给了李珂冉。

李珂冉很快拨通了电话，电话“嘟嘟”响了两声，有个女人冰冷的声音传了出来：“哪位？”

李珂冉清了清嗓子，道：“您好，请问是谭青女士吗？”

“嗯，你是哪位？”李珂冉用职业化的语气回道：“哦，我是民政局的，廖伯岩先生前两天来我们这里办理结婚手续，但是我们查到，你和廖先生还没有解除婚姻关系，所以我想打个电话过来咨询一下。”

“结婚手续？”果然，这次谭青没有挂掉电话，而是有些生气地说，“你在说什么？我和廖伯岩三年前就离异了，他要结婚，你为什么给我打电话？”

李珂冉不急不缓道：“哦，是这样的。我们民政局的网站显示，你和廖伯岩先生并没有办理离婚手续。”

“不可能，我和他三年前就离婚了。”谭青的依旧语气冰冷，似乎只是说起廖伯岩这个名字都让她十分反感。

“但是系统确实显示你们没有离婚啊。”顿了顿，李珂冉忽然话锋一转，“那你和廖先生在星港有共同的房产吗？”

“没有。”谭青想都没想就否定了，“我已经十几年没有去过星港了，怎么会有共同房产？”

“哦，这样。”再次停顿片刻，李珂冉接着问道，“那为什么房产局的系统里查到，你和廖伯岩先生在星港的老家共同拥有一个铺面呢？”

“什么铺面？他老家早就已经拆迁了。”谭青显然起了疑心，“你真的是民政局的？”

李珂冉尴尬一笑，道：“这个……其实我是廖伯岩妻子的代理律师，今天我们去办婚前财产公证的时候，发现民政局官网上面并没有显示您的离婚信息，他的妻子又比较着急，所以就拜托我来咨询一下了。”谭青冷笑了一声，道：“我不管你是民政局的还是律师，我只能告诉你，我和廖伯岩没有任何关系了。对了，同为女人，如果他再婚，我希望你能转告新娘，他这个人不但偏执，而且性格极端，希望新娘能三思。”

“哦？”李珂冉看了钟宁和张一明一眼，赶紧道，“可我听新娘说，廖伯岩是个好人，他当初离婚，把所有财产都给了您，算是净身出户。”

“他这么跟你们说的？你信么？”谭青反问道，“虚伪！他太虚伪了！为了跟这个人离婚，我没要他一分钱！当初跟我说，他需要钱去德国继续他的研究，后来我才听说他根本没有去德国！”

“德国的研究？”李珂冉警觉道，“具体什么研究，你知道么？”

“不想说，也没必要说了。”谭青无意再继续这个话题，再次强调，“还有，我不想知道任何关于他的消息，这个人在我心中已经死了。”

来不及再问什么，电话已经被挂断了。电话打完，依旧毫无线索，张一明一脸郁闷地看向了钟宁：“这人做人也太失败了吧？老婆都宁愿他死了。”

看着车窗外飞驰而过的景色，钟宁没有说话，虽然不出所料，这个电话确实没有让他们获得任何线索，他依旧不免有些失望。

此时，警车已经经过了星港收费站，华灯初上，一排一排闪烁的霓虹灯，在雨中一片迷离妖娆。

“钟队，看看这个……”副驾驶座上的李珂冉打开了手机上的一个网站，递了过来，“这是卫生部内网上的信息，七年前，廖伯岩参加过一个和德国匹兹堡大学共同研发的科研项目，他当时是中方的专家组组长。”

钟宁低头看了看，是一个英文页面，大概介绍了这个科研项目的主题，是用一种痢疾丙肝病毒治疗儿童癫痫，但是项目进行到二期以后，实验以失败告终，专家组也被解散了，所以媒体对此事几乎没有报道。

没什么太大意义，到目前为止，廖伯岩的作案动机早已不是什么秘密，唯一的疑问是，他的老巢——也许说是实验室更恰当一些——会设置在哪里。

“现在去工地现场么？”过了收费站，张一明问道，“还是组织各部门开个交流会？”

钟宁揉了揉太阳穴，刚要说话，此时，不远处一个霓虹灯禁受不住暴雨的冲刷突然“噼啪”一声闪烁出一阵火花，接着便熄灭了。

钟宁看着那个熄灭的灯管，若有所思，半晌忽然道："通知所有部门，随时待命，我们去电力局。"

"电力局？"张一明和李珂冉同时问道，再一次跟不上钟宁的思路了。

"对。"钟宁狠狠地把手中的香烟掐断，"去电力局！"



## 02

"术后一小时三十二分，六号生命体征平稳，成功取出肿瘤标记物……"

天色渐晚，两层小楼笼罩在夜色当中。廖伯岩离开手术室，来到外屋。

桌上的培养皿中，多出来一块血肉模糊的肉团，廖伯岩小心地打开旁边的冷藏柜，取出一管标记着"F5"的试管，用滴管小心吸出一滴，滴到了培养皿中。

接着，廖伯岩取过一把精巧的手术刀，在培养皿上轻轻刮了一下，放到了电子显微镜下，然后将眼睛凑到显微镜前慢慢调试焦距。

很快，电子显微镜中，一个长条形的细菌开始猛烈吞噬一个椭圆形的细胞状物质。

廖伯岩打开了录音笔，语气中满是欣喜："很好！再次改良的 F5 痢疾丙肝抗体，生命力比上次还要强，而且 MID 数值到达 102！确实在六号实验体脑部发现肿瘤标记物，这也就意味着，以后确诊脑瘤，可能并不需要做穿刺，这样能极大地减小患者的痛苦，同时更早发现患病情况以便预后，大大提高患者的生存概率和生活质量。”

廖伯岩兴奋地握了握拳头，起身走近了手术室：“接下来，只需要进行最后一步了……现在，把经过改良的 F5 痢疾丙肝抗体，注入六号实验体体内，再密切观察患者的原发性肿瘤的位置变化，只要没有和人体发生排斥反应，就意味着研制成功！”

此时，手术台上的伍萍萍依旧在沉睡着，原本黝黑的皮肤，因为失血过多而显得有些惨白，口鼻上罩着氧气面罩，不断呼出的气体在上面留下一片雾气。

“4 月 11 日，下午 5 点 20 分，准备往六号实验体体内，注射抗体……”

廖伯岩用注射器从试管中抽出了一管淡黄色的液体，接着再用一根胶管缠住伍萍萍的手臂——原本，这是可以跟滴液一起缓慢注入伍萍萍体内的，但是他已经没有时间等了，所以他只能采取静脉注射的方式。

他咬了咬牙，重重地拍了拍伍萍萍的手臂，让她手臂上的静脉更加清晰。

“5 点 25 分，开始注射抗体……”

再次把摄像头对准了伍萍萍的手臂，廖伯岩手中的注射器即将刺入皮肤。

就在此时，屋外忽然警笛声大作，无数强光猛烈地朝这栋两层小楼照射过来……

雨还在下。

二十多辆警车闪着警灯，近六十个荷枪实弹的警察，再加上三辆救护车，把钢材市场这栋两层小楼围得水泄不通。

车门一开，所有警察蜂拥而出，各就各位，用手中的枪械瞄着门口，只要张一明一声令下，这栋楼就能被扫成蜂窝。

“钟队，确定是这里么？”张一明扭头看了一眼后排的钟宁，心中有些忐忑。去了一趟电力局，然后就让所有能动员的警力全部扑向了这个废弃的钢材市场，这要是闹乌龙，实在是不好交代。

“确定。”钟宁点了点头，打开车门，走了下去。

夜色中，雨滴拍打在车顶上，警帽上，一支支黑色的枪管上，所有人蓄势待发，而那栋两层红色小楼毫无声息地静默着，仿佛暴风雨前的宁静。

从警多年，钟宁经历过无数次这样的场面，但以前，对付的无不是穷凶极恶的歹徒，而这次，枪口对准的居然是一个对自己有恩的人，一个曾经的好人。

好人真的不会做坏事吗？他想，答案马上就要揭晓了。

钟宁冲车内的张一明比了个手势。张一明立刻打开车上的传声器，咳嗽了一声，对着对讲机道：“廖伯岩，你听着，我是星港市刑侦支队队长张一明！我知道你在里面，你已经被包围了，我劝你马上自首，争取党和人民对你的宽大处理！”

警车的传声器将这段声音放大，寂静的小楼周围甚至久久回荡着尾音。

良久，没有人回话，也没有人走出小楼。

钟宁扯过张一明手中的对讲机，不打算再和廖伯岩玩什么猫鼠游戏了：“廖伯岩！我是钟宁！出来自首吧，我保证你会受到公正的审判。”

话音刚落，一楼一个小窗户的窗帘忽然被打开了一个角，占据有利位置的狙击手们顿时如临大敌，不过，廖伯岩很聪明，并没有露出自己的身体。

“钟宁，你进来吧！”廖伯岩喊话，“不过，别带武器，而且只能是你一个人！”

到了这时候，居然还是这个态度，张一明气不打一处来：“现在不是你跟我们谈条件的时候！我希望你能认清形势！早点儿自首！争取宽大处理！！”

廖伯岩冷笑一声：“我再说一次！叫钟宁进来！一个人，不准带武器。不然，伍萍萍的命，我不能保证！”

张一明为难地看着钟宁，问道：“钟队，你看这……这怎么办？”

“我去吧。”钟宁眯了眯眼睛，他也想知道，廖伯岩为什么从一开始就想让他参与这个案子。

“钟队……”李珂冉拉住了钟宁的胳膊，“您……您小心。”

“没事。”钟宁脱掉外套，举起了双手，“廖伯岩，你看清楚了，我没有带武器。”

没人回话，大门打开了一条缝。

钟宁弯腰快步进了屋内。

## 03

黑。

黑漆漆一片。

没有一丝光亮。

“想不到我们会在这里见面。”里屋传来廖伯岩的声音，“更想不到，你会这么快找到这里。”

钟宁摇头苦笑，听到这个熟悉的声音，他的心中忽然涌出一股悲凉：“呵呵，我也没想，廖伯岩医生，会是这种人。”

“呵呵，哪种人？”

“啪”的一声，灯被打开了。即便已经做好了心理准备，可眼前的场景依旧令钟宁有些吃惊——七十平方米左右的空间，冷藏柜，工作台，CT机，核磁共振机，扫描仪……所有能在医院看到的设备，这里几乎一应俱全。

“呵呵，你自己觉得你是哪种人？”钟宁冷笑了一声，讽刺道，“为医学事业奉献终生的好医生？”

“难道不是吗？！”

廖伯岩的语气中透着一股阴冷，房间门被打开，一股刺眼的强光照射过来，钟宁赫然看到，屋里的手术台上，躺着一个被切开了颅骨的孩子，一层层渗血的纱布裹在孩子的脑袋上，孩子的脸肿得像个乌青色的馒头。

“你这个变态！”钟宁愤怒地将拳头捏得咯咯作响！

“呵呵，变态？”廖伯岩佝偻着腰，缓缓走了出来，看上去像是一下子苍老了十岁，“你知道么？如果你再晚来一天，哪怕几个小时，说不定我的实验就可以成功了。”

钟宁压抑着喷薄的怒火，指了指床上的伍萍萍：“这就是你所谓的实验？那些失踪的小孩，都是你所谓的实验品？！”

“不可以么？”廖伯岩笑了，笑得很坦然，“你知道为了收集这六个孩子的血检数值，我用了多久么？！三年啊！整整三年啊！你知道我查了多少个小孩的体检报告单吗？我告诉你，一万七千个！”

廖伯岩因为激动而全身颤抖，忽然冲钟宁怒吼：“就差最后一步了！全被你毁了！全被你毁了！我再也没机会看到实验结果了！”

钟宁冷冷地看着几近癫狂的廖伯岩，往前走了两步，沉声道："自首吧。你把伍萍萍交给我，说不定她还有救……"

"别动！"廖伯岩朝钟宁嘶吼，猛然转身，一手把住了伍萍萍脑袋上的导血管，"你再往前走一步，我马上拔掉它！那时神仙也救不了她！"

"行！我不动！"钟宁赶紧停下脚步。廖伯岩已近疯狂，实在难以预测会做出什么举动来。

廖伯岩颓然地坐到了椅子上，大口喘着粗气。隔了好久，他才又抬头看着钟宁，缓缓道："你确实很聪明，我绑架刘子璇的时候，确实是利用了早晚班护士交班时间为自己制造了不在场证明。你推测的绑架手法和转移方法，也全都猜对了。钟宁，你很聪明！"

"我应该感谢你的夸奖么？"钟宁苦笑道，"我最初对你产生怀疑，就是因为你在我心里是一个认真负责的好医生，所以我无法相信一个这样的医生，会在手术前去给一个官二代出诊。可是一个犯下这些罪的罪犯，又怎么会是一个那么好的医生？廖伯岩，我对你的怀疑，从一开始就充满了矛盾。"

廖伯岩的腰间传来一阵剧痛，他手握成拳抵着腰部，缓了缓，才道："我跟踪了肖壮的妈妈半年，才发现她有个情人，还经常被丈夫家暴，所以我才趁她偷情的时候绑架肖壮，因为她肯定不敢说实话……想不到，这么完美的一个不在场证明，也被你拆穿了。"

不知是因为情绪激动还是因为疼痛，冷汗从他的额头滴落下来："我处心积虑设计的替罪羊肖爱国，我一开始就没想着他真的能替我顶罪，能够拖延一些时间总是好的，只是没想到也这么快就被你看破了。"

钟宁盯着廖伯岩苍白的脸，只觉得他越来越陌生："人在做，天在看。只要做过，就会留下痕迹。”

廖伯岩盯着钟宁，问道：“你是怎么知道我在做实验的？”

“因为任曦说过一句话。”

“任曦？”

“嗯，她跟我说，好人是不会做坏事的，好人做的坏事，也只会是好事。”钟宁看着廖伯岩，情绪十分复杂，“就像你……明明是在杀人，但是肯定觉得自己是在救人吧。”

廖伯岩低头看了一眼手术台上的伍萍萍，忽然有些绝望：“我预计你去伍萍萍的失踪现场侦查一圈，会再晚几个小时甚至好几天才能查到我这里，我就有足够时间完成最后一个实验，可是，你是怎么这么快找到这里的？”

钟宁叹了口气，答道：“这要感谢你老婆谭青。”

“这……这跟我老婆有什么关系？！”

钟宁冷冷一笑，道：“原本我并不知道你的实验室有多少设备，要怪就怪你人品太差，谭青说你离婚后一分钱没有给她，那么我想，你实验室的规模肯定比我预想的要大……”

钟宁环顾四周，接着说：“我查了一下，普通医院双排的 CT 机，或者一个功率稍大的无影灯，所需要的电压都在 350V 左右，但是国内的普通两相电电压都只有 220V，所以，我只需要找到改装了三相电，电压达到 380V 的地方。排除工厂、网吧、酒吧等等人流大的场所，再查查用电量和时间……所以，这里并不难找。”

“哈哈哈哈！”廖伯岩干笑着，渐渐变成了狰狞的狂笑，“想不到啊想不到，我廖伯岩千算万算，也算不到你居然能从我老婆口中得到启发！钟宁，你简直就是我的克星！”

“值得么？”看着眼前这个曾是恩人现在却成了罪人的疯子，

钟宁忍不住问，这也是隐藏在他心中最深的疑问——值得么？为了这么一个看上去几近疯狂、不可理喻、几乎不能实现的目标，毁了自己的一切，背上万世的恶名，杀害了那么多无辜的生命，值得么？！

廖伯岩止住了笑声，看着钟宁："你为了任静和任曦自毁前途，值得么？"

钟宁哑然，房间内一片死寂。

似乎费了很大力气，廖伯岩才扶着椅子站了起来，慢慢掏出钱包，打开了那张已经有些卷边的全家福："我四十二岁才有这么一个小女儿，你知道这个上天赐给我的宝贝，给我带来了多少快乐吗？你能体会到凡凡确诊的那一天，我的心情吗？！"

廖伯岩抖动着双唇，苍老的面孔因为痛苦已经有些扭曲："那时候，我每天陪她锻炼，每天给她做康复练习，我不奢望她能成就什么事业，我甚至不奢望她能痊愈！我只求她能活着！哪怕在床上躺一辈子，我也养她一辈子！起码……"泪水从他眼中滑落，"我也能有个活着的念想啊！"

良久无言。

廖伯岩再次低头看了看手术台上的伍萍萍，嘴里喃喃着："我做错过什么吗？我当医生，救了那么多人，可老天为什么要这么惩罚我？！凡凡还不到八岁啊！她的人生还没有开始啊！你能体会我的心情吗？"

钟宁不知道该说什么，甚至都不知道应该同情他还是憎恶他。

"对，我是骗了你，但是你又知道我这些年受了多少委屈吗？"廖伯岩的眼中是一片空洞的绝望，"我妻子不理解我，要和我离婚，女儿也没了，我已经是个死人了。可我还没死啊，我总得做点儿什么有意义的事情，所以我就发誓，有生之年一定要攻克脑癌！”

“所以你就可以绑架这些孩子，牺牲他们的生命给你做人体试验？”

廖伯岩艰难地挤出一丝笑：“你知道儿童脑癌吗？它是仅次于白血病的第二大儿童杀手，你知道全国有多少孩子得了脑癌吗？我告诉你，三百多万！这些儿童背后又有多少父母，多少家庭？你知道儿童脑肿瘤，脑积水，治愈不留下后遗症的几率几乎为零吗？”

顿了顿，他努力让自己的情绪平复下来，才接着说：“还有，你知道大部分原发性癌症，其实都是小细胞和鳞细胞癌么？只要攻克一种，我就可以攻克其他很多种！……你知道癌症的治愈率在医学上怎么算的吗？我告诉你，我们是算两年生存率和五年生存率的，什么意思？就是一个病人活过五年，在临床上看，就是已经治好了，可是，你知道五年以后会有多少人复发吗？你以为每个人都像任曦一样好运，能恢复得不影响生活质量？！”

钟宁紧闭着嘴，默不作声。

“你知道肺癌是怎么死吗？除了疼痛，病人的肺部已经被肿瘤占据，是被活活憋死的！你知道喉癌是怎么死吗？是被堵住食道，活活饿死的！你知道肝癌吗？肿瘤不大到压迫其他器官，你根本都感觉不到的它的存在，可一旦发现，几乎只能等死！”

廖伯岩恶狠狠地盯着钟宁，像要把他吃了一般，反问道：“我想要挽救他们，我有错吗！”

“你当然有错！”钟宁冷声道，“这些孩子就不是人吗？！他们的父母又该怎么办？”

"呵呵，当然是人！不但是人，而且是和我一样，为人类的未来做出了贡献的人！所以我才给他们每一个人都编了号！"

廖伯岩艰难地往前跨了一步，猛地打开了一个冷藏柜。

偌大的柜子里，摆满了各种装满红色液体的试管，无数的切片，甚至还有一个装在培养皿中的大脑！每一个样本上面都标记着数字和名字！

"呵呵，疯了，你真的疯了！"钟宁摇着头，眼前的场景，让他恨不得把廖伯岩千刀万剐——原来这就是他在每一个案发现场留下数字的真正理由！

"呵呵，你说我疯了就疯了吧！但是我没有亏待他们！从我在他们学校体检的血库中找到这些合适的实验体开始，我就给他们编了号，只要我成功了，他们的名字都会在医学史上留下浓墨重彩的一笔！"

"他们是人！不是你的实验品！"钟宁怒喝。

廖伯岩咄咄逼人："历史的进步，难道不需要人的牺牲吗？牺牲个别人的生命，换取更多人的生命，你不会这样做吗？"

"我不会！"钟宁的牙齿都快咬碎了，"我不是畜生！"

"呵呵，愚昧！你就和那些发现安德烈·维萨里偷尸体肢解就想杀了他的民众一样愚昧！"廖伯岩又坐回了伍萍萍床边，"没有他这样的先驱，现代医学根本不会进步！"

"廖伯岩，你是个医生！不用这么极端的手法，你也可以搞科研，一样也可以攻克癌症！"

廖伯岩摇头："呵呵，我不是没试过，七年前我就试过！当时只差一点点就成功了，你知道他们为什么要叫停吗？他们说，适用于人体风险太大！呵呵，什么事情没有风险？后来，在整理凡凡的资料时，我发现这个项目中有一个重要数据被忽略了，这个发现令我确信，在我有生之年，我一定可以攻克癌症！”

钟宁震惊于廖伯岩的偏执，对他的所作所为依旧无法认同：“所以你就利用学校体检采集到的样本，筛选血检结果有缺陷的孩子，绑架他们做实验？你分明可以申请做科研项目，以你的学术身份，一定可以拿到资金，但是你并没有！”

“呵呵，申请科研项目？你知道批下来需要多久吗？你知道从小白鼠实验到临床又需要多久吗？”

“啪”的一声，廖伯岩把两张CT照扔到了钟宁面前，语气又再次平静下来：“我也想用常规方式一步一步来，可惜，老天不给我时间了。这是我的骨髓穿刺检测报告，骨癌，如果放化疗，五年生存率是40%，什么都不做是20%。我运气还不错，熬了快三年了，不过也快了……”

钟宁看着廖伯岩，半句安慰的话都说不出口。那个被开颅的孩子还躺在手术台上，就在他的眼前，他实在无法原谅廖伯岩的所作所为。

“你骂我变态没有关系，我只希望我还有机会完成实验！呵呵，可这个机会你都不给我了。”廖伯岩的脸忽然可怕地扭曲起来。

钟宁冷笑：“呵呵，你这些都是歪理，你只会牺牲别人，成全自己！”

“你说得对，我为什么不牺牲自己？”廖伯岩指了指刚才扔给钟宁的报告，“我也想把我的器官捐给有需要的人，但是癌细胞早就扩散了，我的器官已经没有用了。不过，我已经签好了遗体捐献书，我活不了多久了，等我死了，至少我的尸体还有些研究价值。”

“六个孩子，六个家庭，就这么被你毁了！你以为这样就能赎罪吗?”钟宁怒极,“你还故意劝我参与这个案子,一直利用我对你的信任打听案情,你对得起谁?”

“呵呵,利用你打听案情?你未免也太小瞧我了。”廖伯岩笑了起来,他环顾着这个小小的手术室,眼中有一丝留恋的神情,“当我决定绑架第一个孩子的时候,我就知道自己总有一天会被抓,我不怕死,更不怕坐牢,但这个案子势必会引起很大的轰动,我的学术成果极有可能无法曝光!”

“所以你想利用我……”

“不是利用!我就是担心自己无法完成实验,所以你出现的时候,我很高兴……”廖伯岩打断了钟宁的话,从上衣的口袋里掏出了一个U盘,递给钟宁,“我把这些交给你了。罪,我会以死承担,但是这些研究成果,不能因为我而被封存。我相信你一定会保管好它的,等事情过去了以后,去找湘雅的熊涛,我相信他会知道这些东西的价值,知道最后应该怎么妥善处理。”

钟宁没有伸手去接:“你为什么觉得我会收下这些资料?”

“想想任曦!”廖伯岩狠狠地瞪着钟宁,“再想想任静,想想她从六楼跳下来的时候,心里的绝望!你希望这个世界上继续发生这些事情吗?!”

“如果我不收呢?”钟宁依旧没有伸手。

“我相信我不会看错人的!”廖伯岩把手重重地握在了钟宁的手中,把U盘递了过去。

“再见,钟宁。”他凄惨一笑,咬了咬后槽牙。一柱淡蓝色的液体从他的嘴角流出,接着,他猛然倒地,双目圆睁,瞳孔渐渐扩散开来……

# 04

“没脉搏了，心跳也没了。”

廖伯岩就这么直挺挺地躺在地上，不知是对这世界尚有留恋，还是对尚未完成的实验抱有遗憾，他依旧睁着眼睛。

法医很快就报告了初步检查结果：“自杀，应该是事前准备了氯化物胶囊放在口中，咬碎吞食。”

“行了，回局里再进一步尸检吧。”张一明摆了摆手，取过一个口罩，扭头看向了身后那个巨大的冰柜。

“我的天，我在学校学医的时候，都没见过这么详细的记录。”年轻的法医感叹着，“事无巨细啊，各阶段的CT照片怕是都五六百张了吧！”

“呵呵，少见多怪！”张一明嘴上不屑，心里其实也翻起了一阵阵波涛，且不说这上百管血液样本和一堆彩超照片，就单说试管上标记的时间、日期、姓名、编号，还有各种详细的数据，这需要心思多么细腻的人才能做得这么完善细致。

正做着记录，年轻法医忽然跳了起来，嘴里哇哇叫着：“我靠！还有半边大脑！”

“什么?!”张一明循声望去，差点吐了出来——冰柜的第三层，一个他叫不上来名称的容器里乘着半边皱皱巴巴的东西，竟然是人类的半个大脑！

“张队！”楼上物证科小吴大声喊一声，“这边有发现！”

张一明顺着栏杆上了二楼，还没到楼梯口，就被一股刺鼻的福尔马林的气味刺激到了。在这种令人呕吐的气味面前，口罩简直形同虚设。

“我的天！”二楼房间里的景象，让张一明长大了嘴巴，什么话都说不出来了——几个装满福尔马林液体的玻璃罐子内，分别装着几具幼小的尸体，可能是因为被浸泡时间过长，尸体已经开始蜡化，而且，每一具尸体的脑袋上都留下了大小数目不一的开颅痕迹。

“还有这个……”李珂冉指了指旁边的一个筒状物，“这里还有一具被王水浸泡过，只能让李法医采集牙齿，看能不能做个DNA鉴定，核实死者身份。”

“抓紧核实这些尸体的身份，但是照片千万不能让家属看到！”这么恐怖的场面，万万不能刺激死者家属。张一明问身边最有资历的李法医：“这些采集DNA都没问题吧？”

李法医点了点头：“没问题。DNA比对结果明天就能出来。”

刚一转身，又有侦查员跑来，递给了张一明一个本子：“张队，发现一个黑色笔记本，里面记满了很多小孩的血型和家庭住址！还有所谓的上门出诊记录……”

还没来得及看，另外一个侦查员跑了上来，手中还拿着一台笔记本电脑：“张队，你先听听这个……”

按下音频播放键，电脑便开始播放录音：

……2016年7月1日，一号实验对象邓向柔，女性，开始实验。凡凡的MID数值也是到100的时候开始反弹，希望这一次，改进的药物可以起更好的作用……

……血红蛋白值稳定……抗体值稳定，MID值由129降低到98，说明肿瘤标记物已经开始产生反应！只是三个小时以后，MID值又开始上升……实验失败……

……2017年8月16日，二号实验对象杨妍，女性，开始注射第二次改良版F5痢疾丙肝抗体……

8月18日，6点35分……实验体MID值显著降低，一度到达安全值15以下，但由于病毒抗体注射过少，或活体性能不足，三个半小时以后，MID值再次升高，迅速飙升到威胁生命的100……四号实验失败，于9点55分死亡……

2017年12月20日，三号实验对象吴小虎，男性，或许性别会影响实验效果？我不确定。现在血红蛋白值稳定，抗体值稳定，MID值由100降低到了68，说明肿瘤标记物再次开始产生反应！如果三个小时候以后还能有这个数据，这说明，F5痢疾丙肝抗体的研发即将成功……

“关了关了！”张一明听不下去了，看着电脑里一个4GB大小的文件，问道，“这又是什么？”

“实验视频。”侦查员看了张一明一眼，问道，“张队真要看？”

“打开。”已经猜想到了里面的内容，没办法，工作需要，必须得看看。

张一明拉着快进把视频的大致内容过了一遍，基本都是手术室和实验室的视频，简直不堪入目——六个孩子，从上手术台开始，开颅穿刺，全部记录了下来，最恶心的是，对伍萍萍做手术时，廖伯岩居然把摄像头直接对着小姑娘的脑部……还有两个处理尸体的视频，廖伯岩一边做着十恶不赦的事情，一边神经质一样念叨着：“刘子璇，别怪我先毁了你。如果不是你，警察也不会查到我，留着你，对我来说威胁太大了。我不是怕死，只是怕我的实验来不及完成，你应该会原谅我的……”

“这真是个变态医生！”张一明关了视频，拍了拍手掌，大声交代道，“各部门注意，所有资料必须保密，一星半点儿都不能泄露出去！但凡有一点点泄露，我保证剥下你们这身警服！”

下了楼，到了门口，张一明刚想掏出一支烟来舒缓一下情绪，李珂冉跑了下来，汇报道：“张队，物证科的同事在坟地那边发现一辆黑色轿车，应该是廖伯岩的，里面发现了不少毛发，还有一个少了两个轮子的旅行箱。”

“行了，知道了。”今天的收获太多，张一明都有些麻木了，“赶紧采证，拍照。我去给上面打个电话。”

李珂冉刚要转身，忽然想起一件事情来：“张队，钟队呢？”

张一明这才发现，好像钟宁通知警方廖伯岩自杀以后，就没见到了人：“我没注意啊，可能是休息去了吧。”

“张队！李科！”一个负责看守外围的小警察跑了进来，手中还举着一个小小的东西，“这是……这是……”想了半天，小警察也不知道钟宁的名字，“这是那个进去谈判的人交给我的，他让我给您。”

“行，辛苦了。”张一明接过来看了看，是个U盘，扭头问李珂冉，“这是什么？”

“不知道。”李珂冉摇了摇头，踮起脚尖，往远处看去。

一个清瘦的身影，正大踏步往远处走去。

骤雨初停，夜如迷雾。

# 第十三章 ▲ 是魔是佛

## 01

就如张一明预料的那样，这案子不但惊动了省厅，甚至部委都派来两个专员督促处理此案。

DNA 的比对结果第二天就出来了，根据在牙龈物质上提取到的 DNA，福尔马林液体中浸泡的三具尸体，分别属于邓向柔、吴小虎，还有杨妍。被王水腐化的尸体有两具，分别属于刘子璇和肖壮。冷柜里的人类大脑，经 DNA 检测，确定属于邓向柔。另外，冷柜中所有血液都一一化验，然后和那些尸体一起连夜火化，交给了各自的父母。唯一的幸存者伍萍萍，当晚就被转入京城医院进行治疗。

星港市局召开了一个新闻发布会，将这起连环案件定性为廖伯岩因痛失爱女精神异常而进行的报复社会的行为。廖伯岩所留下的医学资料被封存。人体实验的情况，对公众和家属都严格保密。

廖伯岩所做的这些实验，就像从来没有发生过一样。

三个月以后。

省中级人民法院，赵丽丽女士与姚海平先生的离婚案正在审理中。

“……虽然我方当事人确实存在行为不检点，但是，凡事有因有果，那都是基于被告姚海平先生在这段婚姻中过于不负责导致的，这是我方最近发现的证据……”

即将进入结案陈词的关键阶段，钟宁使了个眼色，身边的周思妍很快起身，把手中一叠厚厚的资料交给了法警，法警很快逐级往上传递过去。

“我方发现，被告姚海平先生不但在外面有四到五位情人，并且已经和其中一人生育了孩子，孩子目前已经八岁了。而姚先生对此恶意隐瞒，欺骗我方当事人赵女士与他登记结婚。而当时，我方当事人还只是一个二十二岁的小姑娘。”

“你……你跟踪我！”被告席上的姚海平看着已经传递到法官手中的那叠资料，脸都涨成了猪肝色，哪还顾得上是不是在法庭上，当即破口大骂，“赵丽丽你这个贱人！叫人跟踪我！”

“啪！”法官面露不满，重重敲击着手中的木槌，“被告，注意你的言词！”

钟宁不急不缓道：“相信法官也可以看到，即便是在法庭上，被告也会肆无忌惮地辱骂我方当事人，更何况平时在家里呢？”

“反对，反对！”眼看着节节败退，对面律师赶紧起身道，“对方律师偷拍取证，这在程序上是违规的，希望不予采纳！”

“呵呵，不好意思，所有照片我都是在咖啡厅、车站、度假村等公共场所拍的。”钟宁笑道，“而且我都是自拍的时候不小心拍进去的，我相信法官从照片主体上也能看出来，我的主观意图是自拍，而不是偷拍。”



法官点了点头，似乎很同意钟宁的看法。

“综上所述，被告恶意欺瞒自己育有一子的事实，哄骗我方当事人赵女士，且在婚姻存续期间，不但没有收敛，反而变本加厉，正因为这种有名无实的婚姻，才导致我方当事人赵女士犯下过错。所以，恳请法官酌情判决……”

姚海平气得再次破口大骂：“你信口开河！”

这一次，不光法官的脸绿了，对方律师的表情都不太好看。

“法警！把人拖走！”法官把小木槌一放，“暂时休庭！”说罢，气冲冲地走了出去。

整理完资料，往外走着，周思妍忍不住冲钟宁比了个大拇指：“你可真厉害啊，这一回，这位姚老板要大出血了。我说钟律师，我也没看你跟踪什么的，怎么能弄到那么多照片，还拍得那么……不经意？”

“用心观察生活嘛。”钟宁难得开了个玩笑，赵丽丽也跟了上来，她已经怀胎五个月了，小腹微微隆起，激动得脸颊绯红：“太感激您了，钟律师，我就知道我没找错人！”

钟宁低声道：“不用谢，如果判决结果满意，以后多花点儿钱在孩子身上，对孩子好一点儿。”

“一定，一定！”赵丽丽连连点头。

钟宁刚走到法庭外的长廊，身后就传来一个熟悉的声音：“钟队。”一扭头，就看到了一个英姿飒爽的面孔，钟宁有些意外：“小李？你怎么来了？”

几个月不见，李珂冉似乎又瘦了一些，一身警服穿在身上，更显得英气逼人，她三两步走了过来，笑道："去了律师事务所，说你来上庭了，我就过来了，看来生意不错啊。"

"马马虎虎。"钟宁也跟着笑了，扭头对周思妍交代道，"周律师，你跟赵女士再去核实一下细节。"

待两人离开，钟宁才问李珂冉："找我有事？"

"就非得有事？"李珂冉哈哈一笑，"找您吃个饭不行？"

"行，当然行，我就怕你找我有事。"钟宁领着李珂冉去停车场开了车，在附近随便找了家餐厅坐下来。

李珂冉给钟宁倒了一杯水，还是提到了案子："上次那个案子……还真得好好感谢您。"

"谈不上……"钟宁苦笑摇头，没有再说话。

气氛有些凝重，李珂冉硬着头皮说："您还记得伍萍萍吗？"

钟宁点了点头。他怎么可能忘记呢？

"当晚我们就把她送到了北京的医院进行了全身检查，发现她的大脑被……被动过手术，但是身体无恙。"李珂冉宽慰钟宁，"看来，廖伯岩最后还是良心发现，没有往她体内注射所谓的抗体。"

这也是这个案子唯一的好消息了，起码，最后还是救出了一个小生命。钟宁掏出了一支烟，又塞了回去，问道："伍萍萍没有什么后遗症吧？"

"您看这个……"说着，李珂冉点开了手机里的一个视频，"小朋友恢复得不错，应该很快就可以上学了。"

视频里，伍萍萍的头发已经长了出来，戴着一个粉红色的发箍，挺可爱的，边上围着一大群护士和记者。小朋友正怯生生地对着一个正在给她录像的镜头，说着大人们教她说的话："谢谢叔叔阿姨爷爷奶奶对我的帮助和捐款，我一定好好学习，长大了要做个对社会有意义的人。”

“挺好的。”钟宁点了点头，也不知道应该怎么接话，两人又出现了短暂的沉默。

“还有几个小视频，我都发给您吧，你有空可以看看。”李珂冉也不知道怎么安慰钟宁，“哦，对了，还有个事情。法医对廖伯岩进行尸检时，发现他的腰部确实长了肿瘤，但很可能是良性的，切除后完全可以恢复。”

钟宁闻言沉默。

真是天大的讽刺，国内首屈一指的医学专家，却对自己的癌症病情诊断错误，这难道就是因果报应?

“还有这个，给您看一下……”李珂冉从背包中拿出一个宣传画册，放到了钟宁面前，“家长希望你也能参加。”

杨妍的父母为了纪念女儿，准备办一个画展。宣传册封面上，是杨妍的画作，钟宁曾在教师新村杨妍家里见过一次——小姑娘托着下巴，怔怔地看着窗外的天使。

李珂冉喝了口水，道:“画展就在这个月底。要是有时间，希望您能来参加。”

“再说吧。”钟宁没有直接拒绝，但他实在不喜欢这种悲伤却又无能为力的感觉，所以是不打算去的。

两人的胃口似乎都不太好，饭很快吃完，李珂冉便告辞离去。

已是七月底，骄阳似火，热气腾腾地蒸烤着整座城市。下午反正也没什么事，钟宁决定回家监督放暑假的任曦做作业。这孩子长大了，想法也越来越多，钟宁担心她缺少父母的陪伴，会导致许多心理问题，因此只要有空就会陪着她。

回到家里，任曦在钟宁专门为她准备的小书房里，正埋头写写画画，嘴里还不停念叨着：“小鹿小鹿啊，我是森林公主，我在等待着我的王子呀……”

钟宁敲了敲书房门，任曦抬头看到钟宁，呵呵笑着：“钟爸，你回来啦！”



钟宁把在餐厅打包的盒饭放到了书桌上，摸了摸任曦的脑袋道：“赶紧吃饭，吃完再背书。”

任曦摆了摆手：“我吃过啦！姨姨来做饭，我们一起吃的。”

任曦口中的姨姨是钟宁新请的保姆，人很勤快，但厨艺钟宁不太满意：“真不吃点儿了？”

任曦拍了拍自己的肚子，笑着说：“真吃饱啦！我也不是在背书，我在背台词呢，少年宫要演戏，我演公主哦！”

“哟，公主？”钟宁一脸狐疑，“你们这么小的小孩会演戏吗？”

任曦不无得意道：“当然会演，老师说我们小孩比大人演得还好呢！”

“那行，钟爸一定去看。”钟宁起身把盒饭放进冰箱。

任曦在身后问道：“钟爸，这是什么呀？”她从地上捡起从钟宁身上掉落的宣传画册，翻了翻，“咦？是画展啊，还是小朋友画的。”提到画，她想起了自己画的那幅画，“钟爸，上次我给廖伯伯的画，您帮我送给他了吗？”

“那个……”钟宁的表情有点儿尴尬。他不可能把那画交给廖伯岩了。

“你该不会忘了吧？”任曦不开心地嘟起了嘴。

钟宁看着任曦单纯的眼神，心里不忍，决定撒个善意的谎言，道：“钟爸已经送给廖伯伯了，廖伯伯还说谢谢你呢。”

任曦这才开心起来：“我们什么时候再去星港看廖伯伯吧？”

“下次吧。小曦先背台词吧，钟爸去忙啦。”钟宁不敢继续这个话题，赶紧退了出去，掩上了小书房的门。

钟宁回到自己的房间，有些失神。廖伯岩的事情，在任曦成年之前，他不打算透露半个字。他不愿让恩人的伟大形象在这孩子的心中轰然倒塌。

他打开抽屉，把宣传画册放了进去，任曦画的那张三个天使牵着一个小孩的图画还躺在那里。钟宁把这张画拿出来，想着还是放到律师事务所办公室去吧，否则万一被任曦看到，该怎么和她解释才能保护她内心的纯真呢？

收好了画，钟宁掏出了手机，点开看李珂冉给他发的小视频。都是伍萍萍的近况，看来恢复得不错，还受到了社会各界的关注，她在视频中感谢着这些与她素不相识但伸出援手的好心人。

“呵，廖伯岩，没有给这孩子注射你所谓的抗体，是你临死前的良心发现么？”很快翻看了几个视频，再低头看着任曦那幅画上稚嫩的笔触，钟宁的脑子里猛然间闪过一道霹雳。他浑身一怔，赶紧摊开杨妍画展的宣传画册。

霎时间，大脑里风暴骤起，钟宁站起身就往门外走去，身体因意外和激动而抖如筛糠。

## 02

错了！全错了！

下午 4 点半，钟宁站在天马安置小区门口，怔怔地看着车来车往，脑袋一阵一阵发紧。

天气炎热，钟宁汗如雨下，心却像掉进了冰窖一般。

“这也是最奇怪的地方，四个小孩，成长环境，家庭背景全部不一样，保安和教师之类职业的相关人员我们也都查过了，没有人同时与两个家庭有过交集。”

“既然像你说的，我没有作案时间，那你为什么还要认定我就是疑犯？这难道不是本末倒置吗？”

“真的，我老觉得卧室里有‘脏东西’，天天晚上都会出现，我都怕得睡不着！”

“……首龙不哭……领导，我就想问一句，小虎还会回来么？”

“有两个孩子的家庭，万一失去了一个，为了另外一个，生活起码还能继续下去，否则，日子真是不知道怎么熬……像刘子璇的妈妈那样产后大出血，以后生不了孩子了，这辈子可怎么办……”

“要说向柔那个孩子，真的懂事，失踪的那天早上，我还碰到她了，还给了她几颗糖，她看起来高高兴兴的，说以后长大赚钱了，要买更多糖送给我。哪晓得再也没见过了。”

“我老公要知道我在外面有人，会打死我的……他对我不好！他自己在外面也有狐狸精，平时生活费都不给……求求你们了，救救我儿子……一定要救救我儿子，呜呜呜……”

“我还记得，那天璇璇跟我一起去买菜，后来说去游乐场玩会儿，一直都挺高兴的啊。”

“挺正常的，没什么异常啊，没有一点儿不高兴的样子。妍妍一直挺懂事，也挺乖的，从来不调皮，也不忤逆我，成绩也一直都很好。”

“廖主任这人还真是有情有义，他们离婚的时候，廖主任就把在这边的房子卖了，钱全部给了谭姐，算是净身出户吧……”

“虚伪！他太虚伪了！为了跟这个人离婚，我没要他一分钱！当初跟我说，他需要钱，去德国继续他的研究，后来我才听说，他根本没有去德国！”

“小孩子都很单纯，谁是真对他们好，他们很容易感知到，特别是任曦这种受过伤害、尝过生活苦难的孩子，你真心对他们好，他们就会卸下心理防备，跟你建立信任。”

“小孩当然会演，老师说我们小孩比大人演得还好呢！”

张一明、失踪孩子们的父母、保安、李珂冉、谭青、熊涛……甚至是钟宁自己……无数的人，无数张嘴，无数的对话，像是汹涌的潮水一般，猛烈地涌进他的大脑，让他头痛欲裂。

太多漏洞了，自己居然一直忽略了！

犹豫了许久，钟宁终于拿起手机，拨通了李珂冉的电话。

“钟队？”李珂冉的语气中透着欣喜，“您决定来参加杨妍的纪念画展了吗？”

“不是……”钟宁一只手压着突突直跳的太阳穴，顿了顿，接着说，“能把廖伯岩那案子的现场照片发给我看一下吗？……我只要CT机的照片就好了。”

“啊？那些照片已经送到省厅了，我不知道这边还有没有保存。”李珂冉有些纳闷，“您忽然要这个是……”

钟宁决定先不说实话：“最近接了一个医疗方面的案子，想看看资料，找找线索。”

李珂冉道：“那我帮您想想办法。”

钟宁低声道：“那就先谢谢了，不过，这事可以保密么？别告诉张一明。”

李珂冉有些意外，愣了半晌，才道：“嗯，放心，我不会说的。”

“谢了。”挂了电话，钟宁回到车上，忐忑地等待着。

路边卖小吃的小商贩们正躲避着城管的追逐，场面滑稽又心酸；不知道从哪里传来了下课铃声，紧接着便是孩子们的喧闹声，为闷热的城市增添了一股躁动的生命力；小区门口的墙上，挂着“天马安置小区”几个大字，在夕阳的余晖下闪着金光，有些刺眼。

“嗡……”电话震动了起来，李珂冉发来了三张照片。

钟宁反复仔细看了几遍，发动汽车，往机场方向开去。

此时，星港市局物证科办公室内，李珂冉盯着刚才给钟宁发送的照片，怎么也想不明白，为什么时隔三个月，钟宁会忽然要案发现场的照片。她可不相信他是真接了什么案子。

“小李，干吗呢？”张一明拿着一沓资料走了进来。

李珂冉赶紧关闭电脑屏幕，笑了笑，掩饰道：“没事，有个案子物证有点儿问题，我研究一下。”

人逢喜事精神爽，因为连破肖爱国和廖伯岩两起大案，张一明现在不但坐稳了刑侦支队队长这个职位，而且据说还是下一任局长的有力竞争人选。他没发觉李珂冉的异常，呵呵笑着把手中的资料全部递了过去，道：“上次那个伤人案，案卷都在这里了。”

“我加急处理一下。”李珂冉接过资料。

张一明点了点头，看到李珂冉手边的那本宣传画册，问道：“杨妍画展？就是教师新村那起案子的受害者杨妍？哦，我记起来了，杨妍的父母好像是要办一个纪念画展来着。”

“那有时间一起去看看。”李珂冉笑了笑，刚要起身，目光注意到画册的封面，先前的疑惑瞬间被狠狠敲碎，猛然间明白了钟宁的意图。

## 03

飞机从星港起飞，一路跨过西江、淮山、山城三省，晚上10点，在贵山机场降落。

休整了一晚，第二天一大早，钟宁租了辆车，往一个叫西乡县的地方开去。

这是一个距离星港足足两千千米，全国排名倒数的贫困县。

车开下省城高速后，路况越来越差，钟宁又在国道上开了近五个小时，到达西乡县城的时候，已经是下午3点。没来得及吃饭，钟宁把车径直开到了西乡县人民医院的停车场。

因为地处偏远，医院的病人并不多，很是冷清。上了三楼，找到一个门上挂着“后勤部主任科室”门牌的办公室，钟宁敲了敲门。

一个五十来岁的医生打开了门，用方言问道：“你找哪个？”

钟宁笑着答道：“我是湘南省来的，是廖伯岩医生的朋友。”

医生一愣，而后笑了起来，热情地伸出手：“您请进！”

钟宁和医生握了握手，跟着走进了办公室，坐在一张凳子上。

“哎呀！贵客！贵客啊！”医生热情地泡上茶，激动地说，“您也是医生吧？也是来我们这边免费问诊的？”

“算……算是吧。”钟宁有些尴尬地支吾道。

“那您肯定也医术高明。”医生冲钟宁比着大拇指，感慨着，“你们都是好人啊！特别是廖主任和谭医生，在我们这穷乡僻壤，不知道做了多少好事哦……”

钟宁压抑着内心的翻滚，接着问道：“您跟他们很熟吗？”

“谈不上熟，哈哈，他们是专家，我不能往自己脸上贴金啊。”医生不好意思地摆摆手，“和谭医生有时候还能见上一面，但是廖医生嘛，已经有快三年没见过咯。上次见还是他在我们这儿免费下乡问诊，看我们医院设备太差，还给我们捐了好多设备。”

听到这里，钟宁的心里“咯噔”一声。他压抑着复杂的情绪，问道：“我也听说了，廖医生给贵院捐献很多设备吧？”

“那是那是！”医生连连点头，“不瞒你说，我们西乡县是全国有名的落后县，贫困县，但是你看看我们人民医院的设备，不是跟你吹牛，一般的市级三甲医院都没我们的先进。我们的 CT 机，西门子双排的，德国进口，三百多万呢，手术台铭泰 MT2000，全电动液压的，一台将近三万。这都是廖主任捐赠的。”

“还有呢！”这医生还要接着夸，“廖医生真是神通广大，不但给我们医院捐赠了这些设备，我们那些老设备，他居然也能处理掉，还卖了七十多万，全部捐给我们医院的儿科了！你说，他不是菩萨是什么？”

“呵呵，您说得对。”钟宁笑着扯开话题，“您刚才说，和谭医生还见过几次面？”

“见过几次。有时候她来我们这里拿药，还有……”医生犹豫了一下，看了钟宁一眼，“处理一些问题。”

钟宁从包里拿出了纸和笔，问道：“您能告诉我谭医生的地址么？我也好久没见她了，想去拜访一下。”

“谭医生的地址啊……她那里可不好去哦，太偏僻了。”医生看了看时间，“车进去也不方便，我看今天不一定能赶得到。”

钟宁摇头笑道：“您告诉我地址，我安顿好了再去也行。”

“那行。”医生在纸上写下了一个长长的地址。

钟宁接过纸条，起身道谢：“谢谢。今天就不打扰了。”

医生一直把钟宁送到医院门口，一副依依不舍的样子，看得钟宁心中有一股莫名的感动。他知道，对方对他的这份真挚的感激之情，其实是属于廖伯岩夫妻的。

“西乡县……平头镇……小山乡……羊山村……”钟宁回到车上，对着地图找了找，发现谭青所在的地方，居然离县城还有近两百千米。

“我不想知道任何关于他的消息，这个人在我心中已经死了。”

回忆起那天在电话中，谭青咬牙切齿的话语，钟宁心想，她需要多大的勇气和多么决绝的心，才能说出这样违心的话啊！

钟宁决定不去想这么多，已经到了这里了，心中最后的谜团也即将揭开。

正打算右拐进入主干道，一辆在这个县城随处可见的三轮车忽然停到了车前，上面下来一个背着双肩包的姑娘，冲钟宁挥着手。

往县城郊区的方向开了四十千米以后，道路由水泥变成了柏油，再后来就是砂石，路况越来越差，汽车也越来越颠簸。

钟宁看了看副驾上被颠得脸色惨白的姑娘，递了瓶水过去："能坚持得了么？坚持不了就先休息一下。"

"我可以的。"李珂冉有些勉强地笑笑，忍着想吐的冲动，喝了口水，拍了拍胸脯，问道，"在生我的气？"

钟宁摇了摇头："谈不上。"

他知道自己去要一张现场CT机的照片，这个聪明的姑娘一定会发现端倪，却没想到她会一路跟到这里。

"谢谢您信任我。"李珂冉忽然说，"我想问问，您为什么信任我？"

"大概是那次跟你说起任静的时候，你的表情告诉我，你值得信任吧。"钟宁忍不住笑了笑。

"我没有告诉任何人，包括张队……"因为晕车，李珂冉的额头上已经布满了密密麻麻的汗珠，她强忍着不适，挤出了一丝笑脸，"我也怕他那个大嘴巴。"

"谢谢。"钟宁顿了顿，又问道，"你是怎么发现的？"

“您忽然问我要现场照片，事情当然不简单，我才不信您真的是因为接了一个官司而已。”李珂冉半开着玩笑，“毕竟……您在我心里高山仰止，您做的事情，肯定有深层的理由。”

“哈哈，我应该谢谢你的夸奖吗？”

李珂冉也笑起来：“不用。”她从口袋里掏出了那份杨妍画展的宣传画册，“然后，我发现了这幅画上的不对劲，联想到您找我要的照片，就查了一下 CT 机上的编码，再然后就在这里咯。”

钟宁由衷赞叹道：“张一明有你这样的下属，是他的幸运。”

“这次应该我谢谢您的夸奖了。”

前面的路况更差了，好在钟宁租的是一辆越野车，尚能应付，不至于半路抛锚。李珂冉打开了窗户，让晚风灌进了车里：“钟队，能跟我说说……您的事情吗？”

“我的事情？”钟宁愣了愣，没明白这句话的意思。

李珂冉犹豫了一下，道：“我想知道……您为什么会那么帮着任静，甚至不惜……自毁前途。”

钟宁略有些意外，沉思片刻，还是答道：“可能和我小时候有关系吧……”

此时，车道终于开始平缓，不远处一个蓝色的路标上写着“小山乡欢迎您”，钟宁脚上又加了一脚油门。夜风吹进车内，有些温柔，他的心里忽然一软，低声对李珂冉说：“我给你讲个故事吧……”

李珂冉心中对钟宁充满了好奇，闻言立刻点点头。

“和任静一样，我也是出生在一个重男轻女的家庭，幸运的是，我是那个被重视的男孩。我姐姐只比我大四岁，但初中刚毕业，父母就让她辍学去打工……”

时隔多年，说起自己的姐姐，钟宁心中依旧一片温暖：“姐姐对我很好，除了给我学费，还经常给我买好吃的好玩的，小时候我问她，姐姐你为什么不上学？姐姐说，我成绩不好，所以要出去赚钱，给弟弟交学费，好让我弟上大学呀……”

一阵风吹进车里，将沙带进了钟宁的眼中：“后来我才知道，她每一年都是全校第一……”



李珂冉静静听着，没有插话。

“小学毕业的时候，我父母因为意外去世，我和姐姐开始相依为命，她成了我在这个世界上唯一的亲人，我那时候就发誓，以后一定要赚很多钱，对姐姐好！可惜好景不长……”说到这里，钟宁叹了口气，“我初中毕业那年，姐姐出了意外，夜班下班的路上，遇到了四个醉酒的小流氓……”

听到这里，李珂冉的心揪了起来。

“没救回来……”风沙太大，红了眼眶，钟宁把车窗摇了起来，良久，才接着道，“于是，我的理想变成了当警察，我要抓尽这世界上的坏人。”

车从山间唯一一条单行道上驶过，钟宁自言自语般说道：“任静和我姐姐很像，我越了解她，就越对她产生一种亲近感……”

李珂冉轻声说：“所以，您把任曦当成亲生女儿一般，还因此对廖伯岩有感激之情。”没有否认，钟宁踩了一脚油门，往右边一个小镇开去。天色已晚，乡间的夜空中挂满了星星，路边有不少出来乘凉的大人和嬉闹着的孩子们。

“钟队……那边！”李珂冉指了指前方一个白墙红砖的房子。

一个一身素色衣服、披肩长发的女人，正站在房子外一个简易的篮球场里，指挥着一群孩子做游戏。

白墙上，用绿色的漆写着几个大字——西山乡福利所。

钟宁把车停下，两人下车，快步走了过去，推开了门。一群孩子齐齐望了过来。昏暗的灯光下，那女人显得端庄典雅。

她微微一愣，继而笑道："你们来了……"



## 04

院子里正在做游戏的孩子，并不是正常的孩子。

钟宁并非专业医生，医学常识有限，却也可以明显看出，这群孩子中，有三四个是唐氏综合征患者，还有两个是脑瘫儿童，其余的，或者是胳膊，或者是腿，多少都有些残疾。

"你们是谁？"

短暂的沉默过后，一个虎头虎脑的孩子仰着头、叉着腰站在门口，挡住了二人的去路，霸气地喊："你们是不是坏人？"

"小馒头，不准对客人没礼貌！"女人走了过来，把那个叫小馒头的孩子抱到了一旁，转身冲其他孩子们解释道，"他们都是谭妈妈的朋友，不是坏人。"

孩子们似乎松了一口气，又开始嬉笑打闹了起来。

"对不起，孩子们对大人比较敏感。"女人轻声道歉，语气和钟宁曾在电话中听到的判若两人。她向钟宁伸出手，说，"相信你们已经知道了，但我还是自我介绍一下吧，我是谭青。"

钟宁没想到谭青这么直接，竟愣了愣，半晌才伸手过去与她握手。

"进来吧……"谭青接过李珂冉的背包，默默地领着两人穿过篮球场，往后院走去。转弯的时候，钟宁注意到，右边一间看似教室的房间里，有六七个稍大一点儿的孩子正在看书。

"那是……"李珂冉指了指其中一个女孩，想问什么，谭青比了比自己的嘴唇:“嘘,进屋里说,不要打扰他们看书。”

谭青领着钟宁和李珂冉来到后院一个由四间房子组成的大房间内。屋里的陈列极其简单,只有一张书桌、一张饭桌、几把椅子。两个中年女人正在将一些小珠子穿起来做成首饰,看有人进来,赶紧起了身,嘴里“呜呜啊啊”了几声,转身走了出去。



谭青给两人找了椅子坐下,解释道:“聋哑人,平时做些手工活,可以卖点钱补贴福利院,也可以养活自己。”

两人都没有说话。

谭青给两人泡了茶,微笑着看着钟宁说:“你就是钟宁吧?伯岩一直跟我说起你。”

“我是钟宁。”钟宁重新起了身,伸出了手,“这是我们第一次……不对,严格来说,应该是第三次打交道。”

“呵呵,前两次对不起了,那么不礼貌。”谭青笑了笑,又把手伸向了李珂冉,“这位是?”

李珂冉赶紧起身:“李珂冉,叫我小李就好了。上一次电话联系您的人是我。”

“对对,听出来了。随便坐,乡下条件不好,你们多担待。”谭青转身找了一块抹布,把刚才两个聋哑人串剩下的珠子扫了扫,装进一个玻璃瓶,才道,“能说说么,怎么找到这里的?”

钟宁也俯身帮忙捡了几颗珠子:“廖医生那些二手的CT机上都有编号,这种大件仪器很容易查到厂家,然后,我打售后电话,说机器出现了故障,就把西山县人民医院的地址套出来了。”

“呵呵,伯岩说你很聪明,果然是这样。”谭青毫不吃惊,接过了钟宁手中的珠子,又问,“那你是怎么发现异常的?”

钟宁沉默片刻，决定实话实说："是因为一幅画和一段视频……"

"画和视频？"谭青指了指墙上贴着的几张孩子们的画作，"你是指这样的画么？"

钟宁微微点头，李珂冉这才注意到，房间里的墙壁上贴满了孩子们的画，虽然笔法稚嫩，但充满童趣，每一幅画上都有孩子的署名，李珂冉在其中看到了一个熟悉的名字。

"是一幅画着天使的画。"钟宁拿出任曦要送给廖伯岩的那幅画，还有杨妍画展的宣传画册，"你看看这两幅画。这是任曦画的天使，三个人，手牵着手。这些是杨妍的画，她的画主题也是天使，但……每一幅画中，天使都在屋外，而小女孩都在窗口抬头看着，好像……好像在等天使去解救……"

谭青没有回话。良久，她才叹了口气，道："我手画我心啊。对于孩子来说，尤其如此。你能从这样的细节里发现异常，我和伯岩都无话可说。"

"不只如此。毕竟，几幅画就当成证据也有些太牵强了。可是受此启发，我对另外几个孩子的情况又有了新的审视。"钟宁将自己的判断缓缓道来，"根据刘子璇的保姆所言，刘子璇的母亲因为生产时大出血导致不孕，她父亲在外面又生了儿子；吴小虎家门口贴着十万寻子，但他妈妈对送出去两条烟都耿耿于怀，还有名字，他叫吴小虎，可弟弟叫吴首龙；还有……"

"啊……"李珂冉听着听着，忍不住张大了嘴巴。她确实猜到了大概的真相，却没有想到，钟宁还考虑了这么多疑点。

"邓向柔失踪的时候是6月，当时还背着书包，那会儿学校还没放假，为什么她父母会把她送到乡下外婆家去？而且，保安跟我说，她母亲又怀孕了。"

钟宁闭着眼睛摇了摇头，心中满是懊悔："至于肖壮的母亲，她老公确实常常对她家暴，但是她并不是去与情人约会……"说着，他掏出手机，翻开了一张照片，照片里是一双干枯的手臂，皮肤上布满针眼，"她是个暗娼，并且吸毒，她老公还是个赌鬼。"



"所有这一切串联起来，足以说明孩子们的生活状况……"钟宁看向李珂冉，脸上的神情十分复杂，"其实，最大的疑点，每个孩子的父母都已经告诉我了。"

李珂冉不解："是什么？"

钟宁面露苦涩地说道："他们都说，孩子失踪当天是高高兴兴的……"

"高高兴兴？"李珂冉回忆起监视器里，孩子们最后消失的画面，再次愕然——是的，每一个孩子似乎都是高高兴兴的。

"人在什么情况下会高高兴兴？"钟宁低头苦笑，"这些孩子知道自己要脱离苦海了才高兴啊！接着……我看到了你发给我的伍萍萍的视频，我在想，既然小孩能在大人的指导下感谢一些陌生人，那么……实验室里的一切也很有可能是一场演出……"

李珂冉呆了，她从未往这个惊人的可能性上思考过，但被钟宁这么一说，她也越想越觉得有可能。

"你比伯岩说的还要聪明，他原本以为，壮壮的母亲是最容易暴露的，因为她有案底，没想到你会因为妍妍的画起了疑心……"谭青脸上流露出一丝难过，"我劝过伯岩不要以刘子璇为目标，这孩子的家庭背景实在容易招来危险，可他还是下了决心，他说迟早会被抓，能救一个是一个……"

钟宁回忆起笔录上的那些话，这三年，廖伯岩一直在用出诊的名义对这些可疑的孩子进行家访，无非也就是去证实这些孩子有没有受到虐待，他又怎么会放弃呢？

“其实我也知道，这一天是早晚的事情。”谭青缓缓说道，“你的推断是正确的。肖壮的母亲去医院偷违禁药品时被抓，伯岩这才认识了他，要不是因为壮壮年纪偏大价钱没谈拢，他父母三万块钱就把他卖了。至于杨妍，是她爸带着在医院做检查的时候，被伯岩看到的，当时她大腿瘀青，她爸说是玩耍时弄的，但是伯岩见孩子很排斥自己父亲的触碰，就警觉了……”

李珂冉神色复杂：“那为什么查不到杨妍的就诊记录？”

“因为杨妍的父亲给孩子用了假名。毕竟不是什么光彩的事情，怕影响不好。”

钟宁的眉头不易察觉地抖动了一下。

“子璇……她母亲有一次酗酒过量，被保姆送到医院来，子璇也跟着来了。伯岩当时就很奇怪，为什么保姆对子璇态度很差。后来他才知道，子璇的父亲在外面又生了个儿子，她母亲又不能再生产，迁怒女儿，经常对她打骂，久而久之，连保姆都有样学样。”

“吴小虎呢……”话音一落，李珂冉又立刻明白了过来，“因为他的弟弟吴首龙……”

“他父亲二婚生了小儿子，取名首龙。父亲常常不在身边，小虎就经常被继母虐待……”

“所以，有就诊记录那一次，他的手并不是在学校摔断的？”

“是被继母打断的……那孩子趁着夜色，用伯岩留给他的手机打来了电话，他说：‘廖爸爸，我实在不想待了，我怕我会被打死……’伯岩很着急，就告诉他，唯一可以逃走的方法，是爬上垃圾车，等伯岩去接……”

回忆当时的情景，谭青眼中满是怜惜：“那孩子在垃圾站躲了一天一夜，伯岩才找到机会去接他……”

“那么肖壮……”这些实在是在李珂冉的意料之外，她怔怔道，“肖壮是自己跑掉的？现场留下的有肖爱国的指纹、皮屑的口罩还有模仿肖爱国字迹的喷漆数字，是他故意帮廖医生做的？”

谭青点了点头，缓缓道：“这孩子虽然只有十一岁，但是很懂事。他跟伯岩说，‘廖爸爸，我知道路，我跑的地方肯定没有摄像头，您放心，您什么时候愿意收留我了就告诉我，我肯定不给您添麻烦。”

真相在众人眼前铺陈开来，虽然已有心理准备，但李珂冉依旧震惊：“切割机、绳索、喷漆，甚至连手术的视频，还有录音笔里的音频，这些所谓的证据，全部都是廖医生刻意准备的，就是想给自己定罪！”

“甚至还包括你……”钟宁补充着，把目光看向了谭青，“湘雅医院的熊涛说，廖医生净身出户，而你在电话里说，他一分钱都没给你，所以，其实你也早就是计划的一部分了。”

“对不起……”谭青也看着钟宁的眼睛，神色平静，“我骗了你……”

钟宁低头苦笑，不知道自己应该说什么。

廖伯岩啊廖伯岩……你的心思到底有多缜密啊！你处心积虑地装扮成一个医学狂人，自编自导了一场大戏，就是要让警方以此结案，不会再查到这些孩子们身上！

许久，李珂冉才从愕然中回过神来，喃喃道：“可是，刘子璇住在星港国际社区，如果廖医生经常去，我们不可能查不出来……”

“刘子璇家保姆的笔录你还记得么？”钟宁看了看李珂冉，

帮着谭青解释道，“她说刘子璇总是对着自己的布娃娃说话。还有杨妍的母亲也说杨妍失踪前喜欢碎碎念，其实是……”

“其实是孩子们用伯岩送给他们的手机在通话。”谭青淡然一笑，“还好孩子们都很聪明，也很信任伯岩，从来没有被大人们发现过——当然，这也是因为这些父母们根本不关心自己的孩子，对这些异样熟视无睹。只是……肖壮的母亲始终是有案底的，伯岩怕你们会查到这里来，所以他才决定……”

“刺激我。”钟宁接过了话，他明白廖伯岩为什么最后要用任曦来调虎离山，还故意让自己看到全家福了——从一开始让钟宁插手这个案子时，他就算好了这一切。他故意让钟宁发现他的所谓犯罪动机，再利用任曦让钟宁丧失理智，利用谭青引导钟宁找到“实验室”，这一切的一切，全都是廖伯岩为了能被警方当成一个变态医生定罪结案而设计好的。

也就是说，在决定解救肖壮的时候，廖伯岩就已经作好了和这个世界道别的准备。

沉默了半晌，李珂冉才开口问道：“杨妍呢？难道和那两间603也没关系？她是怎么在楼道间消失的？”

谭青解释道：“她躲到了一个警察根本不会去查的地方——她父亲画室里的一个坛子里，然后再通知伯岩。她也知道，她父亲不会让你们警察进画室去查，因为……”

“因为里面有很多她父亲不堪入目的画作，主角正是杨妍。”钟宁记得在杨妍家问询调查时，曾看到杨父的画室里有一个巨大的青花瓷坛，小女孩当时应该就是躲在那里面吧。他接过谭青的话，接着道，“而她的母亲是个性格软弱的女人，根本没有胆量和勇气去反抗。她说家里有脏东西，我一直以为她是神经衰弱，现在看来并不是。”

李珂冉喃喃着："家里有脏东西，其实也是在暗指杨妍的父亲……"

没人回答，房间里一片沉默。

"谭妈妈！"

"谭妈妈！"

忽然间，房门被推开，七八个小朋友蜂拥着跑了进来，嘴里亲切地叫喊着，围住了谭青。

"刘子璇……杨妍……肖壮……吴小虎？"几张熟悉的面孔，再次对李珂冉产生了莫大的冲击。

"高了，壮了……"钟宁目不转睛地盯着这些在照片中见过无数次的孩子，心中有一种说不出的情绪翻滚着。

谭青拍了拍个子最高、年纪最大的肖壮，道："壮壮，你带他们出去。我要和叔叔阿姨说话，你们接着看书。"

"我们不去。"一个虎头虎脑的小孩站了出来，凶巴巴道，"你们是不是星港来的？"

钟宁认出来，这孩子就是小吃街失踪的吴小虎，他点点头："嗯，是星港来的。"

"那你们就是坏人。"小虎毫不惧怕。

"小虎！怎么这么没礼貌！"谭青板起脸训斥道，"他们是警察，警察是好人。"

"谭妈妈……"刚才还凶巴巴的吴小虎一下软了下来，可怜兮兮地小声道，"廖爸爸才是好人。"

"对啊！谭妈妈，廖爸爸什么时候来看我们啊？"

"我都好久没见过廖爸爸啦！我想他啦！"

孩子们都喊了起来，房里顿时一片叽叽喳喳声，还有几个孩子哭了起来。

"很快了，很快了。"谭青安抚着孩子们，"廖爸爸很快就回来看你们了。"

这场景，让李珂再红了眼眶。

"你们是不是来抓谭妈妈的？"一个小女孩怯生生地走到了钟宁面前，像是鼓起了很大的勇气一般道，"我不让你们抓谭妈妈，坏事是我做的！是我把子璇妹妹换出来的！"

"你是……杨妍？"钟宁看了看杨妍，再看了看刘子璇，心中最后一个谜题解开了——星港国际社区的监控视频里，"刘子璇"进入有监控的游乐场以后，穿的是连帽卫衣，当时已经天黑，而且她似乎有意识地背对着摄像头。如今看来，那并不是刘子璇，而是和她身高差不多的杨妍。

刘子璇跟保姆说去游乐场玩以后，就直接跟着廖伯岩走了，杨妍穿上同样的衣服，戴上帽子，背对着摄像头进入了游乐场。在保姆去找刘子璇的时候，杨妍找了一个角落躲起来，等四周聚集了不少看热闹的人后，再趁着夜色换了衣服，离开小区。那时，所有人都在全力寻找刘子璇，根本不会发现，有一个一年半以前就失踪的孩子来过。

所以廖伯岩 6 点 20 分就离开了星港社区，因为刘子璇根本不是 6 点 23 分至 6 点 45 分之间失踪的。

全错了……果然全错了……自以为找到的漏洞，其实全都是廖伯岩安排好的。

这个矛盾的男人啊，既想着能把自己的"罪行"坐实，又期待着能有多一点时间多救几个孩子……

"叔叔，我就是杨妍。"杨妍哀求着，忽然跪了下来，"叔叔，我跟你们回去，你别为难谭妈妈和廖爸爸好吗？求求你们了！我们在廖伯伯的实验室里其实并不害怕，都是我们自己演出来的！不是廖爸爸教我们的！”

另外四个孩子也跟着跪了下来，齐齐哭着：“对，我们并不害怕！是我们自己演的，和廖爸爸没有关系！”

呵，任曦的话没有错，小孩演起戏来，连大人都可以骗过。

“起来，都给我起来！”谭青第一次露出生气的表情，“谭妈妈说过多少次，人活着要怎样，不能怎样？”

“要自尊！要自爱！不能自暴自弃！”

“那你们现在自尊吗？自爱吗？”谭青心疼地把孩子们一个个扶起来，宽慰道，“都出去，谭妈妈不会抛下你们，放心。”

孩子们不依不饶，还是拉着钟宁和李珂冉说个不停，像是一定要把所有的事情都解释清楚：“我妈妈喜欢喝酒，喝酒了就打我，你看，这是我妈妈烫的，我爸爸从来不管我，他骂我妈是不能生蛋的母鸡，说我是……说我是野种，只有廖爸爸关心我，他那次给我的手涂药，还送给我手机，说不开心就给他打电话……”

“我妈妈是我爸后来的老婆，不是我的亲妈，他们自己有了儿子，我妈就总是虐待我，还老想把我送掉……只有廖爸爸真的爱我，在医院第一次见我就怕我饿，给我买吃的！还送我好多衣服，让我不要生病……”

“我爸爸是个坏人，他老是让我……让我……我哭的时候，难过的时候，只有廖爸爸安慰我，他总是鼓励我，让我坚强，让我勇敢……”

“我妈妈……”

“都不准说了！”谭青提高音量打断他们，“又不记得谭妈妈的话了？人不能永远想着以前，要怎么样？！”

“要乐观！长大要做一个对社会有用的人！”孩子们齐刷刷

地答着，呜呜地哭着。

“对！人不能永远活在过去！”像是在教导孩子，又像是在劝慰自己，谭青打开了门，“都看书去，谭妈妈忙完就给你们讲故事。”

这一次，孩子们不再反抗，抹着眼泪走出了房间。

此起彼伏的哭声从门外传来，钟宁明白了为什么这些孩子会如此相信廖伯岩——这是他们能逃离炼狱的唯一的救命稻草啊，除了廖医生，孩子们又能指望谁来帮他们呢？

“可伍萍萍呢，她妈妈难道也……”李珂冉讶异着道，“还有给伍萍萍手术的视频……廖医生给其他孩子动手术时都是背对着摄像头的，究竟有没有做什么，其实看不真切。可他给伍萍萍做手术的时候，拍得清清楚楚，他确实在给伍萍萍开颅啊……”

谭青怔怔地看着面前墙壁上的画，道：“伍萍萍患了脑瘤，不过还是第一期，治愈率比较高，伯岩给她做手术，是想救她。”

“那为什么不直接在医院给她做手术？”

谭青摇了摇头：“伯岩去她家看过，她和母亲住在工地上，父亲已经死了，根本没钱动手术，所以伯岩决定用最后的时间亲自为她动手术。”她的目光看向窗外，眼神有些失焦，“至于实验室的其他尸体，是伯岩给研究生们上课用的，每次解剖课他都是最后一个离开，为的就是上完课以后，把碎尸送去火化的途中做一些手脚，将这些尸体用其他东西换出来。”

李珂冉好久都没有回过神，半晌才道：“可是……那些尸体，法医都做了 DNA 检测啊！”

谭青笑着收回目光，解释道：“你们忽视了牙齿。”

牙齿！

李珂冉深吸了一口气，她已经无法形容此刻的心情了——这几乎是一场完美的栽赃陷害，只是陷害的对象，是廖医生自己！

哪怕她只是干技侦的，也知道单个牙齿的牙髓中能够获得的 DNA 量从 4.5 ~ 56 微克不等，牙齿鉴定是进行个体识别最准确的方法之一，特别是这种尸体泡在福尔马林内的情况下，用牙齿来鉴定 DNA，可能是个体识别准确率最高的方法。

要在已经变成尸蜡的尸体上安装牙齿，对于廖伯岩这样的专家来说，轻而易举。而这几年间，这些孩子们有好几个也正好处在换牙的阶段。退一万步说，即便略有瑕疵，在证据如此充分的情况下，谁又会去怀疑尸体内的牙齿是否有异样呢？而那两具被王水泡过的尸体，应该是廖医生专门处理的，他担心那两个孩子失踪的时间太短，在验 DNA 的时候会出现纰漏。

“除了牙齿，我会定期把孩子们的血液快递给伯岩。”谭青从容地说道，“一来是帮他们体检，二来，就是留给伯岩作为物证，你们将来也好鉴定。”

“不对，还有一个人……邓向柔呢？！”

回忆起人群中有刘子璇、肖壮、杨妍，甚至伍萍萍的手术都很成功，但李珂冉并没有在那群孩子中看到邓向柔的身影，想起冷藏柜中的大脑，她心中有一丝不好的预感。

提起这个名字，谭青的目光黯淡下去：“小柔本来还有救的。她是在市儿童医院确诊的，那边的医生请伯岩去会诊。她和凡凡得了一样的病，儿童脑瘤，但是比凡凡运气好，发现的时候还是早期，肿瘤扩散尚可控制。伯岩的方案是先手术，后化疗，康复概率很大。但是……”

"她的父母不同意？"李珂冉终于了然。

"嗯。"谭青点了点头，"她父母的关系本来就不好，她父亲还老怀疑小柔不是亲生的，在医院登记用的还是小柔母亲的姓：李向柔。我们做医生的，碰到这种情况只能干着急，那些日子，伯岩每天都给我打电话，每晚都睡不着觉，他说不想看到我们女儿的悲剧重演，他去做孩子父母的思想工作，甚至愿意帮他们筹款，但是，他们不相信伯岩，不愿意签字。后来伯岩才知道，他们想放弃这个女儿，再要个儿子……"

听到这里，钟宁摇了摇头，难怪医院只能查到吴小虎的就诊记录，邓向柔住院用的名字不对，杨妍用了假名，当然都查不到。

"后来，小柔的父母决定把孩子送到乡下外婆那儿去，说是找了一个很有用的土方……"谭青苦笑了一声，"小柔出院那天，伯岩打电话给我，哭了一晚上，无助得跟个孩子一样。后来，他忍受不了内心的煎熬，把小柔带了回来，立刻给她动了手术。可惜，孩子的病情延误太久，太迟了。"

谭青眼里再一次泛出泪光："小柔死在了伯岩的怀里，这深深刺激了伯岩，他很自责，他觉得应该做一些事情，来救救这些小孩……"

李珂冉终于明白，冷柜中的那半个大脑，确实是属于邓向柔的。

"其实，凡凡走了以后，我们两个就已经成了行尸走肉……"谭青很快调整好了情绪，"凡凡刚走的那会儿，我确实怪过伯岩，甚至和他办理了离婚手续。可是……可是我自己也知道，凡凡的死不能怪他。冷静下来以后，我和伯岩一起来到了这个荒芜的小镇，他免费行医，我则做一些支教的工作。

但是，他这一身医术耽误了可惜啊，于是，我鼓励他回去工作，他不想去湘雅那个伤心之地，就回到了星港，直到遇到了小柔……”

“于是，你们就卖了所有的房产和车子，给西山县医院捐献了一套全新的设备，把换回来的旧设备放到了用假身份证租来的房子里，开始了这个持续三年的计划……”

谭青点了点头，道：“我用剩余的钱，和当地政府合作，在这个小镇办了一个小小的福利机构，让这些孩子能有个避难所。慢慢地，也收留了一些有残疾被遗弃的孩子。”

“其实小孩是最单纯的，你对他好，他便相信你。”谭青怔怔地回忆着关于丈夫的往事，“其实说起来，伯岩做的真的不算复杂，只是每次看到不幸的孩子，会告诉他们，有一个方法可以让他们离开现在的家庭，如果他们愿意，就打电话给他……”

钟宁苦笑着摇了摇头：“这些早熟的孩子，都选择了相信他，而那些心虚的父母，又刻意隐瞒了自己的不堪。”

“嗯，这也是伯岩能坚持这么久的最大原因吧。”谭青叹了口气，“就像吴小虎，为了不被人找到，在垃圾桶里躲了一天一夜，这孩子还知道用垃圾袋把自己遮起来；杨妍在画室里躲了二十多个小时，怕发出声音被人发现，她连水都不敢喝；还有肖壮，他就躲在安置小区对面的一个下水道里，躲了整整十个小时……”

谭青抬头看了钟宁和李珂冉一眼，道：“他们才多大啊，敢独自一人在下水道、垃圾桶这样的地方，忍受那么漫长的孤独和黑暗，这是不是说明，他们不想回去的那个家，比这些要更加令他们恐惧？”

李珂冉不知不觉已经泪流满面：“可是……为什么廖医生不

选择报警?”

谭青无奈一笑:“告他们什么?告子璇的父母重男轻女?告邓向柔的父母舍不得给女儿治病?告杨妍的父亲是个变态?她软弱的母亲不会帮着丈夫遮掩丑闻吗?告小虎的父亲不应该再婚?还是把小虎送到已经不要他的亲妈那里?壮壮的母亲是可以告,吸毒是没有抚养权,但他父亲好赌,有区别吗?”

两人再次无言。

是啊,要不是那些父母对自己的孩子漠不关心,甚至刻意遮掩,警方怕是早就已经破案了。可是破案以后,把孩子们找回来又有什么用呢?再让他们回到地狱里吗?

“伯岩并不是坏人,他甚至帮你们警察想到了细节……”谭青的语气淡然,却对自己的丈夫依旧充满无限爱意,“他留下喷漆数字,还让孩子们穿红色衣服,虽然是为了迷惑警方,为他争取更多时间来救更多孩子,但他也担心万一真的有孩子失踪了,会耽误警方查案,编个号,就能让你们并案调查,也能不耽误其他真失踪的案子。后来,他又想到你们可能会联系我,所以让我在那段时间专门跑到北京去开了会,还用上了那个好久没用的手机。果然,你们真的联系我了,只是我……我把他说得那样不堪……”

谭青的情绪第一次有些失控,她扭过头去,尽量不让钟宁和李珂冉看到她眼中的泪。

不知道怎么安慰她,或许,这个坚强而伟大的女人,也不需要安慰。

只是,一种深深的自责在钟宁的心里弥漫,越来越浓。

那天吃饭的时候,廖伯岩没有骗他,他说的给案子编号是为了让警察并案调查是事实,只是自己当时当成了玩笑。那天在医院的那场对质，廖伯岩的愤怒和屈辱并不都是演的，只是，他不管心中有多大的委屈，多大的羞辱，都不能说，只能全部咽下去……

窗外越来越暗。谭青捋了捋额前的头发，惨淡一笑：“我接完最后一个孩子回来以后，伯岩就交代我，不要去领他的骨灰，怕引起怀疑。现在好了，你们来了，我想，我也有机会能和伯岩埋葬在一起吧……”

李珂冉泪流满脸，她背过了身，不忍心再去看这个坚强的女人。半晌，她才啜泣着问道：“值得么？廖医生的病完全可以治好，他自己肯定也知道，可是他连命都不要了！这值得么？”

谭青笑了，笑得很坦然：“伯岩一直都很坚强，即便是凡凡去世的时候，他要照顾我的情绪，从来不敢在我面前哭，只有夜深人静的时候，他才会偷偷躲进卫生间里……但是，每次他接一个孩子回来，我都能看到他双眼通红。你知道为什么吗？”

短暂的停顿后，她长叹一口气，才接着说：“因为啊，这些孩子们，在惴惴不安的惶恐里，经历了孤独而漫长的等待以后，见到他以后说的第一句话都是——廖爸爸，你怎么才来啊！”

没有回答值不值得，但是钟宁知道，就是这句话，让廖伯岩甘心身败名裂，粉身碎骨，一次又一次，去救下这些在恐惧和痛苦中生活的孩子。

谭青整了整衣服，看着两人，语气依旧温和平静：“可以不要在这里上手铐么？我不想让孩子们看到。”她望向钟宁，目光中流露出期许，“还有，你是律师，请帮这些孩子打好官司，别让他们的抚养权再次落到那些人手中。”

仍旧没有人回话。

谭青推门走出去，来到孩子们读书的教室门口。有孩子们发现了她，不知道哪个孩子担心地喊了一句："谭妈妈！廖爸爸真的会来看我们吗？我们好想他呀！"

又有其他孩子也用稚嫩的声音问了一句。

"廖爸爸在看着你们哪！"谭青笑着指了指屋外的夜空，"你们看！"

孩子们齐齐抬头，远远望去，在一片漆黑的夜空下，有一颗明亮的星星，在倔强地照亮着整个天空……